澧水
1943

田满林 著

人民东方出版传媒
东方出版社

图书在版编目（CIP）数据

澧水1943/田满林著. —北京：东方出版社，2021.3
ISBN 978-7-5207-1967-4

Ⅰ.①澧… Ⅱ.①田… Ⅲ.①长篇小说—中国—当代 Ⅳ.①I247.5

中国版本图书馆CIP数据核字（2021）第006427号

澧水 1943

LISHUI 1943

- -

责任编辑：张晓雪
出　　　版：东方出版社
发　　　行：人民东方出版传媒有限公司
地　　　址：北京市西城区北三环中路6号
邮　　　编：100120
印　　　刷：北京汇林印务有限公司
版　　　次：2021年3月第1版
印　　　次：2021年3月北京第1次印刷
开　　　本：787毫米×1092毫米 1/16
印　　　张：21.25
字　　　数：295千字
书　　　号：ISBN 978-7-5207-1967-4
定　　　价：68.00元
发行电话：（010）85924641　　　85924738

序

　　中华民族抗日战争是中日关系史上永远无法回避的话题。中国人民抗战是一部气壮山河的史诗,抗战精神是中华民族精神的重要组成部分。中日常德会战,慈利是外围战场。2014年,慈利推出了六集电视纪录片《慈利阻击战》。在此基础上,满林同志又进一步寻访当年亲历慈利阻击战的幸存者,查找相关史料、翔实素材,倾力四年,创作了这部20余万字的小说。

　　作品以澧水中游的石门、慈利两地为故事发生地,塑造了一个生长在民族危亡时期,因对抗国民党反动势力与情感纠葛,而被迫离家走上抗战一线的土家汉子岑大柱。岑大柱是一个有着美好人生理想的农家青年,早年因为家境贫寒而辍学,却因为有着过人的绘画天赋得到了苏先生的赏识,获得了知音常含璐的爱情。然而,日寇入侵,终于波及这块平静的土地。官府抓丁、横征暴敛,有识之士奔赴前方,短暂平静之后是迷失、无助……他的理想如昙花一现,心爱的人决然离开……为搭救朋友走上了不归路,他不得已进入行伍之列。军队,是打铁炉,是试金石。湘西人骁勇善战的基因在他身上表现出来,第一次上战场就发挥出色,得到长官的青睐。然而,由于当局黑暗,部队被迫解散,他又失去了用武之地。本想在战场上建功立业、施展抱负的岑大柱,从此像洪流中的一叶小舟,被波浪推来攘去,最终搁浅在岸上,报国无门,有家难回。几经辗转,他来到了湖南人的部队,回到了溇澧这块土地。在他人生中最重要的人——苏先生和瓦当的影响下,他朴素的家国情怀、民族意识被唤醒,由此逐渐成长、成熟起来,坚定地投入到保家卫国的抗日洪流之中。岑大柱的迷茫,正是当时部分国人的迷茫;岑大柱抗日的经历,仅仅是千千万万中国人民抗战的缩影,反映了一个血性的农村青年在共产党人的帮助、教育下,从不自觉到自觉生发出爱家、爱国远大情怀的成长历程。

作品中还塑造了一个具有坚强的意志和远大理想的人物——苏先生。在他身上再现了中国共产党人的宽广胸怀和忍辱负重的品质。抗战中,他始终维护全民族统一战线,发挥着"到中流击水,浪遏飞舟"的作用。同时描写了张吉财这样一个具有两面性的人物,一个积极抗战但手上又沾满共产党人鲜血的地方团总。在残酷的现实面前,他似乎有所觉醒。作者在对张吉财的刻画上,力图刻画出一个在那个特殊时代形成的、思想性格呈现复杂性的异质者,避免了人物形象的脸谱化。瓦当则代表着一个正直、勇敢、爱憎分明的人物形象。他凭着一腔热血带着队伍奔赴前线,尽管身体残疾,依然坚持在部队服务。他不是共产党员,但赞同共产党的主张,对国民党当局有太多不满,最后,被怀疑是亲共分子而押解受审,最终以死明志。对于万年兵这个人物,作者有所指代。这个"兵油子",时而消失,时而出现,纪律散漫,吊儿郎当。他最早参加张勋复辟,干过辫子军,穿过清军服装。20多年从军经历,除了没在共产党的军队里干过,几乎穿过二十世纪所有中国军队的服装。他只想过普通人的生活,脱离队伍后有过短暂的婚姻,却是昙花一现。在石门城外因为怜惜一个瞎眼女人又脱离部队,安顿好那个女人后,又主动归队,看到美食后又惦记那个女人,私自跑掉了。哪知道那个瞎眼女人也被鬼子杀了,最后的念想也没有了。他为了复仇,追随鬼子队伍遇到了游击队,又加入了战斗,却在战场上为了掩护岑大柱牺牲了。这时候,"兵油子"大义凛然,告诉岑大柱,他不姓万,真实名字叫杨万兵,而不是万年兵。如此安排,用意深刻,耐人寻味。万年兵,代表中国多年内战的记忆,是一个时代的符号。柳如风,一个混迹于社会各界的风尘女子,八面玲珑,生财有道。不仅与各届政要有往来，还参加了张吉财的军火买卖。但在民族危亡关头，表露出高贵的民族气节，令人敬佩。其他人物如车轱辘刘三、刘兴华兄妹，甚至包括农村老人岑大伯、充满稚气的孩子留根、水生等，性格各异，都给读者留下了深刻的印象。

爱情是文学作品中永恒的主题。常家三姐妹，三个个性迥异的女性，分别走进了岑大柱的生命中。第一个是常含璐，这个与岑大柱有着共同爱好的知识女性是岑大柱理想的伴侣。但是，为了保护家庭、老师和心爱的男人，常含璐牺牲爱情，决绝地走向了一个她内心不能接受的世界，令人扼腕叹息。常含瑾，从一开始就痴迷岑大柱，希望用自己的热情和真诚获得岑大柱的爱情。在岑大柱离开后，担负起照顾老人的责任，并一直痴心等候爱人的归来。常莹莹，江湖侠女形象，跟随岑大柱一起走上战场，在战场上对大柱萌生了情愫……硝烟散去，三姐妹都出现在岑大柱眼前，常含璐却背着战死沙场的张吉财，一手牵着孩子离去了；常莹莹看到岑大柱，想奔过来，却看到了二姐常含瑾站在大柱身边。三姐妹，岑大柱选择其中任何一个，都无可厚非，但又难以选择。究竟如何选择，作者没有给出答案。这也是作者想揭示的一个残酷事实，即在动乱年代，在战争面前，所有的美好都只是幻影，没有真正的归宿。

作者对人物个性的塑造，以及对战斗、战场的描绘叙写，是作者在走访实地和许多亲历者、掌握大量的史料、素材的基础上提炼出来的。因此人物形象、场景在读者面前显得鲜活、生动和真实。

作品采用倒叙的手法，追溯中日关系史，探究湘西人抗倭的传统，全景展示近代中国、特别是十四年抗战历程，视野广、挖掘深，自然严谨，前后呼应。深情推介澧水风光，创作了《永远的家园》《澧水谣》等歌曲，推出了国军部队的军歌，丰富了作品的表现力。同时，令人称许的是，作者始终将地域文化，如慈利民歌、澧水号子、方言以及习俗等融于人物个性的塑造、场景的铺垫、烘托之中。它不仅增强了作品的文化温度和辨识度，而且增强了作品的丰富性和生动性。

慈利县人的血性，早在古代抗倭时期，就有淋漓尽致的表现。十四年抗战中，慈利热血男儿、慈利的父老乡亲是做出过重大贡献、付出了重大牺牲的。据统计，抗战期间，慈利有15000男丁通过各种途径走上了战场，大多数没有生还。作者曾走访过数位健在的抗战老兵，尽管他们没有直接参加慈利的战斗，但是时隔70多年，他们对那场民族战争了然于胸，对慈利的战斗也记忆犹新。他们身上的坚韧和骨气，让人肃然起敬。其中有中国远征军战车兵滕周权。滕周权于2015年代表湖南抗战老兵赴北京参加了国庆阅兵，受到国家领导人接见。他的故事经本土作家滕军钊整理，创作《战车少尉》，已经出版发行。还有许多老兵的故事被写成诗歌、散文，在各种刊物上刊登，并且被搬上了慈利春晚的舞台。

《澧水1943》仅从一个侧面再现了澧水两岸人民尤其是慈利人民奋起抗战的真实场景，再现了慈利人民爱家爱国、不作亡国奴、敢于抗争、勇于牺牲的伟大精神。它告诉我们勿忘国耻、勿忘历史，国家兴亡，匹夫有责；它告诉我们，国弱无尊严，国弱无福祉，国弱永远受辱挨打。因此，我们今天置身于国强民富的前行之路上，坚持并坚守"四个自信"，决不能有丝毫迟疑与动摇。

《澧水1943》，从文学角度考量，作者在其人物形象的丰满度、个性细节、情节的刻画、事理内在逻辑关系的转换，以及语言的生动性、个性化锤炼等方面还有待于深化。我坚信，凭满林同志的学识和勤奋精神是可以弥补这些缺陷的，相信他今后当有佳作不断问世。

赵辉廷

目 录

引　子

江南的冬天，本是枯水期。

可这一年，洞庭湖流域澧水河的水位居然上涨了。

兔子、野猪、麂子等野豪，都像中了邪一样，纷纷窜出林子，跑到田地里、大路上，见到人都不晓得躲。乌鸦三五成群，在空中乱飞，哇哇乱叫，突然一头撞在城墙上，或者直愣愣扎进澧水河里。令人毛骨悚然，惊恐不已。

如此诡异、骇人的事，老人们说，不用说见过，连听说都没有。

澧阳平原上空，红巴巴飞机来回轰炸，地面上，枪炮声连日不断。一批又一批逃难的人群从四面八方拥向澧水河南岸，不少人衣不蔽体，面呈菜色……

自从膏药旗出现在洞庭湖周围，人们颠沛流离，畜禽狂躁不安。这片土地已经彻底失去了往年的安宁。

公元1943年，冬至临近，澧水中游的石门县山雨欲来，阴云弥漫在这座小城的上空。

第一章　黑云压城

一

县城外，一支马队从远处疾驰而来。

马队越过人群，稍稍慢了下来。为首的是一位将军，衣领上金板将星熠熠闪亮。

将军勒住缰绳，抬眼环视四周，询问身边人员："照这种速度，他们什么时候能离开石门？"一个参谋模样的军官答道："报告师长，只要不下雨，难民们今晚可以过澧水……只是……"

"只是什么？"

军官稍作停顿，"河水一直在上涨，渡口拥挤，老弱病残，逃难的人太多了，前进速度很慢，后面不知道还有多少跟来……"

"时间不多了，必须想尽一切办法组织难民撤离……"

师长正要交代什么，人群中发生一阵骚动，一辆马车陷入了烂泥坑。拉车人用力往上拽，哪知道车轮却越陷越深，马车向一边倾斜，眼见车上的老人、孩子和家什就要翻出来。

"下马。"师长一挥手。

话音刚落，早有一人一跃而下，几步跨到马车旁，伸出两手硬生生地把陷入泥坑的车轮拔了出来。

"鲁智深啊，真是神力！"

众人被眼前这位年轻军官的表现骇住了，齐声赞叹。

"柱子，上马，回城。"

师长的脸上露出了一丝笑意。一声亲昵的称呼，算是对部下的赞许和表扬。

驻防石门县城的是国民革命军陆军第七十三军暂编第五师。这一年，部队连续打仗，辗转长沙、岳阳，再到华容、南县，后来退守到慈利。几个月前，刚刚换防到石门。

被师长唤作柱子的军官名叫岑大柱，是一名少尉。

岑大柱就是部队进驻石门以后归队的。

师长彭士量去七十九军防区公干，得知有一名暂五师的兵滞留在七十九军，就让人找来询问。全师上万名官兵，师长虽然不可能人人都认得，但是岑大柱力气特别大，刚见面，师长就认出了这个兵。

师长问大柱是否愿意回原部队，大柱就随师长到石门来了。

大柱回到暂五师，最初被安排到十四团吴团长手下。可是，不到三个月，吴团长要带部队出走，被人直接捅到七十三军部。吴团长和其他十几名军官被军法处羁押，不久，团长和两个营长被枪毙。全团进行大整顿，岑大柱从十四团调到了师部特务连。

大柱与部队失散将近一年，归队时间不长，不会是核心人物，何况师长彭士量知道大柱的底细，所以还是让他干排长，这里面多少有点器重的意思。

对师长，大柱是敬重的。那时师长还是副师长，在长沙岳麓山的一次战斗中，副师长发现大柱天生神力，而且手榴弹扔得贼准，当场就提拔大柱当了排长。

对吴团长，大柱也是钦佩的。十四团的兵都知道，团长没有一点架子，待士兵们亲如兄弟。别的部队几个月没发军饷，哪怕自己不领钱，吴团长也要把军饷及时发到弟兄们的手里。

吴团长老家是湘西凤凰县的，打起仗来有主意、不怕死，打鬼子的时间比师长都要长。团长从班长干起，到了团长那个级别，知道的事情比较多，他一直看不惯上面的做派。年初，从重庆培训回来后，不知什么原因，越发对上面不满了。私下里和几个部下商量，最终决定带部队离开石门，就等长沙一批武器到来好装备部队。哪知起事前两天，由于十五团参与起事的一名营长酒后不慎泄密，被部下告发，事情败露。

其实，师长知道团长很能打仗，正值用人之际，本不想枪毙他，可是听说吴团长后面还有一个姓陈的少将旅长，事情闹到上面去了，连国防部陈诚部长都亲自过问了。师长没办法，只好执行命令。

部队调整也是上面来人监督执行的，分明是对师长不放心。

大柱不知道跟随吴团长离开部队将会面对什么。但是，他知道团长是一条好汉。像团长那样能打仗、有经验的军官本来就少，仗还没开始打，就自损大将，这是兵家大忌。大柱小时候听说书先生说过。

这样的军官是部队的魂，稀罕都来不及，却被执行了军法。

团长死了，部队震动很大。

来到师部特务连以后，军营的气氛骤然紧张起来——士兵操练重点不再是那些军姿、齐步走和体能训练，而是侧重于实战的匍匐、跃进和交替进攻的战术动作，针对性更强，实弹射击的次数也多了很多。大柱这个排的老兵比较多，几个军事素质好的老兵都被抽出来训练新兵。这都是些什么兵哦，基本军事术语教了好几天也记不住，有的还是娃娃，没有枪高，体能本来就跟不上。一个战术动作要反复讲好多遍，一天下来，人累得口干舌燥。

除了训练，所有官兵一律不准外出。与之相对应的是：鬼子那边突然安静了不少，能下蛋的飞机出现的次数少了很多，出现在空中的多半是不下蛋的飞机。

在军营摸爬滚打多年，岑大柱从一些细微处敏锐地捕捉到：大战在即了！

二

令岑大柱万万没想到的是，就在这种令人窒息的情形下，苏先生来了。苏先生还是那么精瘦，依然是那副打扮：一袭长衫，礼帽、眼镜，叉口①搭

---

① 叉口：当地人出门用于装物品的袋子，在我国北方一些地方称作"褡裢"。

在肩上。更让他没想到的是，含璐也跟着苏先生来了。

随行的还有一个剧团，他们是来部队慰问的。

慰问演出在一个礼堂里进行。这支部队大多是湖南的子弟兵，尤其以湘西兵居多。看到家乡戏，听到熟悉的曲调，大伙儿沉浸在久违的乡音里，暂时放松下来，目光跟随着台上演员，思绪却飘到很远、很远。

压轴戏是一首大合唱，歌名是《湖南人守卫大湖南》。苏先生指挥，领唱的是含璐。日军占领武汉以后，湖南就成为抗战的主战场。想到日军几番进攻长沙，湘北已成一片焦土，美丽的三湘大地在敌机轮番轰炸下已经满目疮痍，这些在战场上拼杀多年、有家不能回的军人当场泪流满面。应观众们的要求，演员们又再次唱了这首歌。

部队太需要提振士气了。

而这是一首让人热血沸腾的战斗歌曲，军官们首先跟着唱了起来。

先是前排一部分人，接着全场的观众都跟着唱了起来。

"湖南人，守卫大湖南，洞庭湖的波涛、像千万丈、矗立的水山，湘、资、沅、澧，四条大的动脉，齐吼出、它粗壮的呐喊。

"粤汉路是一条钢的臂膀，汨罗江是一副铁的模样。敌人的大炮毁不了它，始终冲不过大河的这边。

"谁说我们湖南是平凡？娥皇女英的遗事，谁能不起多少的怀念，汨罗江的沉吟，谁能不起多少的慨叹！洞庭湖——君山，湖滨的——草原，四周广大的富田，有数千万的大军把守在这边，尽是些天罗与地网。

"大湖南将是倭寇的死亡线。这正是沸腾的春天。在北方、在江南，都高举着反攻的火焰，我们要使倭寇的尸骨，火燔在洞庭湖前。

"湖南人，起来，守卫大湖南。"

演出结束，台上台下一片激愤，大家喊着"誓死保卫石门、誓死保卫湖南"的口号，久久不肯离去。大柱穿过人群，直接奔向台上。

苏先生见到大柱，特别意外。他一边上下打量，捏捏手，摸摸肩，一边忙不迭地问:"真的是柱子,你,没死啊!"

熟悉的声音,久违的关切。大柱眼里突然有点湿润,但他努力克制着,重重憋了一口气,尽量保持着军人的平静:"活着。先生,你们演出完以后是要回去吗?"

得知剧团还要去别的部队,大柱把苏先生拉到旁边说,随时有可能打仗了,还是先回到慈利,再退到大庸安全些。

苏先生说心里有数。

大柱的出现更是让含璐始料未及。一时间,她怔怔地望着大柱,姣好的脸上满是惊诧,接着陷入茫然。大柱走向前问她:"你还好吧。"她没听见似的,半晌都没有搭上话来。直到苏先生催促:"璐璐,该走了。"

含璐这才回过神来,匆忙对大柱说:"打仗,小心点,我、我们等着你——回来!"

岑大柱目光追随着苏先生一行人离去,呆呆地站在原地,恍如隔世。

"等着你——回来。"一句极其平常的话从含璐嘴里说出来,却像一颗石子扔进了湖面,岑大柱内心里泛起一阵波澜。不管怎么样,要拼死保卫石门,河那边就是苏先生、含璐和大柱共同的家——慈利县。

大柱理了理思绪,整整军帽,坚定地向营房走去。

三

石门背靠滔滔的澧水河,前临广阔的澧阳平原,是洞庭湖平原进入湘西的必经之路,也是常德西北的重要屏障。

七十三军进石门接防前,各界政要就开始向外转移家眷和财产,政府方面没有给部队留下一分经费、一粒粮食。除了少数自愿留下的警察,地方没有任何力量可以依靠。倒是有一部分群众前来慰问部队,还有不少年轻人主动要求参军。

官员们走了，老百姓往哪里走呢。

这是他们祖祖辈辈生活的地方，农民世世代代靠着几亩薄田为生，一旦离开家乡就只有流浪、乞讨……

观看剧团演出完毕，彭师长匆忙赶往师部，一群学生正围着师部大门，要求参军。师长询问一位学生："家里还有什么人？"

没等学生回答，后面一位老大爷搭腔道："长官，收下他吧，他哥哥去年死在岳阳的新墙河了，这孩子就一直想参军给哥哥报仇。"

一个大妈向前走来："这娃儿不小了，就让他在部队出力，做个有血性的男人！"

彭师长握着大妈的手，感慨万千。

这些本来是祖祖辈辈安分守己的老百姓，他们一生就希望平平安安度过，是战争彻底改变了他们的命运和生活轨迹。

半年前，日军进犯湖南。为保护从湖北、华容、安乡等地逃难过来的成千上万的难民，七十三军所部暂编第五师、第七十七师各一部被日军围堵在长约10公里、宽约5公里的厂窖垸。在那个狭长的半岛上，日军疯狂地屠杀了三天，几万军民倒在日军的屠刀下。

日本人历次屠杀事件教育了中国军民。

与其被炮弹炸死、被鬼子刺刀杀死、在逃亡中倒毙，不如奋起反击，也许还有一线生机。即使死去，后一个死也比前一个死有尊严。面对凶残的强盗，除了战斗，别无选择。

这就是绝地反击，这就是民心。

厂窖大屠杀致使暂五师遭受重创，师长也受到军部责罚。迅速补充兵员，恢复战斗力，这是当务之急。彭师长一面到长沙找战区长官要点装备给养，一面派几位副师长抓紧训练新兵，好歹让部队有了点生气，却又出了十四团兵变这档子事。为了挽回不良影响，师长主动请求让暂五师驻守县城，这颇有点戴罪立功的味道。此时的暂五师虽然名义上是甲种师，编制

12000人，实际上全师兵员数不到6000人，还有不少是新兵。

望着那些稚气的孩子和送他们参军的亲人，彭师长有些动情了："乡亲们，我们是湖南的子弟兵，这是我们祖祖辈辈生活的地方，湖南人要守卫大湖南。年轻人参军报国，我们热烈欢迎……只要我们抗战到底，中国就不会亡，胜利一定属于我们。"

"鬼子快到石门了，乡亲们赶紧去山里躲躲。"

他把那位学生交给身后的副官，说："留下他，和新兵一起先送到后方训练！"

"报告！"

学生身后一人顶上前，向师长敬了一个并不标准的军礼。

师长眼睛一亮，上下打量着。来人身着制服，个头不高，却很精神，肩上还背着一杆枪。

"警察？会打枪？"

"报告长官，是！"

"不怕死？"

"怕，但是，只要先把对手撂倒，就轮不到我死！"

师长一乐："说得好！"

师长从他背后取下枪，拉了拉枪栓。这是一支"汉阳造"，枪身很破旧，枪管和枪栓却是新的。

"这枪？就拿它打鬼子？"

"这是我们局里最好的枪了。"

"姓名。"

"全子发！"

全子发来自澧水上游的慈利县，是一名警察。师长让他留在师部特务连，去一排报到。

特务连驻地紧靠师部，士兵们正在用餐。

"排长,有人报到。"

坐在角落里的少尉头也没抬,"又是新兵吧,哪里来到哪里去,莫当一排是饭堂,尽收白吃饭的!"

"报告排长,是师长安排的。"

排长这才站起来,不过没正眼看这个新来的,把手一挥,"先去吃饭吧。"

全子发站着没动,他有些狐疑地盯着排长侧影,直到排长的脸转向他。

"柱子哥!"

排长回过头一看,愣住了,"泥鳅……怎么是你?"

四

澧水河边,两人沿着河岸逆流而上。

分别多年,这对儿时的伙伴重新站在澧水河边。此时,一个是排长,一个是新兵。

河水平静地流淌,开阔的河面上看不到一条船,河岸上连一个人、哪怕一只牲畜也没有。

若在往日,两岸的商船过往,老远就能听到号子在山谷间回荡。特别是祭河神的场面,庄严、神圣,却又有些俏皮,那是土家人的符号,澧水河的记忆。

走下水是放排的汉子,逆上水就是纤夫。船队下河前,大伙儿聚在一起,参加祭河神仪式。

披红挂绿,穿黑褂戴高帽的傩师手舞足蹈,嘴里念着:

"诸位河神老爷,澧水排帮拜上,东家行船去津市(汉口),路途艰险异常,今天恳请放行——过险滩哦,闯激流哦,保平安哦……"

船老大接过符,朝天三炷香,对地三炷香,一声吼:

"伙计们咯——"

"嗨呵嗨呵——"

"加油——干咯，"

"哟呵嗨呵——"

船队离岸，缓缓驶向河中。

每次下河，家家户户都前来送行，像过节一样热闹，那是一幅多么生动欢快的场面。

自从日军开进武汉，悬挂着太阳旗的军舰、炮艇横冲直闯，洞庭湖、长江上的商船一下少了许多，素有"小南京"之称的津市也在一夜之间萧条，各家商埠生意一落千丈，先后关门。船队没了，号子声自然也听不到了。

眼前的澧水河再也不是以前轻俏、欢快的模样，死寂一般。

大柱自唱自和轻声哼起了多年没哼过的号子，泥鳅应和着调子接了下来。

"伙计们咯——"

"嗨呵嗨呵——"

"骨头——硬咯，"

"哟呵嗨呵——"

"伙计们咯——"

"嗨呵嗨呵——"

"莫瞌睡噢——"

"伙计们哦——"

"往前奔哟——"

"嗨呵哟呵，哟呵嗨呵。"

号子里听不出任何欢快和调侃。山河破碎，饿殍遍野，一种悲凉和激愤油然而生。不知不觉，两人眼里都涌出了泪珠。

全子发站在大柱的侧身后，看着柱子尽情地宣泄。

他想象不出这些年在这位伙伴身上究竟发生了多少故事、多少生离死别。半晌，岑大柱平静了许多。全子发说：

"那年你当兵走了以后，我参加了游击队，哪知道这游击队还是归张吉财领导，我就不想干了。没多久，张吉财带着保安团和游击队也开拔了。我没跟着走，去江垭当了警察。"

全子发停了一下，似乎是想寻找一个更好的词语，"仗都打到家门口了，是男人都上了战场，没人能避得开！"

大柱从泥鳅最后一句话里听出了这个儿时伙伴的勇气和血性，他转过身来，习惯性地用手拍拍伙伴的肩膀，算是给伙伴的赞许和鼓励。

泥鳅似乎知道大柱接下来想问什么，接着说："你走后第二年，苏先生从上海回来了，带领乡亲们立了一块碑，纪念那些死在战场上的兄弟，那一年，所有出过丁的人家都挂白幡。大伯、大妈以为你也不在了，还专门为你修了坟。"

"听说张吉财作战有功，蒋委员长给他封了将军，还在武汉买了别墅，娶了一房姨太太。"全子发像是询问，又像是向岑大柱证实这个消息。

再次从伙伴嘴里听到这个名字，岑大柱感到额头青筋暗自跳了几下，他把目光移向远方，努力让自己平静下来。

河边，一排柳树在寒风里整齐地站立着，光秃秃的枝丫上有两只乌鸦傻愣愣地蹲着。河水裹着几支枯枝，缓缓从树旁淌过。不知从哪里冒出一团雾，在河面弥漫开，很快把那排柳树包裹住，眼前开始模糊起来。

第二章

澧水欢歌

一

澧水河从桑植县、经大庸奔流而来，到达慈利县城前和支流溇水汇合，两水在此交流、盘旋，大量的泥沙开始沉淀。长年累月，北岸形成了一块约十平方公里的平原，叫作七相坪。七相坪最牛气的地方是这里出了很多状元，传说在古代先后有七个人当了宰相，所以有了七相坪这个名字。河中间，几个沙洲像卫士一样拱卫着这块平原，最大的一个洲形似琵琶，叫作琵琶洲。琵琶洲的尽头是一个长约一公里的大河湾，称作官船湾。历朝历代，凡是进入慈利做官的人到了这里，都要弃船登岸，步行进入县城，故而得名。

岑大柱的家就在七相坪。

开春了，长年在河道上奔波的父亲风湿病却日趋严重，已经干不了活。大柱不得不离开慈利中学，挑起了养家的重担，犁地、收割、打山货。排帮里有活，就和村里的车轱辘、泥鳅、穿山甲一起下河，在大庸、津市和汉口之间的河道上去放排、拉纤。

拉纤是件卖力气的活，纤绳在肩上磨来磨去，衣服很快会磨损坏掉。刚开始那几天，大柱尽管心疼他的褂子，却裹得严严实实，一天到晚身上汗津津的，特别不舒服。见别人赤条条、旁若无人地干活，大柱也学着他们不穿衣服了。除了进城，大家干活、吃饭和休息都是一丝不挂。船上的女工见惯了这场面，开饭时喊一声就避开了，饭桌前就只有光溜溜的纯一色爷们。

没几天，大柱就和那些老少爷们儿没什么两样，俨然是一个熟练的老纤工了。

岑大柱最浪漫的事发生在16岁那年。

那次东家在津市卸完桐油，接着又运了一船盐巴上大庸。

这一天，船队来到了官船湾。

油菜花层层叠叠,倒映在水面上,河面也被分割成一块块黄色。对岸有一群女人在忙活,女人们穿得花花绿绿,你一句,我一句,时而传来一阵欢笑,就像一群蜜蜂嗡嗡着,像一群蝴蝶飞舞着。

车轱辘像往常一样开始骚情起来,吼道:

　　"我的亲咯——"
　　"油菜开花一片黄,我找妹儿借六样:一是妹妹的糖包饼,二是妹妹的饼包糖,三是妹妹的磨刀隼,四是妹妹的鸳鸯枕,五是妹妹的镶羊床,六是妹妹的救命王。"

他一开口,大家就跟着嗨呵嗨呵。
面对男人们的挑逗,她们也进行有力还击。

　　"砍脑壳的放排郎,你就是个白眼狼,不是姐姐关照你,看你哪里找婆娘。"
　　"我一不是开商店,哪里来的糖包饼;二不是包子铺,哪里来的饼包糖;三不是铁匠铺,哪有磨刀隼;四从来就不绣花,哪里来的鸳鸯枕;五不会做木匠,哪来的镶羊床;六不开中药铺,哪里找你的——救命王。"

一阵撒欢过后,船缓缓驶进油菜花深处,大伙儿也觉得劲头更足了。
纤夫们不会错过表现的机会,一个船工吼道:

　　"桐树开花砣大砣,躺在床上喊哎哟。爹妈问我喊么得,没有妹子哪门①过。"

————————

① 哪门:怎么、如何的意思。

一个女人开口唱起来：

"嫁人就嫁胡子郎，胡子里头有蜂糖。半夜起来打个啵，好比蓑衣盖酒缸。"

河水欢快地流着。

油菜花海里，纤夫们黝黑的身子时而冒出来，时而沉进去。远看去，像是一条长龙在金黄色的海里游泳。女人们看着这充满阳刚气的画面，想着自家对面拉纤的男人，一脸的幸福。有几个女人渐渐入了神，手里也忘记了动作。

突然，"扑通"一声，有人掉进了河里。

"搞拐哒啊——救命啊！"女人们嚷嚷开了。

河水里，溅起了很多水花，有一个人接连扑腾，却手忙脚乱，顺着流水漂向河中央。

处在队伍末尾的岑大柱来不及多想，赶紧扔下纤绳，一头扎进河里，飞快地向那片水花处游过去。

河水并不深，还没待大柱游到，水里的人已经自己找到一个支撑，身子稳住了。大柱赶过去，抓住一只胳膊，拖着人就往岸边游。

到了岸边，大柱才看清人面孔，是个小姑娘。

他扶着姑娘一脚踏上岸，那姑娘"啊"一声惊叫，连忙扭转头。

大柱低头一看，这才发现自己光着身子，窘得手足无措，只好连忙钻进水里，一个猛子扎去好远才冒头。

背后传来另一个姑娘的声音："你叫什么名字？"

"岑大柱——"

还不待大柱说话，这边的伙伴们抢着回答了。

见姑娘不碍事，大家都松了一口气。

车轱辘这下找到了新的题材。他喊起了号子：

> 俏妹妹哟——
> 你听我言。
> 今天耶——
> 干得悬。
> 柱子哥哟——
> 出手快，
> 河水里，
> 鸳鸯戏水，
> 两相牵，
> 小柱子哟——
> 让妹子耶，哟呵
> 都看完。
> 都看完。

"桐树开花砣大砣，躺在床上喊哎哟。爹妈问我喊么得，妹子多了奈不何。"

一阵轻狂的嬉闹声，船队又向前走了。

二

官船湾的右岸就是龙凤山，一龙一凤两个山峰直插云霄，形似笔架，又称笔架山。龙凤山下有龙凤寨，是一块富庶的宝地。

沿着官船湾，仰望龙凤山，踏上七相坪，往上一袋烟的工夫就到了慈利县城。

慈利县流传着这样一句顺口溜：官船湾，湾连弯，左是平地右是山。七相坪，养的儿郎做高官；龙凤寨，生的姑儿貌如仙。

龙凤寨的姑娘个个出落得出水芙蓉一般。因为山里边有一股温泉，四季恒温，含有多种人体所需的矿物质。一到下午，男男女女拿着毛巾就去泡澡，馋死对岸七相坪的那些人。那些大妈、大嫂裸着大奶子，见到男人也不回避，嘻嘻哈哈跳进水池里，把一些后生羞得一脸通红。车轱辘却喜欢往女人堆里钻，从不害臊。说起那场面，眉飞色舞，唾沫直溅。车轱辘告诉大柱，那两姐妹是龙凤寨常保长家的千金，落水的那个是妹妹含瑾，岸上那个是姐姐含璐。

隔着这么远，岑大柱连人的相貌都没看清，车轱辘竟然把岸上和水里的两个妹子的名字都叫出来了，这本事实在叫人佩服。

没出阁的姑娘是不能当着人泡温泉的。不过这难不倒龙凤寨的人，他们把温泉水直接引到家里，再在屋里放上一个木桶，想怎么泡就怎么泡。常家姐妹自不例外，这才出落得出水芙蓉一样的容貌。

还在学校里，大柱就听同学说过这样一句话：此生能娶龙凤寨妻，官当再大也不踢[①]。不知谁又作了一个歌：英雄儿郎配娇妻，天下姑儿在龙凤；娶亲就要常含璐，要不就给她当妹夫。在小伙子们眼里，两姐妹就是天仙一样的存在。

常保长家的这姐妹俩一个文静、一个泼辣，一个含蓄、一个奔放，不知道迷倒了多少后生。特别是三月初一抬"毛菩萨"，姐妹俩装扮"蚌壳精"，一个粉红妆、一个青绿妆。跟在威风凛凛的毛将军等十尊菩萨后面，从龙凤寨的大庙头来到北门外的准提庵，再到东门外回龙寺朝王塌，比几尊菩萨都抢眼。

这一天，大街小巷，人山人海。远近商贩都在这一天云集，北门口码

---

① 踢：慈利俗语，去的意思。

头挤满了船只，黑压压一片。十字街最热闹，各式美味和小吃沿途可见。山里的：有野鸡、锦鸡、麂子、猪獾；河里的：红色的是锦鲤，白色的是江团，灰色的是河虾和螃蟹；农家小吃更是酸甜苦辣素各品种齐全：苦荞粑粑、葛粉薯粉、野生蜂蜜、油炸盖芮儿、酥肉、糯米赤浆……山珍海味，应有尽有。

铁匠铺、裁缝店、理发店、茶馆生意火爆，农产品市场的农具交易也异常热闹。

"毛菩萨"的出现，把节会推到了最高潮。小伙子们除了去街上解解馋，更多的是冲着姐妹俩去的。队伍经过，他们专伸长脖子等着"蚌壳精"出现，只要"蚌壳"一张开，就立刻引起一阵欢呼：看到了，看到了。吓得姐妹俩赶紧藏进"壳"里。

偶尔会有几个胆大的浑小子凑上前去掰"蚌壳"，但是立刻会招致几个"栗枣①"。这几个浑小子摸着被打的脑袋连连往后退，狼狈样引起人们更大的哄笑。车轱辘就是吃"栗枣"最多的浑小子之一。

岑大柱没那么自由。

这一天是他家卖耙犁、连枷和竹扫帚的好时候，等他把物品卖完，基本上到下午了。"毛菩萨"早就到了龙凤山大庙头，姐妹俩也收拾完毕回家了。以前，岑大柱在慈利中学读书，姐妹俩在女子师范学校，一个在城西，一个在城北，只闻其名没见其人。就是想一睹容颜，也只能一再错过。

送盐巴到大庸返回，刚好赶上三月初一，岑大柱照例背着农具去卖。过了晌午，大柱要了一碗面吃得正香，车轱辘来了。他身后还跟着一位中年男人和两个姑娘。

"这就是柱子。"不待大柱说话，车轱辘就指着大柱向那位男人介绍。

---

① 栗枣：慈利俗语，指敲脑袋。长辈责罚晚辈用手指敲打脑壳，以示惩戒。

大柱一脸惊诧，望着车轱辘，又看看那男人和姑娘。姑娘还没卸妆，一粉一绿，粉的端庄沉稳内敛，红扑扑的脸上微微有点汗意，脸庞和一袭装束浑然一体，如一朵怒放的桃花；绿的活力四射，小脸在衣服衬托下，就如六月的荷花，分明就是那两个"蚌壳精"。

中年男子打量着大柱：青布手巾扎头、土布对襟褂子、草鞋，别人还穿着罩子，这人却是短褂子，两支壮硕的手臂露在外面，像是抹了桐油，油亮发光。一张四方脸，浓眉大眼，眉宇间有一股英气，却还带着明显的稚嫩，是个毛头小伙！

男子转身为难地对车轱辘说："还是个孩子呀，这干爹怎么拜呢。"

车轱辘吐了一口唾沫："当时，我在前头，嗨，是他手脚快，要不然，救人就不是他了，我就是干爹了！"

车轱辘掉过头，冲大柱说："你个蠢宝，升辈分了，要做干爹了。"又对那男人说："反正是他救了你家妹丫头，大伙都可以作证。"

大柱这下明白了他们的来意，连忙摆手说："拜不得，拜不得。"

挠头抓耳的样子惹得粉衣姑娘扑哧一笑，那是妹妹含瑾。男子瞪了姑娘一眼，扭头对大柱一拱手说："在下龙凤寨常有福，小女承蒙恩公搭救，你就是她的再生父母，按照习俗是要拜干爹的。只是……这不到当爹的年纪啊。"

大柱脸上已经窘成了一朵桃花，手都不晓得往哪里放，一会儿扯衣服，一会儿又挠头巾，目光求援地望着车轱辘，恨不得让他给姑娘当干爹。

还是车轱辘活络，他说："年纪确实不相当，这样吧，可以认柱子的爹当干爹，柱子当哥哥。"

常有福连说，"要得，要得。礼数到了，规矩也没坏。"

"记下了，七相坪岑家湾，改日一定携小女登门拜谢。"常有福和车轱辘说着话。

含瑾却把大柱剩下的一把连枷背上："喂，这个是做什么用的？"姑娘大大方方，像跟熟人一样随便。

"妹妹！"姐姐含璐喊了一声，短短两个字，尽管有明显责怪的味道，却带有一种特别柔和、母性的东西。大柱抬头看了看姐妹俩，当他的眼光遇上含璐时，心里猛然咯噔一下，像有一股电流穿过全身，他慌忙错开了目光，手挠了挠头，再也不知道往哪里放。

车轱辘抢在大柱前面，殷勤地接过连枷说："妹子，你拿这个干什么，招架扎了你的手。"

"又没问你。蠢宝！"

含瑾噘起小嘴，对车轱辘明显不客气。

"是打麦子、打黄豆用的……"大柱像背书一样紧张。

"呵呵呵，"含瑾调皮地说，"我晓得呢！"

大柱的手又去挠头巾。

三

对大柱来说，常家姐妹俩根本就是一个传说，可望而不可即。

回想起那天的情形，其实自己不去救，人家顶多受点惊吓，也不会有多大个事。眼下姐妹俩真真切切站在眼前，人生真是很奇妙，就如在梦境一样。他没有想到，从此以后，身边就多了两个妹妹，从此，自己与他们一家人的命运紧紧绑在了一起。

登门拜谢，认识了去岑家湾的路。含瑾隔三岔五便会坐船过河跑到干爹家里找柱子，柱子哥长，柱子哥短。要跟柱子学游泳、捉水鸭子、喊号子……缠着大柱带她去津市、汉口……

在家门口、澧水河里嬉闹是不碍事的。至于去津市、汉口，就是大柱答应带含瑾出去，她也上不了船。让女儿去岑家湾已经够大度了，常保长是不会让自家姑娘抛头露面，跟这些满嘴粗话、一身汗臭的纤夫们混在一起的。

几番折腾宣告失败后，含瑾只得死了上船的心。不得已，每次大柱随船队下河，含瑾都要赶到码头送行，叮嘱大柱捎好吃的东西回来。汉口的鸭子、津市的牛肉粉条，大柱总是变着花样满足含瑾。有时含璐也会让大柱带点颜料、纸张什么的。车轱辘、泥鳅和穿山甲等一帮浑小子这可羡慕得不得了，只要姐妹俩来到大柱家，总是要跑来凑热闹。

尽管他们可以和含瑾嬉闹，却不敢打扰含璐。

和妹妹相比，含璐一般很少说话，斯斯文文，很安静。每次陪着妹妹过河去大柱家里，都拿个画板很安静地坐在一边写生，时而拿起画笔急速涂抹，时而托着腮沉思。自从第一次见到含璐，岑大柱都尽量避开含璐，特别是避开她的目光。

然而，大柱可以管住眼睛，但无法约束自己的内心。每次姐妹俩过河，就有一种无形的力量牵引着他的思绪，只要闲下来，总是不自觉地远远望着埋头写生的常含璐，看着看着就入神了。

在严酷的现实面前，为了眼下的生存，人的理想往往被击得粉碎，仅仅剩下一些记忆的碎片。也许这些碎片会在某个特定的时候被拾起，也许从此被生活中的风风雨雨吹散荡涤得毫无踪影，如流星在浩瀚的天际划过，很少有人记得它的印迹。

如果不是因为家境变故，大柱也应该在学校里，他从小就想当个画家。

是含璐静静地写生的样子让大柱拾起了记忆。

春去秋来，岑大柱脑海里就有了这样一幅画：一条弯弯曲曲的河流，两岸是盛开的油菜花，几行柳树把油菜花海分成若干块。岸边一棵柳树下，一个身着蓝上衣、黑裙，脚穿布鞋的姑娘坐在小凳子上，齐耳的短发，一手拿着画笔，一手托着腮，瞧着刚完成的画沉思着。河里驶来一条船，船上的少年撑着竹竿。夕阳下，两人的身影倒映在河里，一漾一漾的。远处的河面上平躺着一把琵琶，对面是突兀的山峰，一龙一凤，两个山头耸立着，直插蓝天。

零零碎碎，停停画画，几个月后，大柱的画作完成了。含瑾发现了他的秘密，从床头拿出了大柱精心完成的作品。

"是你画的？不是吧，应该是我姐姐……这是我的家啊！姐姐，姐姐，你的画掉在这里了？"含瑾还没等大柱遮掩住就把画板拿到了含璐面前。

看到这幅画，含璐一下子惊呆了。

那着色、线条，尤其是创意真令人叫绝，引着她陷入了无边的想象里。她没想到平时只知道干活，粗手笨脚，跟妹妹嬉闹的大柱的心思这么细腻。当着妹妹的面，她没问大柱，也没回答妹妹的问话，而是像往常一样端详着画板，似乎想从中找出点什么不妥来。

不久，柱子的画被含璐送到苏先生跟前。这位毕业于上海美术专科学校、在湘西北一带享有盛誉的年轻先生看到画作，赞不绝口，并专程来到大柱家里。

先生不仅当着父母的面对他的画大加赞赏，说大柱想象力丰富，是个搞艺术的好料子。还给画题了字：春的旋律。

苏先生像在自己家里一样，一边干活儿，一边聊天。他告诉大柱，将来他要成立一个画社，还有可能去华北、上东北前线，希望大柱多画一些，他的画社里需要像大柱这样的人才。当晚，先生留宿在大柱家里，就在脏兮兮的床上跟大柱抵足而眠。临走时，苏先生从随身带的叉口里拿出了一些颜料和画笔，交给大柱，让他定期作画交给含璐。

有先生赏识，有知音鼓励，让大柱眼前豁然一亮，内心里充满了激情。尽管他不可能像含璐那样天天进到课堂里，听先生讲画、评画。但是，忙碌之后，能按照自己的世界画上几笔，平淡的日子陡然增色不少。

含瑾并没有注意到柱子哥的心理变化，她依然没心没肺地"柱子哥、柱子哥"叫个没完。有时候，大柱也拿含瑾取乐，叫什么"柱子哥"，叫

"干爹"。

含瑾并不让柱子哥占多少便宜，娇嗔地嚷道：你当我干爹了，就和我爹、你爹一个辈分了，你还怎么做人，我还怎么和你玩呢，真是个蠢宝。

姐妹俩让大柱家里多了许多生气，却让母亲徒增了烦恼。孩子都这么大了，也该谈一门亲事了。姐妹俩模样都出众，无论哪个配大柱都有多余，她做梦都会发笑。

然而，自古富人和穷人之间有一道天然的鸿沟。

常家财大势大，哪会把女儿往火坑里推？常有福保长那一关是过不了的。想来想去，又连连摇头叹息。

车轱辘嬉皮笑脸地说他二十四了，只能娶姐姐，含璐就归他了，让大柱当他妹夫。母亲连连啐他：呸、呸，也不拿个镜子照照，一副吊儿郎当样，人家会瞧得上你？

掉转头问大柱，究竟怎么想的。大柱回答说，先把爹的病治好吧，还早着呢。

女儿老是往河对岸岑家跑，常保长也在犯嘀咕：这两个丫头究竟是咋了，难道看上那穷小子了。小伙子长相周周正正，做事有板有眼，是一把干活儿的好手，如果愿意入赘常家，他倒是还能接受。但是要让自己的女儿住在那里侍候病人，天天吃糠咽菜，那是万万做不到的。

四

大约有半年时间，姐妹俩没有过河来找大柱了。

远远望着常保长家高大的宅院，大柱根本鼓不起勇气前去。如果不是要交苏先生布置的画画作业，他是没有打算进那院子的。

常家大院背靠大山，两条山岭逶迤而来，把大院拥在怀里。门前澧水直奔大门而来，却在不远处拐了一个弯，流向官船湾，两岸青山相对出，碧水东流至此回。按照风水先生的说法,常家门前有青龙白虎捍卫,屋后有群山庇护,是一个发财的好屋场。常家祖上是一个卖窑货的,直到常保长上一代才在龙凤寨定居。事实上,到了常保长这一代,家境日见兴旺,生了两个女儿,又添了一个小子。常保长成天忙碌着,见人都是乐呵呵的。

又跑了一趟津市回来,实在不能再拖了,大柱带上画,撑船过河来到龙凤寨,沿着青石板路,第一次来到了常家大院外。

犹豫片刻,他叩响了那扇门。

见大柱来访,常保长非常意外。但还是"恩公、恩公"地叫着,领着大柱穿过槽门,走进院内。

大柱在河上行走,好歹见过一些世面,不过还是被院内的气派吸引了:经过槽门就是大院,院子正中是一块平地,全部铺着石板。往里走一共是三进堂,两侧是几排厢房和走廊,左右分别有三个小天井,天井四周是花坛,花坛下的水池里养着各式各样的鱼。整个大院大大小小的房间不会少于五十间。他一边打量着,一边跟随常保长进入二堂。

常保长一番客套后,分宾主坐下。

大柱简单地向常保长说明了来意。虽然常有福对大柱不是很待见,但是碍于他救过女儿,再就是大柱提到苏先生,在苏先生的盛名之下,他多少表现出一些热度,盛情地留饭。大柱推脱不了,只好吃了饭,把画留下,就辞别了常保长。

刚出大门,姐妹俩一先一后回来了。

看见大柱在这里,含瑾欢心地喊:"柱子哥,柱子哥"。常保长瞪了含瑾一眼说:"没规矩,叫恩公。"

含瑾不情愿地"噢"了一声,习惯性地去拉大柱。常保长抬高声音,喝道:"进屋去,恩公还有事情要办,再不过河天就黑了。"表面是责怪自己的女儿,其实已经有逐客出门的意思。

含瑾嘟哝着进屋去了。

当着常保长的面，跟在后面的含璐叫了一声："恩公，苏先生问你画画作业完成得怎样了。"大柱说："今天就是专门来交画的，已经给常叔叔了。"

"噢，对对，我这就拿来。"

趁常保长回屋取画的时机，含璐轻声告诉大柱，爹不许她们姐妹过河了，以后有什么事就在河对岸柳树上挂一块红布条，第二天傍晚她就会到河边等大柱。大柱说记住了，然后跟常有福拱手作个揖就离开了。

五

再见含璐是在一个夏天。

就含璐一个人在等着。含璐递给大柱一卷画纸，那是苏先生评阅过的，又接过大柱新近完成的作品。天色还早，含璐说："我爹进城了，很晚才会回来，一起走走吧"。

大柱说："干脆划船去官船湾。"

两人先后上了船，含璐坐在船头，一条腿在水里划着。大柱站在船尾，轻轻地摇着桨。

含璐告诉大柱，苏先生很器重他，说大柱的悟性比课堂里那些天天听课的学生都高，千万不要把这份天赋荒废了。大柱说真想听苏先生讲课，能得到苏先生的指导是他最大的幸运，只可惜不能坐在课堂里。

含璐说些学校里的事，话题就转到了那幅《春的旋律》。含璐问大柱是怎么想到画那么一幅画的，还悄悄藏着一直不拿出来。

看似很随意的问话却使大柱一愣，他的手停止了划桨，浑身上下突然涌出一股汗意，一时不知如何回答。

那可是他内心里最温柔的一块土地，属于他一个人的幸福。在那些奔波忙碌的日子里，在那些饥饿寒冷的日子里，他就是靠着这份温柔赶走孤独和恐惧，支撑起生命里所有的美好。他从来不会在伙伴们面前提到这个，每次见到含璐，他只是默默地咬咬嘴唇，压抑住那颗怦怦直跳的心。含璐约他划船，其实他就特别忐忑，一路上语无伦次。

没想到姑娘开门见山就击中了隐痛，他情感的阀门一下子打开了："璐璐，画上的姑娘是你，我一直喜欢你。"

"可是，我一个种庄稼的、拉纤的，我配不上你……"

大柱两眼发亮，脸涨得通红。

虽然有不少人在追求她，来提亲的也不少，但是面对面听一个男子对自己表白，这还是第一次，含璐一时也不知所措，她觉得脸开始发烧，神情慌乱。她定了定神，用一种颤抖的声音说："柱子哥，谢谢你看得起我。虽然你家里穷，但是你有理想，有责任感，比那些富家子弟强多了……"

"你愿意？"

大柱一步跨到含璐身边，抓起含璐的双手，热泪一下夺眶而出。这是一个人生平最真、最纯的情感流露，男儿有泪不轻弹，只是未到痛楚处。所有的伪装，所有的坚强顷刻间散落下来。此时，他只是一个需要柔情和温存的孩子，此时，他是一个虔诚的膜拜者，他太需要一个停靠灵魂的港湾……

大柱说出憋了许久的心里话，反而平静了，含璐的眼泪却还在流。少女的心是敏锐善感的，早在一年前审视那幅画时，她就窥见了大柱的心思。画作独具匠心，她先是被画作征服了。几天以后，回过神来才从画作里看出大柱对自己的深情，还有内心里的哀怨。含蓄刚强、内敛沉稳的柱子哥已经深深印在了她的脑海里，赶不走、抹不去。

人世间的钟情，无法知晓源头，一旦产生，就会暗藏在内心。岁月易老，此情难忘。并非所有的有情人都能成为眷属，阴差阳错，造化弄人。那些情窦初开的美好会让生命之花绽放得更加绚烂，也有可能成为一生的隐痛，可是谁都无法阻止那一刻的到来，何况，这份相思已经在内心里暗生、滋长了很久很久。

她也知道两人之间的距离，可是，她控制不了自己内心的萌动。

就是一句简单的问话，却捅穿了彼此的心思。

两人对视，又极力躲开了对方的眼神。好久，两人才平静下来，船儿却已经顺水漂出了好远。

含璐扭着衣角，坚定地抬起头来说："柱子哥，我知道了你的心意，我会等你上门提亲。"

"这辈子我就娶你，我就是累死也不会让你饿着。"大柱一字一顿地说完，又对着龙凤寨大庙头立誓："大庙头各位菩萨和山神老爷，今天请你们作证，如果我岑大柱今生辜负了常含璐，死于乱箭之下。"

"哪来的乱箭，你听说书听多了吧。"

"乱枪之下。"

"乱箭是一个叫丘比特的外国人射来的，我和璐璐都中箭了，刚刚幸福死了。"大柱显示了他风趣幽默的一面。

"贫嘴，讨厌，"含璐使劲捶打着大柱，"死在乱枪之下也不行，说明你输给对手了……你只能被我骂死。"

夜色渐起，满河的柔情。

远处传来含瑾的声音："姐姐——"

我们回吧。

船儿掉转头，缓缓驶到岸边，含璐下了船。

含瑾一脸疑惑，"你们干吗去了，这么久？"

"捉水鸭子呢。"含璐灵机一动。

大柱说："是呢，天太晚，看不清，没捉到。"

含瑾缠着大柱掷水漂。

大柱随手捡起一个石块，往河里扔过去，石块在水面上欢快地跳跃着跑向对岸,河面上只留下一连串波纹。

含瑾学着大柱的样子也扔了一个石块,但石块在水面上跳了两下就沉了。

她一脸的不高兴。

大柱再示范,含瑾依然扔不远。

见妹妹没完没了,含璐吓唬说:"妹妹,爹快回来了,咱们回家吧。"

含瑾吐了一下舌头,又给柱子出了题目:唱个歌。

若在平时,大柱不会轻易答应唱歌的,但是今天他心情格外地好,就是让他唱京戏他都会吼上几句,让他把船背在背上过河他也愿意。

　　哥哥也——门前一堵墙,

　　丝瓜苦瓜种两旁。

　　郎吃丝瓜思想姐,

　　姐姐也——她吃苦瓜苦恋郎。

歌声在夜空里传出很远,他是唱给心爱的含璐听的。

此时大柱和古人心意相通了:难怪古人喜欢赋诗作词唱歌,这才是表达内心炙热最好的方式啊!

大柱第一次体会到了歌唱的快乐。

从那以后,只要看到河对岸柳树上有块红布条,含璐都会准时来到河边等大柱。尽管含璐小心避开含瑾,但是姐姐躲躲闪闪,还是引起了含瑾的注意。

她小心地跟在姐姐后面,就在大柱的船出现在河那边的时候,她就突然站在了含璐的跟前。妹妹的恶作剧和胡闹让两人十分尴尬,却又奈何不得。万一含瑾把他们见面的事告诉了常保长,那以后就更不容易见面了。

六

其实,常保长早在半年前就陷入了困境里。他在城里最大的产业——常氏染坊被县长看中了。那里离县府很近,县长征用染坊,说是要驻扎部队。再就是交给常保长的征丁任务已经连续三年没有完成,今年再完不成,保长的职位保不住不说,团总放出狠话来,要让常保长和几个甲长自己去当兵。

染坊被征了,还不至于置常家于死地,他可以另择地方。但要是自己被抓了,这个家就没了顶梁柱,算是彻底败了。

何况常家二太太刚生了一个小子,年过五旬还喜得儿子,常保长恨不得把儿子放在手心里,放在嘴里。眼见常家后继有人,这可是常家祖上显灵。哪知正当他芝麻开花——节节高的时候,却遇上了过不去的坎儿。

最近,常保长早出晚归,一直愁肠百结,也没心思注意两个丫头在干什么。细心的含璐看出父亲心事重重,却不敢多问。

一天傍晚,含璐从学校回到家里,常保长正在屋里踱来踱去,嘴里嚷道:"难怪各地老百姓都在闹腾,这还是为民做主的政府吗,这不是官逼民反吗?"

含璐妈在一边直搓手,连说:"这哈哪门搞呢,哪门搞哦。"

"爹!"含璐心疼地叫一声,却不知如何说下去了。

"丫头,这个家眼看要败了……爹不打算瞒着你们了。县长他、他竟然借驻军为名霸占我们家的产业。还有那个张团总,与县长狼狈为奸,想以征丁不力的罪抓我进大牢。"

常保长愤怒又忧虑地说:"他们太狠了,没有给我任何回旋余地,你们的苦日子就要来咯。"

"爹,我们没有了染坊,还能种地,我和妹妹不上学了,能自己养活自己,你不用担心我们……就是张团总那一关该怎么过去。"含璐安慰中又带着明显的焦虑。

"事情没那么简单，我们躲得了初一，躲不过十五，只要县长、张团总那些人在，就没有我们的安生日子过。"

含璐和大柱为常家的出路苦思冥想，无计可施，常保长却做出了一个大胆的决定：三十六计走为上，先带全家逃到大庸再说。

常保长变卖染坊、联系船运，很快引起了张吉财的注意。

就在常保长准备妥当，带着一家人乘着暮色匆匆下河，坐船刚刚离开县城的时候，迎面突然驶出一条船拦住了去路。岸上出现一列火把，将一家人团团围住，张吉财出现在火光中。

"常保长，你这拖家带口的，是要往哪里去啊。"他不阴不阳地问道，话语里分明透露出几分得意。

"张团总，我与你往日无冤，近日无仇，你就放过老朽一家吧。"常保长用一种近乎哀求的声音说。

"我倒是想放你们走啊，可是你老常做事也太不仗义了，你私下里把染坊低价转给警察局局长，分明是给县长斗把[①]……再就是，你要走也得跟我打个招呼吧，让你在我的眼皮子底下走掉，县长大人那里我不好交差啊……你说，我能让你脚板底下抹油——溜之大吉？"

张团总一挥手，团丁们就把常保长捆个结实。常家二夫人抱着常公子呼天抢地，含璐姐妹搀扶着母亲，也只能眼睁睁地看着常保长被张团总带走。

七

岑大柱赶回家时，常家已经乱成一锅粥。含璐见到大柱，那种无助和

---

① 斗把：不合作，对着干。

恐惧一下涌出来。她紧紧地抱着柱子哥，似乎只有在这个男人宽厚的怀抱里，她才能获得一点点安全。大柱尽力安抚着含璐，生怕让她受到一丝惊吓。生活的压力、眼前的困境让两人的心越来越近。

可是他除了一身力气、一条性命，又能有什么办法呢。

大柱捧着含璐的脸，轻轻抚去泪珠，坚定地说："让我去吧，只要能救你们常家，救回常叔叔，我把常叔叔换回来。"

"什么？"

含璐瞪大眼，望着大柱。

"不不不，这不行，你家里怎么能少了你？"

其实，含璐最想说的是她更舍不得大柱。从小在父亲严厉的教育中长大，含璐笑不露齿，话不高声，除了"抬毛菩萨"节会那天，平时连稍微艳丽一点的衣服都不敢穿出门。大柱的出现，让她生活里有了更多的绚烂，生活里有了柱子哥，柱子哥成了她的生活。

她怎么舍得让柱子哥离开呢。

大柱说，眼下没有别的办法，他走了，有常保长和姐妹俩照看着，爹妈也差不到哪里去。当了几年兵还可以回来，再上常家求婚也不迟。

大柱说完，再次捧起含璐的脸，柔声问道："你愿意等我吗？"

含璐此时已是心如乱麻，她既不能让爹去坐牢，更不能让大柱去打仗，万一子弹不长眼……古来征战几人回？

含璐没有点头，也没有摇头。望着平静的河面，冷静了许多："还是先见见我爹，问问情况再说。"柱子表示同意。

带上含瑾，一行三人来到保安团驻地，张团总正在院子里懒洋洋地坐着。

得到手下通报，张团总让三人进了院子。他没有想象中的凶狠，却夸张地摆出一副很意外的样子。

"哟呵，没想到惊动了常家姐妹花，多有得罪。"

含瑾嚷嚷着："我爹呢，他究竟犯了什么法？"可是张团总瞟了一下含瑾，眼睛直勾勾地停在了含璐的脸上。

含璐轻轻拽回妹妹，迎上前说："我们是常有福的女儿，今天想见见我爹，请张团总行个方便。"

张吉财眨巴着眼睛，并没有回答含璐的问话，而是嬉皮笑脸地对手下说："我说嘛，这声音，好听，好听。"

"嗯，真好听，真好听！"手下纷纷附和道。

"你是常家老大，真是百闻不如一见，不仅人才出众，说话也像铃铛一样，呵呵，他常保长真有福气，养了这么一对女儿。"

含璐没有跟他客套，简要说明来意：一个是父亲究竟犯了什么罪，二是能不能见见父亲。

她没有提染坊的事情，因为她不能确定究竟是县长，还是张团总要他们家的产业，先投石问路较为稳妥。

听完含璐的话，张团总沉吟片刻，突然单刀直入："你爹不要染坊了，那可是你们全家的命根子！"

"没有了爹，再大的产业我们也不会经营，请团总看在我爹年年为政府效力的分上，放了他。"

"你一个妹娃子，说得轻巧。全县都像你们家老常，不用征一个壮丁了。他已经连续三年没有完成征丁任务，我放过他，谁放过我呢？"

说到这事，张团总似乎很窝火。

含璐知道再谈下去已经没有什么意义。她转换话题，说到了此行的关键：见见她爹。张吉财板着的脸马上放下来，很大方的样子："都不是外人，乡里乡亲的，这不是难事，去吧，见见你们爹。"

他的目光再次落在岑大柱身上，他一时弄不清眼前这个男人到底是什么身份，见对方眼里明显有一股敌意，他故意很神气地拿起案头的马鞭，拍拍马靴上的灰。其实，马靴上根本没有灰。大柱知道张吉财向他示威，头往上仰了仰。

张团总再不有所表示就显得自己太掉价了。他扬起手里的马鞭指着岑大柱，扭头问含璐："没听说常有福有这么个儿子啊，这是哪里来的野杂种？"

"他是我柱子哥，你才是野杂种，你们祖宗八代都是野杂种。"

含瑾冲张吉财嚷道。

"哟呵，柱子哥，哥啊，妹啊，是你的野汉子吧，哈哈。"团丁跟着哄笑起来。

含瑾被臊得说不出话来，含璐赶紧一手拉住妹妹示意她别再说话，又对大柱一使眼色，问张吉财什么时候可以见到他爹。

眼见自己口舌占了便宜，张吉财心情似乎好了不少。对堂下团丁喝道："让他们见见常老头。"

<h1 style="text-align:center">八</h1>

几天不见，常有福似乎老了许多。他接过姐妹俩送来的饭菜和换洗衣物，一副颓丧的样子。进入牢房以后，他才知道，不仅仅是县长要霸占自己的染坊，那个张团总更可恨，他要常家大院。如果自己不答应，就要一直被关在这里，说不定哪天真的会送到常德府师管处。

见大柱站在门外，常有福让他进门，感叹说："没想到我们常家和你岑大柱真的有缘，你前面救了小女，如今老汉蒙难，你又来探望，大恩大德啊。"

"常叔叔，咱们还是想办法怎么出去，"大柱说，"留得青山在，不怕没柴烧，只要人没事就好。"

"对，爹，只要您能平安出去，他们要什么给他们什么。"含瑾抢着说。

"一贫如洗，你们吃什么，还有你们二娘，你们弟弟，他们可是从没过过苦日子,"常有福痛楚地说,"眼见我也是奔六十的人了,还能攒下多大的家业呢,那可是我们常家祖上的基业,不能在我手里没了。"

还是含璐知道爹的脾气,既爱财又惜命,不是非到保命的关头,让他舍弃家业,他是怎么也不会听的。

她一时不知如何是好。

大柱思忖片刻,往前一步,对姐妹俩说,你们先出去,我有话要单独和常叔叔说。

含璐犹疑一下,目光停在大柱脸上。大柱给她一个坚定而自信的眼神。她对妹妹努了努嘴,姐妹俩一先一后走出牢门,远远地望着里面。

只见大柱用手比画着,神情很坚决。常有福连连摆手,大柱有些激动,常有福又拉过大柱的手,拍了拍。姐妹俩靠近了听,依稀听到这么几句话。

"常叔叔,我不要您的家产,只求你帮我照看着爹妈。如果我回来了,就成亲……万一,我不能害了妹子。"

含瑾着急知道大柱葫芦里卖的什么药,正要进去问个究竟。大柱已经转身出门了。

"走,找张吉财去!"

大柱扔下这句话,径直往外走了出去。

张团总正站在院内,石癞子、王大疤小心地伺候在旁边。

大柱快步走到张吉财跟前:"你放了常保长。"

张吉财眼睑往上一挑,"什么?"又装腔作势故作没听清,转身问身旁的石癞子,"他说什么?"

石癞子一副谄媚样,对张吉财轻声说:"这小子让您放了常老头。"

接着掉转头,换了一副脸色,冲岑大柱说:"你小子没吃错药吧,看看是不是发烧了。"他伸手去摸大柱的脑门。

面对对方的挑衅,大柱没有含糊,挥手拨开石癞子,石癞子一个趔趄,差点摔倒。见没讨到便宜，他一个转身，饿狼扑食一样扑过来，欲将大柱掀倒在地。

大柱长年在河上拉纤，攒的就是力气，他哪是大柱的对手。大柱一把接过石癞子的小臂，往外一带，顺势伸出腿往对方下盘稍微一勾，石癞子整个人就从身边冲了过去，直接扑在地上了。

石癞子出了这么大的丑，王大疤就要为兄弟出气，他掏出腰间的短火，往前两步，指着大柱额头说："你小子活得不耐烦了是不，敢在这里撒野？"

大柱轻蔑地看着这个狗仗人势的奴才，没有任何惧色。

见大柱依然很镇定，张团总发话了："好了好了，把家伙收起来，这么多人对付一个毛头小子，还以为我们以众欺寡。"

他喝退两个喽啰，盯着大柱看了几秒钟，突然提高声音："你说放了常有福，凭什么？"

"坐牢、当壮丁，我都替他。"

"挺仗义啊，你是什么人，一个长工吧，是不是看上了常家的小妞，为难之处挺身而出博得常老头欢心，指望他把女儿许配给你？"张吉财话语里明显不怀好意。

"就许配他了……这是我们的家事，你管不着……"姐妹俩出来刚好看到这一幕。含瑾对张吉财有气，此时再不肯相让，针锋相对。

张吉财瞄了一眼含瑾，没搭理她，目光却停在姐姐含璐脸上。他扬起手中的马鞭指着大柱说："你们走吧，他，走不了了。"

"凭什么！你们凭什么抓他，还有没有王法。"含璐一听着急了。妹妹却直奔大柱，想拉起大柱一起离开。

"王法？国民政府兵役法知道吧，这就是王法，我们正到处找他，他却自动送上门来。"

大柱轻轻放下含瑾的手，平静地对张吉财说："要我留下可以，当兵也行，但是你们要说话算数，答应放了常保长。"

"我什么时候答应放常老头了，他的事是他的事，和你不挨边，别觍着脸往老常家凑了，一个穷棒子。"

张吉财很快亮出了底牌，露出了他冷酷恶毒的真面貌。随着他一挥手，众人一拥而上就把岑大柱摁住了。

"你放了常保长，张吉财，你这个小人、畜生！"大柱急了，破口大骂。

团丁们不由分说推搡着就把大柱关进了牢房。院子里只听见姐妹俩的理论和张吉财、石癞子、王大疤等人阴阳怪气的声音。

九

见大柱也被关了进来，常有福顿足捶胸："真是恶毒，杀人不眨眼的狗东西。"

"孩子，你这是何苦呢，嗨！"

患难见真情，随着岑大柱的入狱，常有福对他的好感又加深了一层。可他最关心的还是自己的命运，这张吉财的手段他算是见识了，往后的日子该怎么过呢。

常保长长吁短叹，大柱倒是很镇定。他安慰常保长说，他们放排汉常说，一块石头上了天，终归有落地的时候；再大的风浪，总有平息的一天，不如能吃就吃，能睡就睡。

大约过了三四天，常家姐妹再次来到了牢房，陪同前来的还有常家二夫人和常有福的儿子。

看守打开牢门喊道："常有福，出来。"二夫人朝常保长使劲招手："老爷，快出来，回家了。"儿子也几步跑到常保长跟前，抱住常保长的大腿让爹回家。

眼前的一幕让常保长一时没反应过来，他问含璐是怎么回事。含璐沉静地回答说，张团总答应放他出来，有什么话先回家再说。常保长这才相信不是在做梦，他几步跨出牢房，忽然想起岑大柱还关着，又急忙转身去拉大柱一起出来。

看守一下拦住说："他不能走，你走你的，是不是在里面没住够啊。"

"为什么？"

"为什么？你去问我们团总吧。"

"哐啷"一声，看守粗暴地把牢门关上了。

含瑾一下扑过来，对大柱说："柱子哥，你别急，我们会想办法救你出去的。"含璐走上前拉着妹妹，无限柔情地凝望着里面的大柱，又轻轻地扶住妹妹转身了。

牢房外，张团总正等着常保长。见一行人出来了，他冲常保长一拱手："老常啊，几日不见，多有得罪。"常有福身上有了一股馊味，张吉财用手扇了扇，捏着鼻子说："我这也是公事公办，县长大人那里我也是没少说好话，让你受苦了！"

老练的说辞，滴水不漏。常有福没搭理张吉财，抱起儿子就朝外面走。

"唉，老常，这么着急回家啊，是不是二夫人催你啊，"张吉财依然不着调地说，"回家了，爱怎么弄就怎么弄，也不急这一个时嘛，喏，这里有个手续你得办一下。"

常有福以为是那种出狱签字之类的手续，从张团总手里接过来一看，却是一张租房契约。大意是：为了响应政府抗战号召，需要租用龙凤寨常家大院作为练兵训练基地，租期五年。租赁期间，常家可以继续在此居住，但不得干扰保安团的军事活动。

常有福看着看着，手慢慢开始发抖。他连说："这、这，这哪是租，明明是霸占啊，这字我不能签。"

"哟呵，不签，当前形势你知道吧，日本人进入了关内，战船又开到海上，全国都在积极准备抗战，捐钱捐物。莫说是租，就是全部征用，你又有什么话说……不是看在你以前为政府做事，还有你女儿、小儿子的分上，我不放你出来，照样在你家训练，你能怎么的？"

张吉财的话语让常保长不寒而栗，他的手开始颤抖起来。

五年，谁知道是不是十年，万一张吉财赖着不走，他家就永无宁日。签还是不签呢？

生平第一次遭受牢狱之灾，失去自由，度日如年，在里面他时刻盼望着自由，如今跨出牢房，眼见就能获得自由。

可这自由的代价也太大了。

再望望二夫人和小儿子，犹豫再三，常保长终于咬牙在"租赁契约"上签下了"常有福"三个字。

十

常保长出去了，大柱长长吁了一口气，这下，他可以盘算着如何从这里脱身了。

进来之前，他就打量过这个小院子。这里原来是一个小粮库，两栋房子成丁字形排列，一栋南北走向的房屋是团丁们的宿舍，大约有几十人住在那间屋子里，每天都在院子里下操。用作牢房的这栋房子东西走向，稍微大一些。牢房被分成很多小隔断，每个隔断就是一间牢房，大柱待的这间房子靠近围墙，夜深人静的时候能依稀听见澧水流淌的声音。出这个屋子容易，但是要出大门就有些困难。万一惊动另外那间屋子里的人，就不会再有任何逃生的机会。

门口有两个守卫，院子里有四个。要想出去，就只有解决掉门口的这两个。然后到达院里，爬上墙角的枣树，翻出一丈多高的围墙，就能跳进澧水河。

入夜，伸手不见五指，大柱按时实施自己的逃生计划。他先是装作肚子疼，满地打滚，引来一个看守，趁看守弯腰拨弄自己时，将他打晕，继续一边"哎哟哎哟"哼着，一边换掉衣服，扶起那个晕倒的家伙往门外走（实际上是拖着他走）。到了门外，外面那个看守打着呵欠，迎上来，大柱不待对方问话就将他脖子扭了。但是刚被扶着的这个倒在地上了，响声在寂静的夜里出奇地大，院里另几个看守听到响动，提着灯笼往这边走来。大柱赶紧蹲下，猫腰顺着房屋墙根绕到枣树下，刚爬上树干，院子里响起了急促的哨声，紧接着，响起了枪声。

大柱三两下上了枣树，又快速从围墙上下来，稍微辨了一下方位，纵身跃进水中。

上岸的地方离常家很近，他决定先往常家方向去。

到达常家门前，已是鸡叫三遍，河两岸一些人家陆续亮起了灯，开门出来准备干活儿。

常家大院门前，大门外还亮着灯笼。大柱正要前去敲门，突然从墙脚出来两个人，一左一右端着枪对着他。

"什么人？"

大柱一惊，心想坏了。

转念之间，他很快又冷静下来，城里保安团的人不可能来这么快，何况自己路上根本没有遇见什么人。他装作害怕的样子说："我找常东家，没想到，这几天不见，这、这保长家也有枪兵了。"

"什么保长、枪兵……这里是县保安团军事重地，找常老头从那边侧门进去。"

"不想挨枪子儿就快点滚。"另一个出言不逊，看起来更加凶狠。

"他是逃犯，别让他跑了。"

大柱刚要朝侧门那边去，背后传来一阵急促的脚步声。

这下是县保安团的人到了。没等眼前这两人反应过来，大柱就势往旁边斜坡上一滚。但是他再快也跑不过子弹，后面的子弹"嗖嗖"就到了，他只觉得腿子被什么重重击了一下，就掉进了河里。

虽然知道自己中弹了，但是大柱的意识还是很清楚。他顾不上去捂住伤口，河面上很快有了一片血红。求生的本能逼迫他拿出吃奶的力气沉入水底，摸索着河底的石头往下游游过去。只要到了官船湾断崖下，岸上的人就追不上他了。

实际上，追兵到达河边看见河里的血水，他们朝河里开了几枪，就停止追赶了。大柱再次冒头喘气时，岸上的人已经往回撤了。

十一

清晨河边响枪，常家是听见了。但是得知是大柱越狱，在来常家途中被打死了，那是在晌午过后。

消息传来，一家人顿时陷入了惊恐和悲愤中。

团丁退身后，常保长不忍心大柱尸首沉在河底，就派人去打捞，一个时辰过去了，却怎么也找不着。姐妹俩傻傻地站在河边，不肯接受这样的现实。

"柱子哥水性这么好，不可能就这么死掉的。"含瑾不停地喃喃自语着。

含璐更相信自己的预感，没有发现尸首，说明人就还活着。她凝神倾听，分明听见大柱就在不远处呼唤自己。

"走，去那边。"含璐带着妹妹一路寻到断崖下，直奔崖下的窝棚——那是常家用来看守玉米的。这一带野猪、兔子特别多，在玉米成熟时就来糟蹋玉米，必须有人看守才有收成。以前，含璐和柱子来过这里。

"柱子哥，岑大柱。"含璐发现了草丛有人踩踏的痕迹，更坚信了自己的判断，她尽量压低声音喊道。

"我在这里。"屋里一堆玉米秆后面传出微弱的声音。

常家姐妹很快找到泥鳅、穿山甲，连夜把大柱送过河，藏进了垭门关附近的山洞里。垭门关往东连着几十公里的山岭，这一带地势险要，山洞连山洞，一般人进去了不花上半天工夫肯定找不出来，平时，连猎户都很少进入。前些年，山洞里曾经盘踞着一股土匪，不过，最近很少在这一带活动了。自从政府四处抓壮丁以来，这片山区就成了青壮男子藏身的好地方。山里人都会狩猎，每天出去总能逮着猎物，吃不完还能往家里顺点。用他们的话说，你有枪兵千万，我有山洞万千，只要有了这片林，就是老虎回大山。

河上生计没了，粮食又歉收，但是山里人靠山吃山靠水吃水，只要肯动脑子，还不至于饿死。

在泥鳅等人的照料下，不到半个月，大柱就能下地活动了。他偷偷跑回家见了父母，还帮家里干了几天活儿。

十二

大柱出现在七相坪的消息很快就传到了张吉财耳朵里。他确信那天大柱没有死在常家门前的河里，把手下人狠狠地训了一顿，立马就带人出发。

保安团从北门口刚上船，就有人匆匆跑到岑家报信。岑大柱放下饭碗，赶紧从后门跑出来，躲进了玉米地里。

保安团气势汹汹弃船上岸，直奔岑家而来。

岑妈妈正在房檐下剥豌豆，岑大伯拄着棍子赶鸡。

张吉财带着手下先将房子团团围住，又将屋里搜了一遍，却一无所获。他这才向两位老人追问："你们家儿子呢？"

"你问哪个儿子啊，我们家大儿子当兵去了……被你抓走的，至今没有音信。小儿子也被关起来了，听说还被打死在河里。我们家是对国家有功的，你们不问青红皂白就闯进屋里……"岑大伯毕竟见过世面，对眼前的阵势，并不畏惧。腿脚虽然不灵便，头脑还活络。

"咳、咳、咳，该不是又要把我这个糟老头抓去当兵吧，把我抓去更好，我倒要问问你们蒋委员长，还给不给老百姓活路了，咳、咳、咳。"

"装，你就装，你个棺材瓢子，有人看见你家儿子回来了。哼，抓他，便宜他了，你们家养的好儿子。他杀了人，有命案，团总有令，如有发现格杀勿论。"

王大疤趾高气扬，在主子面前急于表现一番。

"我让你说话了吗，对老人能不能有点礼貌呢。"张吉财对王大疤刚才的表现似乎不满意，喝退了这个奴才。

他换出一副和善的面孔对老人说："你儿子确实被关了，可是他杀了人，越了狱，上面点名要缉拿凶犯，如果主动出来认罪，或许可以网开一面，保住一条命，你二老，哼、哼……也不愿意白发人送黑发人吧。"

这最后一句话击中了岑妈妈的要害。她有些心虚，讪讪地搭上话了："什么，他杀人了？张团总，你说的可是真的，你真的能保住我儿子性命吗？"

"你这个老婆子，真是老糊涂了，儿子当兵去了，跟他说有什么用，柱子好久没见踪影了，他保什么保？"岑大伯横了老伴一眼，打断了她的话茬。

"当真不见踪影了？你可要说实话。"

"说没回来就没回来，你们不是搜过了嘛，咳、咳、咳。"

"我们走！"张吉财用手指着岑大伯说："你们硬是不见棺材不落泪，有你们后悔的时候。"

一行人扭头就走了。

张吉财如此兴师动众来抓他，看来是不会放过自己了。

那晚自己下手并不重，没想到真的犯了人命，究竟哪个死掉了，还是两个都死掉了，大柱有些蒙了。他平时连一只蚂蚁都不忍心踩死，如今居然背上了人命,害得年迈的父母跟着自己担惊受怕。

好歹自己有躲壮丁的经验,还有泥鳅、穿山甲等伙伴的帮衬,一时半会儿还不至于落到张吉财手里。

<h1 style="text-align:center">十三</h1>

自从县保安团进入常家以后,含璐更加难以脱身,两人见面越发不容易了。大柱受伤以后大约两个月,都没有彼此的消息。以前可以靠红布条,如今就像老鼠一样躲躲藏藏,只有夜晚才敢露头,别说挂布条,就是看见对方了也不敢出去相见。

大柱站在山巅望着常家的方向一待就是几个时辰。

常家已经失去了往日的安宁。

先是住进了兵,张吉财很快也跟着住了进来。

张吉财总是有意无意来到侧院,遇上张吉财,含璐就开始感到身后有一双眼睛时刻瞄着自己。

到了学校里也不像以往那么自在,每天总能遇见一些生人在校门口窥探。更让含璐觉得严重的是,苏先生突然不来学校了,没有人知道他去了哪里。

眼前的变故让她很不安,但是更让她牵挂的还是大柱。她无时无刻不在思念着那个定格在自己生命里的男人。终于,她逮着了机会,保安团突然从家里撤走了,张吉财也跟着走了,一连几天,院子里就剩下几个做饭和看守房屋的人。

她决定过河去找大柱。

尽管有风险,常保长还是默许了姐妹俩的请求。他让人用船把姐妹俩送到了河对岸,还捎上了一些物品接济岑家。

大柱闻讯赶回家,从含璐嘴里得到了苏先生失踪的消息。含璐最后告诉大柱,自己马上就毕业了,以后就留在家里帮助父母。大柱问道,不是要考常德的艺术学校吗?含璐说眼下国难当头,好多学校都停课了。

当着含瑾,两人谈论着形势和先生,没有涉及任何儿女情长的话题。

临走前,含璐还是偷偷告诉了大柱见面的办法,就是下个月初一,她会在断崖下窝棚里等大柱,让大柱想办法过去。

大柱计算着时间,早早地泅渡过河,等候着含璐。

然而,当他见到含璐的时候,却发现她仿佛变了一个人似的。她不仅没梳妆,连衣服也皱巴巴的,眼神里没有了往日的恬静和光彩,就呆呆地坐在一旁。

大柱揣摩着,说不清是什么,是恍惚吧,也像;是绝望吧,更像。反正她身上再也看不出那种淡定、平静、开朗和乐观。这二十来天,到底发生了什么呢?在大柱反复催问下,含璐说出了很奇怪的话:"一个人活着是不是不能太自私?如果用你自己换你家人的平安,还有你心爱的人的自由,你愿意吗?"

像是在问大柱,又像是问自己。

不等大柱回答,她又很坚定地说:"柱子哥,从那天起,这辈子我就认定你了,我愿意做你的女人……你愿意要了我吗?"

大柱丈二和尚摸不着头脑,连说:"我知道,可我、我现在根本不能露面,更谈不上上你家提亲,保安团就驻在你家里。"

"不是要你提亲,是让你今天要了我。"含璐缓缓站起身,直视着大柱,慢慢地解开了上衣,露出了雪白的胸脯。

大柱一下手足无措,血脉偾张,唾液直往喉头咽。但他还是果断地止住含璐的手,忙不迭地掩住含璐的上衣:"你干什么,这不行的、不行的。"

"柱子哥,你听,你的心跳得好厉害,你是喜欢我的,你是想要我的,我今天就给了你,以后就是你的人了,我不后悔!"

含璐眼里涌出了两滴泪珠,却没有一丝羞怯,她一脸的镇定,仿佛是准备迎接一场圣洁的洗礼。

在这之前，大柱曾多次冲动过。看到心爱的女人婀娜多姿的身段，仪态万方的举止，总能激起自己最原始的欲望。他幻想过含璐美妙的胴体，他没能带给心爱的人多少幸福和快乐，却不敢让自己的爱人受到任何的伤害，尤其是来自他这方面的。

但是此刻，他感到喉头发热，心跳加速，浑身似乎就要爆炸。

意乱情迷，血脉偾张，含璐的胸脯勇敢、坚定地往他胸前靠紧，炙热的身躯压垮了他最后一丝抗拒。刹那间，他忘记了这是在河边的窝棚，忘记了这些天的担惊受怕，甚至忘记了时间。终于，他感到呼吸困难，开始喘起了粗气，猛地把含璐抱住了。

滚烫的身躯炙烤着对方，额头、胸膛很快就冒出了汗珠。两人滚在了地上，身下的玉米秆反复碾压，发出了痛苦的响声。

良久，窝棚里平静下来。

大柱意识到刚刚发生了什么，他突然有一种犯罪的感觉。他站起身说："走，去你家，提亲。"

含璐平静地穿上衣服，又拍拍身上的尘土，没有回答。

大柱伸手去牵含璐，含璐依然没挪动脚步。抬头凝神看着大柱，又轻轻地为大柱拿下头上的一棵草。

"让我好好看看你……"末了，含璐轻轻推开了大柱，"你走吧，我看着你过河。"

"去你家提亲，就是死，我也要娶你。"大柱又去拉含璐。

含璐用力拨开大柱的手，抬高声音说："我让你走，谁让你提亲了，你凭什么提亲！你不走？是吧，你不走，好，我走！"

说完，含璐猛地掀开大柱，自顾自跑出了窝棚。大柱没留神，一个踉跄，跌倒在地。他的手碰到了一些黏稠的东西，是血！是含璐的血！

他"噌"地站起身，追了上去，但是没跑多远，就看见前面有人在地里干活儿，几个团丁在村头来回晃动。大柱只好停住了脚步，返身藏在树后，眼看着含璐消失在稻田的尽头。

十四

苏先生被张吉财秘密地抓起来了！

慈利各个学校师生上街游行，要求释放苏先生。含璐也去了，澧水河两岸的百姓都赶去看热闹。县教育局直接组织并发起了这次游行。局长亲自前往县保安团与张吉财对话，要求放了苏先生。张吉财在屋里来回踱步，石癞子、王大疤小心侍候着。副官从大门外跑进来，气喘吁吁地说："报、报告团总，县长说他要去常德府开会，这边的事由您全权负责。"

"奶奶个球，这时候他当缩头乌龟了，让老子背黑锅。"张吉财反背着左手，右手指着县政府方向骂骂咧咧。

"团总，您还是出面说几句，不然他们就闯进来了，"副官小心地对张吉财说，"这架势，只要您出面……"

"出、出，脸都丢尽了，出你大脑壳，把人放了不就得了。放人，赶紧放人！"张吉财冲副官吼道。

石癞子连忙说："等一下，团总，您不能让别人泼了脏水。"他凑到张吉财耳边轻声说了一通。

张吉财听了，很不耐烦却又无可奈何地叹了口气："走，走！"转身向大门外走去。

面对愤怒的人群，张吉财把责任推到了"上面"，大意就是他是奉命行事，苏先生不是被抓起来了，而是被县长请来喝茶、商量事情。县长一回来，签个字，很快就出来了。教育局局长见张吉财这么表态了，转身安抚大家说，张团总发话了，苏先生确实在这里，团总答应放了苏先生，他一定不会出尔反尔，会让苏先生回来的，大家不用再担心了。

局长的话绵里藏针,让张吉财脸上红一阵白一阵。不过,师生的情绪好歹平息下来了。含璐挤过人群,走到张吉财面前,给了他又一记重拳:"姓张的,你当着四邻八乡父老的面答应的事,希望你说的是人话。"

"肯定,肯定,苏先生再办个手续就可以出来。"见到含璐,张吉财竟然是一副低声下气的模样。含璐没正眼看他,越过人群飘然离去。

第二天,苏先生果然出现在学校里。对于保安团抓他的事,他只字未提,只是说要启程去抗战前线了,那里需要他。

临行前,他交代含璐去找大柱,让他俩等待时机一齐去找他。

但是,含璐见到大柱,并没有把原话转给他。只是说上海抗战形势紧张,上海那边的先生要苏先生过去。让大柱做好准备,将来跟苏先生一起去前线效力。

说完,神情漠然,掉头就走。

大柱一把拉住含璐:"常含璐,你到底是怎么了? 今天你不说清楚,我不放手。"大柱用力捏着含璐的臂膀,含璐无力挣扎,也没有挣扎,一副听凭发落的样子:"我妹妹喜欢你,你没看出来,我和你……完了。"

见自己用力太大,弄疼了含璐,大柱松开了手,急切地说:"你妹妹? 喜欢我,这算什么,呵呵,可笑……"

"可笑,是吧,哈哈哈,我也觉得很可笑,"含璐终于有些歇斯底里了,"别再找我,我说以后我不想再见到你,你明白吗?"

含璐用尽力气冲大柱吼道:"我们,完了!"含璐用一种拒人于千里之外的眼神盯着大柱,然后猛然扭头就往常家大院走去。

大柱蒙了,那是一种什么样的表情? 怨恨、愤怒,还是无助、绝望、生离死别呢? 还像那天在窝棚一样,他一时无法领会,这是当初那个文静灵慧的常含璐吗? 他接连几个踉跄,脑子"轰、轰"直响,一阵天旋地转的感觉,人直往下沉、下沉……他重重地倒在了地上,灵魂也游离到了天空中。

"柱子哥……"

不知过了多久，一个声音从很遥远的地方传来。

接着大柱觉得有一双手在脸上抚摩，声音更近了："柱子哥，你醒醒、快醒醒。"

"璐璐，璐璐，你不要走，我不能没有你的。"大柱伸手去抓，抓住了一只手臂。

"你弄疼我了，呜呜……我是含瑾。"

见大柱依然不松手，傻了一样，含瑾又气又恨，就大声喊："岑大柱！"

柱子吓了一跳，这下回过神来。他认出眼前这人是含瑾，揉揉眼睛，强力克制内心的波澜。装作若无其事地问自己怎么躺在地上了，站起身，就朝河边走，准备上船过河。

"你站住。"含瑾厉声喝道。大柱只好停住了脚步，转过身来看着含瑾。

见大柱停下来，含瑾语气立马缓和了许多。

"柱子哥——"含瑾幽幽地说，"你刚才和谁在这里啊——是不是我姐啊。"

"没别人，就我一个人。"大柱不敢正视含瑾的眼睛。

"撒谎，你们在一起我都看见了，你是不是喜欢我姐姐，为什么不敢承认？"含瑾不给大柱任何狡辩的机会，"男人要敢爱敢恨，顶天立地，你这算什么，胆小鬼。"

"……"大柱喏喏几声，却没喏出一个字来。干脆闭上嘴，一言不发。

"你说啊，哑巴了。"含瑾满腹的委屈，她走近大柱，用力捶打着大柱的胸脯，算是发泄内心的酸楚。自从那次被大柱救起以后，她就暗暗喜欢上了这个干净、勤奋的小伙子，但是发现柱子哥和姐姐心意相通，对自己并没有那个意思，就只好暂时将想法埋在心底。

经历了许多事，这一刻，她顾不了太多，终于大胆说出了内心的诚与爱。

大柱伸手抚着含瑾的双肩，怜爱地看着这个妹子，挺直了胸脯，任凭她发泄着。

"我娘说被人看了身体就要和这人成亲的，"大柱的安抚让含瑾平静了不少，她轻声对大柱说，"这辈子我注定是你的人了。"

"我又没看你的身体。"大柱松开手，着急地辩解道。

"可是我看到你了——那天，你从水里站起来，我就看见了。"

含瑾脸"唰"地红了。

没想到含瑾搬出了这个理由，大柱一时不知如何回答。口不择言，苍白无力的话语连他自己都听不清楚：

"妹妹，你还小，啥都不懂，成什么亲？"

"我比姐姐才小两岁，都十六了，哪里小啊，为什么你和姐姐能好，不能和我好，我哪里比我姐差……你是不喜欢我，看不上我？"含瑾一连几个为什么，像机关枪一样，大柱一时词穷。

"妹子，我的亲妹子。这事真的不能勉强的……我现在没心思想这些，好不，你让我静静。"他像是在哀求，又像是在说服。

"我姐姐不会和你好的，你还是死了这份心吧。"

含瑾最后亮出了底牌。这张牌对她来说并不是撒手锏，反而是一根救命稻草，亮出来并没有任何优越，对柱子哥是一种伤害，对自己是一种羞辱。但是她顾不了那么多，她既希望把大柱从情感旋涡里拉出来，更期望这个男人从此接纳自己。

"你说什么，"大柱紧紧捏住含瑾的双肩，"到底发生了什么事，你告诉我。"

"告诉你，你就会喜欢我吗？不告诉你，我姐就会嫁给你吗？你想知道什么？知道了有什么用？我姐姐和你这辈子没有希望了，这是真的，她不是亲口对你说了吗？"

含瑾的心被戳得鲜血直流。同时，她也知道柱子哥的心也伤着，她还是想用自己滴血的心去安抚柱子哥的伤痛。这就是爱情中必须承担的代价,作为万物灵长的人类必须承受的痛苦。

这姐妹俩进入岑大柱的生活,彼此感觉已经成了亲人。可是大柱对姐妹俩的感觉明显不一样:这找媳妇又不是去猪圈里抓猪娃子,大的不抓,还可以抓个小的。况且,含璐已经把自己献给了大柱,自从在窝棚缠绵之后,大柱内心里对含璐不仅充满眷恋,还有感激。他满脑子都是含璐的影子,他要用生命去保护含璐,捍卫他们的爱情。

含璐判若两人的变化让他一时迷失了方向,他的世界陡然坍塌了。

含瑾看着柱子哥痛苦的样子,再不忍心用话语刺激他了。她两只手绞裹着衣角:"你知道县长和张吉财那一帮人为什么不动我们家了?你知道苏先生为什么能够安全离开慈利……还有你,为什么你今天能站在这里,那些团丁怎么不抓你了。"

"是那个狗团总一直威胁、逼迫我姐,我姐答应他了——张吉财这才肯放过我们。我姐为了大家,牺牲了自己。"

含瑾知道大柱和姐姐背着自己好上了,她内心无比痛苦和纠结,她都没有表现出来。但是姐姐以这种方式退出,让她始料不及。这不是竞争,而是自杀,姐姐以一种悲壮的姿态告别了这场情缘,从此置身于一个冰冷的世界,那需要多大的勇气和决心。

当姐姐向她说出自己的打算时,含瑾傻眼了。开始她以为是姐姐为了成全自己和柱子哥,再一想,才算是明白了姐姐的苦心。顷刻间,含瑾对姐姐没有了一丝怨恨。她抱着从小疼爱自己的姐姐百感交集……

但她太弱小了,根本无力改变什么,对姐姐,她除了心疼,还是心疼。看着大柱魂魄出窍,发疯似的冲进澧水河,含瑾浑身一软,一屁股坐在地上。

十五

常保长虽然暂时出来了,但是张吉财只要想动他老常,随便安个罪名就够老常家吃个哑巴亏，或者把他们老常家一大家赶出来，让他们无家可归。苏先生有"赤匪"嫌疑，这是众所周知的事情。这两个人都是含璐最重要的人，张吉财拿捏得很准。再就是岑大柱，那是妹妹含瑾的意中人，也不能动。含璐提出了这三条。

莫说三条，就是三十条，只要能够得到全县最漂亮又有才华的常家含璐，张吉财都答应。

常含璐也知道张吉财的软肋。最后一个条件就是：不想跟张吉财大太太相处，要另外选择一处别院，风风光光把自己娶进门，自己不能看人脸色过日子。

是自己的女人保全了自己。

含瑾的一番话终于让大柱有所醒悟，他还是无法接受眼前的现实，甚至觉得这是奇耻大辱，一个男人居然要靠自己的女人换取安全，他还有什么脸面在世上行走。

他跌跌撞撞回到家，呆呆地望着那幅《春的旋律》出神。

眼前的图景就是：大柱人生的航船，一路过滩遇险，栉风沐雨，好容易才出了武陵山区，进入洞庭湖宽阔的湖面，眼看就要顺风顺水、一马平川的时候，却突然刮来一团乌云，狂风大作。满载希望和梦想的航船被击得七零八落，千疮百孔。大柱自己也被这一记猛击撞得昏头昏脑，身子直往下沉、下沉……那是情犊初开的青涩记忆，如今却如黄粱一梦。

残局，已经不堪目睹，什么都被冲走了，他只剩下一具躯壳，冰冷的湖水把他裹挟到河滩。不是没死吗，为什么灵魂一直那么沉重，身躯还在下沉、下沉。

自此，那种下沉的苦痛一直伴随着大柱。

不用担心张吉财和县保安团来抓大柱了，但是大柱却傻了。接连几天，他除了发呆就是蒙头大睡，任凭爹妈怎么喊他，也不吭一声。

在大柱稍微清醒的时候，岑妈妈劝道："孩子，你想想，张吉财那混蛋会一直和常家过不去,含璐不答应行吗?含璐这是为了救你,为了救常家啊……只是委屈了孩子,造孽啊。"

岑大伯的话饱含世态炎凉,看似没有热度却很管用。他说一个男人要经历大风大浪才能坚强,有些事情该过去就让它过去,未来还有很长的路要走。人只有活着,才有希望。

时值春夏之交,稻田干涸,后河人这时候卡脖子,前河人忍无可忍。村里男丁顾不上躲壮丁,经过商议,终于在村口聚齐,一齐去后河干架,岑大伯拄着棍作势也要跟着去。

爹有些夸张的举动激怒了大柱,他冲他爹吼道:"有你儿子在,打架的事轮得上你吗?"大柱抢过爹的扁担,就冲在了队伍的前面,奔向垭门关。

就是在垭门关,岑大柱遇上了人生中又一个重要的人,从此,他的命运在这里拐了一个弯。

第三章 垭门关

一

这个夏天，连续几个月干旱，稻田都干裂了，可是溇水上游的后河霸着仅有的水源，非要前河每年给他们交大洋一万块，多次商量也不肯让步。祖祖辈辈共着一江水，多少年来相安无事。到这辈儿了却多了这么一档子事，分明是要断子孙后代的后路啊。

岑大柱、全子发、刘保华、车轱辘和保里青壮手持砍刀棍棒去后河准备抢水。队伍刚到垭门关，后河的人已经蜂拥而至，双方一场混战。后河的人招架不住，一齐后退。岑大柱他们一路追赶。刚过一道弯，迎面几声枪响，两人中枪倒地。

冲在前面的大柱顺势往旁边大石头后面一躲，朝身后喊："快跑，他们有枪……是保安团。"

后河的人又返身追赶，岑大柱倒在一丘稻田里。

"让你们当兵保卫国家，你们东躲西藏，到自己家门口打架都有份儿，带走！"团丁一拥而上，把大柱抓住。为首的是县保安团团长张吉财。大柱知道自己陷入对方设置好的圈套，他一言不发。

张吉财也认出了大柱。

火光中，两个男人四目相对。

张团总穿着一双马靴，他来回踱了几步，猛然停住，扬起手里的马鞭，指着岑大柱的脸，一字一顿地说："今天我放了你……其他人，带走！"

后河的石癞子、王大疤凑到张团总跟前，狗仗人势地对大柱丢脸子："团总放了你，还不快滚。"

大队人马走下垭门关，往县城走了，只有大柱被扔在原地。

"啊，我跟你们拼了。"岑大柱望着队伍的背影，一股火突然从眼睛里喷出来。他突然抄起一根棍，冲到张吉财身后挥棒就抢过去，张吉财躲闪不及，被一棒打中左手臂。

"你这是找死！"他忍痛飞起一脚踢中大柱的小肚子，大柱连连后退几步，被团丁扭住，噼里啪啦一顿毒打，鲜血从鼻子、嘴角流了出来。大柱挣扎着，用手使劲撑了几下地面，却没能站起来。

张吉财又赶过来飞起一脚，大柱应声滚下田坎，昏死过去。

见水田里的大柱再没动弹，张吉财才稍微有点解气，他揉着左手臂，带着队伍离去。

二

当晚，一支部队经过，一位排长发现了从水田里爬上岸又昏迷过去的岑大柱。他一摸，发现脉搏正常，就让士兵把大柱抬进房里，给他喂水。排长捏捏大柱的肩膀，对身边的人说："这骨架，是个扛枪的料！"

大柱醒过来时已是第二天黎明，看到眼前的人都穿着军装。

第一句话就是："你们有枪？"

"哟呵，娃儿，你想要枪？"

"我要报仇！"

排长叫瓦当，一脸络腮胡子，听口音应该是湘西那边的。

"枪可不是乱发的，当兵，就给你枪！"

"要得，只要给枪，干什么都依你。"

话刚出口，岑大柱突然愣住了——当兵，不就是抓壮丁吗？以前，听到抓壮丁就像瘟神降临，躲都来不及，这时候听到当兵，感觉大不一样，却有种奇怪的感觉，看着眼前这几个人，笑眯眯的，竟然一点都不反感。

自己一直在躲壮丁，答应当兵这不是把自己送上枪口了吗？岑大柱没有刹住，竟然接着问道："那你们去上海不？"

"我们当兵出湘西就是要保卫上海，保卫浙江，"瓦当说，"部队是讲纪律的，到底去哪个地方，最后要听长官的。"

"我们是去打日本的,鬼子占领了东北、华北,又要占我们的上海,全国都在抗战,你不去打鬼子,鬼子就要来打你了。"排长身后的几个兵也搭话了。

"湘西兵和日本倭寇早在几百年前就干过仗,祖先把鬼子全部赶回了海里,这次还要到祖先抗敌的地方去干死他们小鬼子。"

说起当年湘西人在彭土司带领下驱逐倭寇的辉煌往事,众人说得眉飞色舞。瓦当湘西口音太重,把"上海"说成"丧海",把"吃了"说成"刺了",把"抗战"说成"抗赞"。

众人七嘴八舌,豪情满怀的瓦当感染了大柱,虽然第一次谋面,大柱对瓦当排长和这支部队却有一种说不出的亲近感。听了他们的话,大柱不光觉得亲切,而且内心里涌出一股崇敬之情。

三

苏先生说过,日本早就占领了东北,白山黑水间,抗战烽火此起彼伏。而日本胃口不小,企图扩大地盘,进而占领全中国。全面开战,已经进入倒计时。苏先生本来是计划去东北参加抗战的,前不久,却前往上海参加抗战动员了。从常含璐口中得到苏先生奔赴前线的消息后,岑大柱曾经有过去上海找苏先生的打算,但是没能成行。遇上部队,大柱有了想法:跟着部队,可以去上海找先生。看来,部队里并不像别人说的那么差,当兵也许是一个不错的选择,他内心里乐意跟着这样的队伍和长官去当兵。

可是一转念,泥鳅、穿山甲、车轱辘他们被抓走,生死不明。刚刚有些闪光的眼球一下子变得黯然起来。

"你能帮我救人吗,我几个最好的兄弟。"岑大柱问瓦排长。大柱简要说了他们几个头天因为抢水打架、中计被保安团抓走的经过。

"救人?救什么人?我们是部队,有纪律的,不经请示,随便离开,视同逃兵,我们没法帮你。"

瓦排长一口回绝了。

萍水相逢,人家已经救了自己,凭什么帮你救别人呢?情急中说出这话,大柱马上就后悔了。他将目光从瓦排长脸上移回来,从床铺上坐起来说:"我不能跟你们去,我还得回城里救人。"

"我们素不相识,你救了我,你就是我干爹。"大柱整了整衣服,恭恭敬敬地跪在瓦当面前喊了一声"干爹",然后磕起头来。瓦当一开始被大柱的举动搞迷糊了,以为大柱跪地求他,是为了救人,连连摆手。

大柱说不是要求瓦当救人,而是感谢瓦当救了自己,救了自己就是给了自己第二次生命,拜干爹理所当然,这是当地风俗。

瓦当终于听懂了大柱的话,见大柱如此诚恳,又有些感动:"路见不平,拔刀相助。再说,救你也只是举手之劳,顺带的,你们说是不是啊?"

"是、是。"

"救了你,这就成干爹了,咱叔还没那么老吧。"一个兵问道。

"怎么不能叫干爹,你都叫叔叔了,爹和叔一个辈分。"另一个兵辩答着。

"既然这样,干爹就干爹,我认了,你起来吧。"瓦当很干脆。

大柱站起身,拱手打算离去。

"喂,伙计,打算就么走了?"一个身材魁梧的大个子挡在了门口。

岑大柱一愣,莫不是他们要强迫自己去当兵?对方人多势众,要留住自己完全不成问题。

他心里开始紧张起来。

"干啥子嘛,二蛋你让开,他要走就让他走嘛。"一个四川口音的瘦子推开了门口的大汉,又转身对岑大柱说:"走嘛,走嘛,虽然是瓦排长救了你,可是我也出力了,你应该认个干哥哥,说个谢谢的嘛。"

岑大柱紧张的情绪稍稍缓解,他拱手对众人说:"谢谢各位兵大哥搭救, 我岑大柱记住各位了, 我兄弟被保安团抓了, 现在要回去救我兄弟, 请给个方便。"

那个叫二蛋的大个子往前一步, 一手搭在大柱身上: "我叔, 不, 我们排长, 不, 你干爹喜欢你, 想让你跟我们走, 你到底怎么想的?"

"你说你姓什么?" 排长站起身, 抓起岑大柱的胳膊问道。

"姓岑啊。" 大柱有些奇怪排长为什么对自己姓什么感兴趣, 指着山下说: "喏, 就住在山下七相坪村岑家湾, 不信你们可以去打听。"

排长眼睛一亮, 愣了一下, 仿佛刚听明白似的, 接着一挥手: "哦, 晓得了。你走吧。"

二蛋见瓦排长发话了, 只好松开手让大柱出门。

四

岑大柱跨出门, 心里颇有些忐忑, 生怕他们反悔。走几步一回头, 终于下了关口, 来到连三湾, 这才松了一口气。

刚过两个湾, 前面树林里一左一右跳出来一高一矮两个蒙面人来, 一人手里拿着砍刀, 另一个居然拿着短火。

"站住, 打劫!"

"留下买路钱!"

大柱刚想往回跑, 但是来人动作更快, 一前一后就挡住了大柱。

早听说这一带有土匪, 可是自己从没遇上。今天偏偏不巧, 刚刚出了虎口, 又遇狼群。大柱只是暗暗叫苦, 汗水慢慢浸出来, 很快湿透了后背。

他正要说话, 对方却解下了面巾。

是大个子二蛋和那个四川佬! 他们穿上了老百姓的衣服。

"你们要干吗," 认出了他们, 大柱反倒安静了, 质问道, "刚刚说放了我, 现在又来抓我, 你们当兵的说话不算数?"

"喂,伙计,走那么快干啥子嘛,我们跟你商量一个事,我和二蛋帮你去救人,你跟我们一起去当兵。"四川佬说。

"还有,还有,排、排长让我、我们问你是不是真的姓岑?"大个子二蛋有些气喘。

"你们不是要抓我回去啊。"大柱这下放心了。

大个子二蛋一步跨过来,右手搭在大柱的左肩上:"怎么样,伙计?跟我们一、一起打鬼子去!"他高出大柱半个头,一手压下来颇有些力气,大柱不免有些吃不住。

"二蛋,你干啥子嘛,"瘦子一把拨开二蛋的手说,"排长交代说,干儿子有事,他不能不管。这样吧,我们反正已经出来了,先帮你把人救出来,当不当兵随你自己。"

本来心里没有底,有他俩相助,救人更加有把握。可是一旦把人救出来,自己就得跟他们走了。

大柱一时犹豫不决。

"伙计,救人要紧,走吧。"瘦子招呼一声,自顾自往前走了。二蛋也跟了上去。

先救人再说,大柱稍作思索,拿定主意,跟上他俩。

三人七绕八绕,来到大柱家里。大柱先画出了城区大致地形图,介绍了城里的情况,最后商量营救办法。岑大妈见儿子回来,还带着两个陌生人,刚要询问,却被儿子粗暴地止住了:"我们商量个事情,有什么事一会儿再说。"瘦子和二蛋对岑大伯一拱手,也进到大柱的房间。

垭门关发生的事,早就传到了七相坪,岑家不见了儿子,以为也是被抓了。没想到儿子突然回来了。两个老人隔着门,终于弄明白儿子是打算去救人,刚刚放下的心又焦虑起来。儿子态度十分坚决,他们就是想阻止儿子,也阻止不了。再说,那是开裆裤的伙伴,有难不帮,那还叫人吗?两位老人搓手跺脚,最后觉得也帮不了儿子,只好揣着不安的心,给他们安排吃的。

天黑前，三人混进了城，利用夜色的掩护，找到保安团关押壮丁的房屋。瞅准时机，大柱带着瘦子翻身进入院子里，找到那间房子，撬开窗户，放下绳子，轻声喊：

"车轱辘——泥鳅——穿山甲——"

"柱子哥。"黑暗中，有人回应。

大柱小心地撬开门，众人夺门而逃。

响动惊醒了门前的几个团丁，但是他们来不及反应就被众人打倒在地。院子里的其他人慌忙朝天放枪，使劲吹哨子。

慌乱中，大柱等人冲出大院，黑夜里，几个逃得慢的人又被抓住了。

瘦子见势不妙，示意让大柱几人朝南边跑，自己和二蛋掉头往河边跑。车轱辘一下子没明白意思，也跟着瘦子和二蛋往北边跑了。保安团顺着响枪的方向往北追过去，大柱带着两人轻松地出了南门，直往山上奔去，过了一座凉亭，这才放慢了脚步。回望县城，北边响了一阵枪声就没动静了，看样子，二蛋、四川佬和车轱辘已经跳水过河了。

整个县城一片黑暗，唯有城中央有一片灯光，那是县府和保安团驻地，估计张团总正在收拾残局。

想着张吉财气急败坏的样子，大柱心里多少有点快慰。

五

后河仗着张吉财当团长一直压着前河，但是没想到张吉财会借抢水械斗时抓壮丁。

这一招太阴毒了。

最近两年，为了躲壮丁，青壮年只好像贼一样东躲西藏，白天晚上都不敢待在家里。但是田里地里的活儿要干，他们又像贼一样偷偷绕回田地里干点农活儿。一旦听到负责放哨的老人、妇女或小孩发出信号，立刻溜进山里躲起来。一首《十二月抓丁歌》道出了周边几个县千万个家庭的辛酸。

> 正月抓丁雪茫茫，保长抓丁下了乡。
>
> 家有三子抓一个，家有五子抓一双。
>
> 四月抓丁别我爹，儿去当兵难顾家。
>
> 操心劳累受病魔，叫儿怎能放得下。
>
> 五月抓丁别我娘，剜心割肉痛断肠。
>
> 儿生回来孝敬娘，儿死为儿烧炷香。
>
> 八月抓丁别我妻，我去当兵你孤凄。
>
> 照护伢儿和老小，望夫岩上等郎回。
>
> 十月抓丁正立冬，破衣烂衫脚包棕。
>
> 富人有钱买壮丁，穷人卖命打冲锋。
>
> 冬月抓丁雪绒绒，前方战火打得凶。
>
> 可恨汉奸卖国贼，江山破碎血染红。
>
> 腊月抓丁要过年，同乡兄弟都死完。
>
> 捡起他们花荷包，留给亲人泪眼看。
>
> 前线打仗年复年，血流成河尸成山。
>
> 写信寄到家乡去，不知何日得团圆。

连年抓丁，青壮男子越来越少。最初规定三丁抽一丁，五丁抽一双的办法慢慢改为两丁抽一丁，三丁抽两丁。后来县里完不成任务，规定凡是年满14岁的男子都在抽丁之列。有钱的人纷纷拿钱买穷人抵数，一些流浪汉、傻子就被送到乡里。有的家里前年抓了一个，去年又抓了一个，到今年还要抓。连老人和孩子都被送到县府。邻村一个7岁的娃娃也被充数送到师管处，后来因为天天哭，不得已才送回来。

泥鳅家里只有一个男娃，有个叔叔当保长，前几年都没上他家抽丁，但是如今形势不同了，保长叔叔暗示了几次，下次抽丁就轮到泥鳅家了。岑大柱家两兄弟，大哥前年被抓走了，至今没有音信。看样子自己也躲不过去。而穿山甲家里和"红匪"是亲戚，首当其冲。

穿山甲名叫刘保华，是广福桥农会头头儿谢玉杰的亲外甥。自从广福桥闹农会以来，张吉财就盯上了他们家。1928年，时任副团总的张吉财跟随着团总偷袭了谢玉杰，还把他的人头挂在县城北门口城楼上示众。凡是和谢玉杰有牵连的人都被抓进了大牢。穿山甲的父母亲都被当作暴乱分子挨了枪子，当时刘保华才9岁。乡亲们把他和姐姐塞进船舱里，逃到大庸才躲过一劫，但是却与姐姐走散了。

不久，谢玉杰的同伴摸到团总家里，把团总的脑袋砍下来，给谢玉杰报了仇。

张吉财就当上了团总，比上一任更加阴险奸猾。

"反正是死，先宰了张吉财和县长！"

岑大柱更想立刻手刃那个横行乡里、作威作福的张团总。但恨归恨，张团总不是那么好杀的。他什么也没说，只是用手拍拍兄弟的肩膀。

六

虽然张吉财为了常含璐，答应不再为难岑大柱，但是，刚刚干了一架，前河、后河两地的仇肯定越积越深了，不想想办法，眼看秋天到了没收成，家家户户就要断炊了。

更可恨的是，即使在这样的情况下，县政府依然不顾老百姓的死活到处抓壮丁，硬是把老百姓往绝路上逼。垭门关前姓张的帮着后河那帮人暗算大伙儿，抓走了不少人，两人旧仇未解，又添了新恨。更主要的是，刚刚又把牢房劫了。这张团总无论如何是不会放过自己了。天下路千条，如今只有当兵这一条路了。

东方渐渐露出鱼肚色，大柱告诉车轱辘、穿山甲和泥鳅，自己要去当兵了。

穿山甲很是意外，瞪大眼睛问道："你是不是在说胡话？咱们躲壮丁躲了好多年了，躲都躲不过，如今你倒好，还自己送上门……当兵，那不是自寻死路？"

泥鳅也说："那你何必救我们，不如直接进去，我们一起就当兵了。"

"好铁不打钉，好男不当兵。好死不如赖活着，"穿山甲说，"我们还是去硝洞自在，哪里都不去，张吉财也拿咱们没法。"

听了两位兄弟的话，大柱并不奇怪。一个念头，或许在某个地方悄悄滋生着，只要一个暗示，它就会喷薄而出。有时候，念头甚至就在转眼瞬息之间。

最后下决心去当兵，还是在一个时辰前。看到两个素昧平生的好汉舍命相助，他内心被深深震撼了：和这样的人做兄弟，这一生值了！

上海，那是一个似乎很遥远，却肯定是轰轰烈烈的世界。上帝向自己关闭一扇门的时候，又给自己开了一扇窗。

这些天，一想到含璐决然离去的样子，那种欲说还休、想抓却是空、让人窒息的感觉就席卷而来。只要有一点暗示，痛苦就会袭击他。天旋地转、灵魂游离出窍、人直往下沉……

他太需要有一种力量帮助自己摆脱这一切。

片刻，岑大柱缓缓从腰里摸出一支枪来，那是二蛋临别时塞给自己的。他平静地对两位兄弟说："在垭门关，姓张的差点弄死我，是他们救了我……就刚才，他们又救了我们三个。这是他们给我的枪，我欠了人家的。跟他们走，不会错。"

"再说，苏先生不是去了吗，他干的是大事情。"

"噢，你不是要去张吉财那里啊。"泥鳅和穿山甲明白岑大柱是要随垭门关的那支队伍走，并不是自投罗网去张吉财的牢房当壮丁，松了一口气。泥鳅轻声问道："那含璐知道吗？"

"还提她？那个水性杨花的女人，给人家做小，不要脸！"穿山甲抢过话头，鄙夷地说，"亏我以前还那么待见她，以后让我见到了，我要呸死她……"

见大柱脸色越来越难看，泥鳅赶紧止住了穿山甲。穿山甲也意识到自己戳疼了岑大柱，马上转移了话题："这世道，不让人活，老子上梁山，当土匪，反正不给狗日的官老爷政府卖命。"

"你打算入伙了？"泥鳅吃惊地问道。

"老子光棍一条，一人吃饱全家不饿，你们说我不当土匪还有活路吗？哪里死都是死，不如先快活几天……这几天，我已经想好了，找陈驴子入伙算了。"穿山甲把手一甩，一副横下一条心、破罐破摔的神情。

"柱子哥，嗨……"

"泥鳅，你，跟我走！"

泥鳅退后一步，连连摆手："不、不，我要是当土匪了，会被爹妈打死，还进不了祖坟。"

"好、好，咱们今天各奔前程。"穿山甲鼻子一酸，态度却很坚决。

"你们放心，我不会祸害老百姓，我要报仇……我饶不了后河那帮狗日的，张吉财，弄不死他，我也要咬下他一块肉。"他咬牙切齿地丢下这句话，转身就走了。

岑大柱和泥鳅望着穿山甲的背影，无限落寞，也只好各自道别。

回到家里，爹妈告诉大柱，大个子和四川佬来过了，临走时留下话说在垭门关等他。

岑妈妈小心地问大柱，这都是些什么人，咱们庄户人可不能和不三不四的人搞得不清不白。大柱犹豫片刻，终于鼓起勇气说大个子和四川佬是湘西的部队，是要去打鬼子的，路过垭门关，救了自己一命，又帮自己救了泥鳅和穿山甲，做人要知恩图报。苏老师也是在打鬼子。

理由千万条,岑大柱知道也说服不了两位老人,一时词穷。

岑大伯已经洞穿孩子的心思,缓缓抬起头,简短而直中要害:"你要跟他们走了?"

大柱回答:"是的,我已经答应跟他们去打鬼子了。"

大儿子当兵一年多,音信全无,如今小儿子刚从噩梦里醒过来,又鬼使神差要去当兵,岑妈妈听了儿子的话,肝肠寸断,泪如雨下。岑大伯却说:"死生有命,富贵在天,如今乱世,小日子是过不下去了,一个男人,出去闯闯也未尝不可。"

岑妈妈责骂道:"儿子不是你身上的肉,你不心疼……天哪,这是什么世道哦。"

看到母亲捶胸难过的样子,岑大柱突然意识到自己很过分。当兵只是一个借口,因为那份屈辱,他一直活在自己的世界里。如今,自己为了逃避,却让母亲如生死离别一般。

这是不孝啊。

他一个字也说不出来,心里一酸,膝盖一软就跪了下来,岑妈妈早已泣不成声,转身进屋去了。岑大伯连连挥手:"走吧、走吧。哎,今天单日,明天出门合适。"

大柱抹了一把脸,冲爹"啪、啪、啪"三个响头,闷雷般地憋出一句话:"您和娘在家好好过,我跟着部队去——找苏先生。"

自己有一天带回一支队伍,有了人,有了枪,就不用这么屈辱了。大柱竭力抗拒着母亲伤心对自己的刺激,脑子里突然闪出了这么个念头。起身发狠地跨进房里,重重地把自己扔到床上。

七

第二天一早,岑大柱告别爹娘,步履沉重地出了岑家湾,却不由自主地来到河边。

那棵柳树依然枝繁叶茂，挂红布条的枝丫越发粗壮了。不过，再也没有红布条了，含璐也不会来写生了。抬眼望望龙凤寨，大柱心里一阵绞痛。紧接着一阵眩晕，人开始下沉、下沉……

"哥哥门前一堵墙，丝瓜苦瓜种两旁。"

突然，河面上传来了一阵歌声。

是含瑾，她划着船过河来了。

她怎么得到消息了！

岑大柱定定神，刚想躲避，含瑾已经发现了他："岑大柱，你就这么走了！"

大柱止住了脚步。

"岑大柱，你这混蛋，你敢走，我这辈子不会饶你，下辈子也不放过你。"含瑾不待船靠岸，就跳进了河里，三步并作两步往岸上跑过来。

大柱只好停下来，转过身慢慢迎上去。

看到含瑾两脚全是泥，一身狼狈样，他连忙用衣袖去揩含瑾脸上的水珠，又去擦脚上的泥巴。

含瑾像一具木偶一样，任凭大柱上下忙活。

大柱擦了几下，停住了。抬眼看见含瑾一副怒气冲冲的模样，一时不知所措，困窘地搓着手。

含瑾一把扯下大柱的叉口，从自己身后包袱里取出一双鞋，还有两双鞋垫往里一塞，两眼望着地上："你宁愿去找死，也不肯要我是吧，你去死吧，死了别光着脚，记得把鞋穿上。"

"妹子，你听我说……"大柱被刨得语无伦次。

含瑾却一把抱住了柱子哥，柔声说："哥，妹子知道你心里苦，你去吧，妹子会等你回来，三年、五年，都等。"

大柱刚想把手搂在含瑾身上，却犹豫着，又停下了。

也许是这一抱给了含瑾太多的安慰，她拉过大柱的手，柔声说："柱子哥，你都是要死的人了，抱抱女人，你的女人……"

大柱的手终于搂在了含瑾的身上。他分辨不清自己这一搂是为了安慰含瑾，还是被含瑾融化了。

"我不会死，我还要回来孝敬爹妈，还要……还要带回一支队伍来，"大柱说，"妹子，谢谢你。"

含瑾伸手从口袋里掏出一个布袋："柱子哥，我去大庙头给你求的符，保佑你平安，你带在身上。你的爹妈就是我的爹妈，有我常含瑾一口吃的，就有老人半口。"

大柱心头一热，眼眶有些湿润。他低下头，伸手接过了布袋。

多好的一个女人，他深深吸了一口气，定了定神说："妹子，你是我的亲妹，你对我比亲哥哥还亲，可是……"

大柱的话还没说完，含瑾猛地一把将他推开，又顺手打了他一耳光："滚，你快滚，死在外面算了，我不是你亲妹子——世上哪有这样的亲妹子。"说完捂着脸就向河边跑去。

大柱傻了，他知道自己的话又触痛了含瑾。看着含瑾远去，他心烦意乱地往前走。

背后却传来了含瑾的歌声：

妹妹门前一条墙，
丝瓜苦瓜种两旁。
哥吃丝瓜要想妹，
妹吃苦瓜苦恋郎。

歌声如泣如诉，排山倒海一样袭来。大柱的脚步不由得慢了下来。歌声停下，他加快脚步，歌声又响起：

三根杉树一般高，

三根杉树来搭桥。

对妹有情的哥哥桥上过，

对妹无意的哥哥水上漂。

哥去当兵呢妹在家，

日挑水来夜纺纱。

守着爹妈心想哥，

哥哥回来才有家。

"妹子，你是天底下最好的妹子。"岑大柱心里一阵抽紧，他轻轻抚摩着布袋，又把叉口紧紧抱在胸前，朝着龙凤寨的方向鞠了一个躬，慢慢向垭门关走去。

远看哥哥穿身蓝，

走路折起叶子玩。

折得少来丢得多，

不是想我想哪个？

八

瓦当他们是先头部队，到达慈利以后，为了等候后面的队伍，决定在垭门关停留几日。

瓦当见大柱准时前来，喜出望外。

他问大柱，事情办好了没。

对于行军途中这场奇遇，他甚至有些不知所措：意外救下大柱，竟然有了个干儿子。自己一句玩笑话，就给排里招来一个兵。

大柱没有说话，只是轻轻点了点头。

二蛋和那个瘦子已经换回了军装，两人一前一后围着大柱嚷道："我说嘛，我们排长看上的人就不会错，吐口唾沫就是个钉钉。"

"那是，那是。"

大柱再见到二人，也很高兴。刚要问二人是怎么脱身的，排长赶紧示意不要往下说，这是在部队，私自行动是不允许的，人多嘴杂，传出去就不好了。

瓦当一抬手："走，出去看看，这垭门关可是好地方，风景好，地势险要。"

当地人挑脚，一般是先天下午赶到垭门关休息，第二天再出发。岑大柱也多次在垭门关住过，但是从来没有仔细看过县城、龙凤寨和七相坪。就要离开了，望着山下的溇水和澧水，还有烟雾萦绕的龙凤寨，一股莫名的伤感涌上心头。

大家望着溇水、澧水，指指点点，岑大柱却默然不语。

见岑大柱一副心事重重的样子，瓦当说："一个男人不离开家是永远长不大的。把家揣在心里，人到哪，家到哪。男人嘛，四海为家。"

二蛋也劝说道："我大爷说了，竿军就是他的家，男人嘛……咦，是咋说的？"他一下子想不起下文。

"干啥子嘛，你龟儿子，猪鼻子插大葱——装象。四海为家处处家，兄弟相伴走天涯。"那个四川佬搭上话了。

"对对，处处家，咱们兄弟走天涯。"二蛋的憨样引起了一场哄笑。

"岑大柱，干啥子，莫板起个脸撒。"瘦子也过来开导大柱。

"我不吃沙子。"岑大柱轻声回道。

"干啥子，吃沙子？哈哈哈。"二蛋听了，快笑岔气了。

"干啥子不是让你吃沙子，四川话是你怎么了的意思。"瓦排长也笑起来了。

欢乐的气氛让萦绕在心头的阴霾散去了不少，听着大家的欢笑，大柱的心情好了很多。他突然想起车轱辘，问四川佬。四川佬说，那个货啊，不肯当兵，去什么薛家铺了。

大柱明白了，车轱辘刘三舍不得柳如风，那个风骚的柳老板早就把刘三的魂勾走了。

吃过晚饭，排长让二蛋叫上大柱，三人出了客栈，往山顶走去。

瓦当告诉大柱，他们湘西凤凰一带的男孩子十来岁就要进军营。湘西兵是天下最勇敢的部队，被称为竿军。

"在军中流传着一句话：滇军黔军两只羊，湘军就是一头狼；广西猴子是桂军，猛如老虎恶如狼。"瓦当说，"湘军在全国都是很有名的，号称无湘不成军，无竿不成湘，竿军又是湘军里最有名的。"

对男人来说，这才是激起斗志最好的题材。岑大柱被瓦当的一席话吸引了，认真听着瓦当慢慢悠悠地叙述着。

湘西兵和广西的狼兵曾经在沿海抗击倭寇，并称为狼土兵，瓦家祖上有一位很了不起的婆婆，带领狼兵在浙江一带抗击倭寇，曾让倭寇闻风丧胆，得到了朝廷的赏赐，被封为"二品夫人"。后来，为了纪念这位婆婆，乡亲们在家乡就建了婆婆庙，只要军队出征，勇士们就会去祭拜，去庙里求一块开过光的符咒带在身上，保平安。

"那位婆婆被称为瓦氏夫人，我们都叫她瓦婆婆。是我们瓦家的大英雄。"

"知道不，这位瓦婆婆和你有关。"

"和我有什么关系，我又不认识？"岑大柱瞪大了眼睛，一脸的困惑。

瓦当却卖了个关子。

"她就是像佘太君一样的女英雄，是我们瓦家人心目中的神，也是狼兵、土兵共同的神，知道她姓什么不？"

"不是叫瓦婆婆吗，姓瓦呗。"

"不对，她姓岑。婆婆出嫁前名叫岑花，是你的前辈。"

岑大柱心头微微一震。

二蛋这下也才弄明白瓦当为何反复问大柱姓什么。他恍然大悟地说道："原来是这么回事啊，算起来，岑大柱，你是瓦婆婆娘家的人呢！你是狼兵的后代，我们都是狼兵的后代。"

瓦当正色说道："那天知道你姓岑，我就觉得有些奇怪，这一带姓岑的可不多呢。莫不是瓦婆婆在天上显灵，让你在路上等我们，派你随我们出征？"

自己祖上真的有这样的英雄吗？瓦婆婆，岑花，以前自己真是一无所知。看瓦当说话的神情，可以肯定，撺掇自己当兵是瓦当有意为之，但是有关瓦婆婆的故事不是他随便编出来的。

说话间，三人来到了山顶，那里有一座小庙。

进入小庙，瓦当小心地掏出一块手帕大小的西兰卡普①，上面绣着一个端庄的奶奶。

"这就是瓦婆婆。"瓦当郑重地将绣布放在供案上，然后虔诚地跪在地上。二蛋也跟着跪下了，在路上大柱才知道二蛋姓瓦，是瓦当的同宗侄子。

"神勇无边、战无不胜的瓦婆婆，我是您的儿孙瓦当、瓦二蛋，今天奉命出征，愿您保佑后辈过关斩将，旗开得胜，凯旋归来！"瓦当说完，见岑大柱还愣愣地站着，示意他赶紧跪下。大柱只好跪了下来。

"神勇无边、战无不胜的瓦婆婆，今天您的儿孙岑……岑……"瓦当突然记不起大柱的名字，大柱赶紧说："岑大柱。"

"岑大柱，是您娘家的人，也是您的子孙，愿您保佑后辈，过关斩将，旗开得胜，凯旋归来！"瓦当"啪啪啪"磕了三个头，大柱跟着也磕了。

---

① 西兰卡普：土家织锦。

站起身来。瓦当小心地把瓦婆婆揣起来，走出了小庙。

眼下的情形，让大柱觉得很像是哪段戏文里的情节。但是，他还是报出了自己的名字。在那样的情形下，他就是再冥顽不化，也不能不有所表示。

离地三尺有神灵，任何时候都要心存敬畏之心，这是他爹经常教育他的。以前，他们上山围猎、下河拉活都要举行祭拜仪式，如今是随部队出征，是在刀尖上讨活，更应该祈求神灵，图个吉利。

听了瓦当祭拜的话语，大柱真正意识到自己即将像说书里提到的上阵厮杀了，不由得一阵恐慌，一阵兴奋。出了小庙，他深深吸了几口气，努力平静下来。

看到大柱的表现，瓦当有些满意。他豪情满怀地说，不管是狼兵还是土兵，我们和鬼子都是世仇，祖先当年把鬼子赶回海里，狼土兵天下无敌。这次出征，要打出湘西人、打出当年狼土兵的气势来，建功立业，捍卫祖先的荣耀，为祖先争光。

瓦婆婆，大柱接过瓦当手里的西兰卡普布块，仔细端详着她的样子。她是人们心中的战神，和慈利的毛菩萨、毛将军相比，哪个更厉害呢？既然瓦排长他们如此崇敬婆婆，想必婆婆定然是响当当的人物。也许是男儿天生就喜欢冲锋陷阵，也许是自己遗传了祖上尚武好战的基因，一股热血迅速在全身涌动开来。下山途中，他真的感到冥冥中有一双眼睛在某个地方盯着自己。

瓦当让大柱去一班，瘦子四川佬是班长，大柱私底下叫他"吃沙子"班长。

拉纤时，过惯了那种随时随地吃饭休息的生活，大柱来到部队并无多少不适应。还有瓦排长、"吃沙子"班长关照着，大柱很快融进了他们的生活，安心地等待着部队给自己发军装、发枪。

这支队伍是三十四师，师长名叫顾家齐。有两个旅，每个旅有两个团，他们团的团长姓陈。团下面是营、连、排,排长以上才是军官,刚入伍的都是二等兵,每个月有一块大洋的军饷。

要想领到军装,成为一名军人,还要上报到连部登记。每个士兵都有档案,家里每年还能从政府领到优抚金。岑大柱以前以为当兵就是打仗,没想到其中还有这么多内容。哥哥不是当兵了,为什么政府就没有给家里什么金呢?

他问瓦当。

瓦当说,有的部队很黑,有些人虚报瞒报、造假、喝兵血。陈团长,还有连长、他瓦当招的兵,都是有名有姓的,入伍手续,会有专门的人去办理,决不能让大柱成为"黑户"。

大柱吃上军粮的第二天,后面大队伍跟上了,连长以上的军官还带着家眷。张吉财见到顾师长屁颠屁颠地前后侍候着,并给所有家眷早早安排了船运。

岑大柱有些困惑了。这张吉财是疤瘌眼长疮——坏透了,那师长呢,难道他们是一伙的?可是,上船容易下船难,此时由不得自己再多想,他不好多问,只能跟着部队了。

九

队伍很快就开拔,一部分走水路,一部分走陆路,到了常德又休整了几天。这时候,岑大柱已经穿上了二等兵军服,只是还没领到枪。

中午,瓦当说陈团长让大柱去团部。岑大柱非常意外,满怀狐疑地跟着卫兵来到团部。团部设在一个大户人家的祠堂里,大柱来到祠堂大门外,喊了一声"报告",小心地跨进门,却看见了张吉财,想躲也来不及了,只好硬着头皮对陈团长说:"一连二排二班二等兵岑大柱报到。"

"哟呵,这才几天,小子出息了,呵呵,陈团长,你带兵有方啊。"张吉财一脸的和气，完全判若两人。

陈团长身材高大，却一脸和气。他给大柱回了一个礼，回头问张吉财："陈大柱，是我的本家？你的妹夫，跑我部队里来了？人没错，是他吧？"

"是岑，不是您那个陈，他贱小子，哪配姓您这么高贵的姓呢？"张吉财答非所问，却懂得不失时机地恭维人。

"张团总这么说就见外了，一个锅里吃饭的，都是自家兄弟，分什么贵贱，我也是一个兵嘛。"陈团长说，"既然人没错，你带走吧。"

张吉财朝岑大柱一瞪眼，说："你这头犟子瘟，赶紧回去，我妹子还等着你完婚，看我怎么收拾你！"

说完，不由分说拉着岑大柱就出了团部的门。

岑大柱一边挣扎一边说："我又不认识你妹子，我就是打单身汉，也不得跟你攀亲戚，哪个和你妹子完婚，我不回去。"

张吉财压低声音说："你知道你是去干啥吗？你这是去送死，别人躲都来不及……不是看在含瑾的面子上，老子才懒得管你。"

"以前你天天追我当兵，非要弄死我，老子今天自己去当兵，你又来拦我，你究竟是哪门滴。"

"以前是以前，现在是现在，咱俩不打不相识……现在又成了亲戚，还不得关照着。你有点本事，我那个看守，被你一下就扭断了脖子……我是最器重人才的，回去跟我干，包你不吃亏。"

岑大柱见张吉财并无恶意，口气也稍微有了缓和。

"我不会跟你走的，你回去吧。"

"你是我妹夫呢。我丈人，就是含璐他爹已经把我妹子含瑾许配给你了，在我保安团牢房里，你自己答应的啊。"张吉财见自己劝不动大柱，就搬出了常有福和含璐，哪知道这下激起了大柱的无名火。

"你滚，老子死不死，管你卵事。慈利地界上有我就没你，有你就没我，我和你不是一路人——你给老子等着，早晚我要回来收拾你。"岑大柱指着张吉财，往后退了两步，转身朝外面走去。

张吉财热脸贴到冷屁股，一时间，他猜不出这小子那根筋搭错了，只是强压住怒火，作色说道："站住，今天我不和你计较，你是我妹夫，我妹子让你回去。"

岑大柱不再理他，头也没回，径直走了。

随行的王大疤却没有好的脾气，冲大柱啐了一口："还不是沾了女人的光，才攀上咱们团总，他真是不识抬举。"

陈团长走了出来。

他不明就里，拍了拍手："呵呵，你妹子有眼光，这小子，有脾性。张团总，你看这，不是我不给你面子吧。"

"哪里，哪里，家务事，让陈团长见笑了。这小子，有一身蛮力，可是没脑子……如今，就只好交给您了。你们开拔了，我们迟早也要上前线的，还会碰面。"

他堂堂一个团总在一个二等兵面前丢了这么大的面子，张吉财努力掩饰自己的困窘，朝陈团长讪笑着，拱手告辞。

为了博得常含璐一笑，张吉财可是费尽了心思。先是按常含璐的意思在城里置下了别院，又对常家百般示好，不仅让常家住回了正堂，还专门安排卫兵保护他们一家，对姨妹子含瑾也是百依百顺，可谓是尽心尽力。

常含璐在爹娘的苦劝之下，住进了张吉财为她置办的小院，但是她以自己有了身孕为由，很少让张吉财在她那里过夜。张吉财知道含璐有了自己的孩子，也很知足，除了隔三岔五送点物品，彼此也相安无事。

这次张吉财专程赶到常德，表面看是讨好姨妹子，但是拉拢大柱，收为心腹才是他的真正用意。本以为岑大柱会乖乖跟着自己回去，哪晓得这小子油盐不进。他在陈团长面前丢了面子不说，回去越发做不起人了。

他一脸的不快，催促手下赶紧走。

第四章

石门喋血

一

天，阴沉沉的，时而几片雪花飘下来，还没到达地面就不见了。

一阵风过，岑大柱打了一个冷战。思绪回到了眼前。

桑植、大庸那边可能下大雨吧，要不，这河水怎么会上涨呢？岑排长又关注起河道来。

是的呢，冬天河水还上涨，长这么大还第一次见到。泥鳅也有些忧心忡忡了：前方无险可守，后有大河阻隔，石门可是兵法上常说的死地。

"柱子哥，这场仗只怕有些悬，干吗非要在这里死守呢？"泥鳅说出了内心的忧虑。

岑排长知道泥鳅的担心不是多余的，他自己也不止一次思考过这个问题。但是此时，他只能强作镇定，对泥鳅说："千万不要再说这类话，那些事都是长官们考虑的，轮不到我们讨论。"

实际上，他最想说的还是：保不住也要保，哪怕死在石门。

泥鳅感到岑大柱不再是当初那个莽撞的柱子哥了，他成熟了，这些年的历练，柱子哥已经变得更加内敛、沉稳。

日本人的大炮打到城外阵地是泥鳅来暂五师的第十天。

根据侦察兵的情报，最近，有两股敌人分别在临澧新安和澧县暖水街集结，距离石门前沿阵地不到二十公里。

长时间的剑拔弩张，终于到了刺刀见红的时候了。

对于日军作战意图，上层曾有不同意见：一种是日军将会故技重演，声东击西，撕破长江上游防线，从鄂西攻入蜀地。还有一派意见是日军见重庆附近集结着大量的精锐部队，从正面一时难以攻破石碑要塞，会虚晃一枪，夺取湘西北重镇常德，为部队补充给养，然后迂回包抄，从湘西进重庆。两种意见，相持不下。

统帅的判断和决心，直接影响着战争的进程。这一次，统帅部优柔寡断, 在某种程度上贻误了战机。直到日军重兵压向湘北, 战区这才正式调整部署, 命令七十三军从慈利调往石门接防, 而且下了死命令: 务必死守石门, 确保常德北部安全。三个师划定了各自的作战区域, 石门城区和石门西侧由暂五师把守。

关于战争的态势以及战区的作战意图, 像岑大柱这样的下级军官是无从得知的。他只能从连队的作战命令中分析战斗何时打响, 自己这个排要完成什么任务。接连几天, 岑大柱得到的命令却是机动待命。

二

前方阵地, 炮弹像竹筒倒豆子一样倾泻在阵地上, 连县城内房屋都被震得微微发抖, 城墙脚下偶尔也会落下炮弹, 爆炸声起, 尘土飞扬。

运输队、卫生队在县城外来来回回忙碌着。

伤员不断增加, 师部野战医院的床铺很快不够用了。这些被抬进城的伤员要么是军官、要么是重伤员。傍晚时分, 敌机又来轰炸, 城内的军部和七十七师师部分别被炮弹击中, 被迫向城外转移。特务连一排负责城区警戒, 协助军部转移。

当晚, 彭师长刚从前线回来, 就被通知到军部开会, 返回师部时已经到了下半夜。

天还没亮, 特务连接到了新的命令: 赶到大尖山支援, 务必坚持到天黑。出发前, 大柱命令: 全排士兵除了武器弹药, 其他物品一律卸下来; 一名老兵带一名新兵, 老兵负责射击, 新兵负责给老兵供应弹药。这是大柱多年来总结出来的一套实战经验: 新兵听到炮弹爆炸就发抖, 甭说瞄准射击, 不尿裤子就不错了。有老兵撑腰, 这些新兵心里才稍微踏实些。老兵利用空隙时间教给新兵一些作战技术, 对提高新兵战斗素养很有好处。一场战斗下来, 新兵就能独立战斗了。

很自然,全子发就跟大柱分在了一组。

整装完毕,特务连在前,运输队、担架队随后,直奔城外阵地。

刚出城门,遇见了一支部队往城西开过去,一看番号,是七十七师的。岑大柱向一名带队少尉询问:"你们这是要往哪里去?"

少尉匆匆忙忙,答非所问:"有劳暂五师的兄弟们了。"

他们撤了,全子发低声对大柱说。

孬种!岑排长心里骂道,嘴上却冲队伍喊道:"加快速度!"

三

大尖山阵地已经到了最后时刻,一个营四百来号人只剩下一百多,还有不少身上带着伤。营长受了重伤,被抬下了火线,三个连长死了两个,还有一个躺在担架上就要往下抬。阵地上负责指挥的是一名副营长。特务连进入阵地前,副营长刚刚组织部队打退敌人又一次冲锋,手臂上已经挂了彩。

援兵迟迟不到,弹药又供应不上,通信也中断了,卫生兵给他包扎伤口。他一边冲卫生兵催促,一边直跺脚骂娘。

通信员报告说:援兵到了,他一把推开卫生兵,兴奋地戴上钢盔冲出指挥所迎接。

连长向副营长报告:"特务连奉命前来报到。"副营长连说:"来了好,来了就好,师长没忘记咱们,呵呵,连特务连都派给咱们了。"

他一眼认出了连长身后的岑大柱,更乐和了,拍着大柱的肩膀朝阵地上喊道:"兄弟们,我们的大力王回来了……再不怕鬼子的乌龟壳子了。"

大柱早就知道坚守这个阵地的是自己的老部队,十四团的兄弟,他比别人更迫切希望见到兄弟们。终于见到战友们,并且能够和他们同生共死,他稍微心安了一点。

顾不上寒暄，全连就以排为单位进入了各自的阵地。

这个团大多数是苗人和土家族人，是三十四师的老底子。当年在嘉善前线，别的部队纷纷溃败，这个师却苦战七天，敌人只前进了11公里，打出了湘军的气势。

就是这样一支部队后来却被撤销了番号，军官被遣回原籍，士兵们被分到不同的部队。苗王随后又带兵出凤凰，散落在各个部队的湘西兵又慢慢地走到一起来。大伙儿怀揣着国仇家恨，与鬼子打了六年，从浙江到湖北、从江西到湖南，哥哥死了，弟弟上；父亲没了，儿子上，多少子弟血洒疆场。

战士们都是风华正茂的年纪，不管他们愿意不愿意，都回避不了一个严酷的现实：战争！

这是一个贫弱国家，这是一个悲惨时代赋予给一代人的宿命。

如今，鬼子闯进洞庭湖平原，眼见就要进入湘西，那是他们的家乡。就是拼了性命，也要保护家乡父老，这不仅是军人的责任，更是儿女对父母的报答。

不久前，团长刚刚没了，大伙儿都感到心寒。然而，抗战是任何炎黄子孙无法拒绝的使命。为了抗战，为了子孙后代的生命线，唯有阻止敌人进入湘西才是对团长最好的怀念。

大家把悲痛化为对鬼子的仇恨，提着枪上了战场。

同为湖南人，彭师长也拿出了血本；他亲自兼任十四团的团长，和兄弟们吃住在一起，还亲自到一线阵地指挥。为了确保外围战场，全师把最好的武器集中在大尖山、红土坡等一线阵地。一个连装备了三挺重机枪，每个排五挺轻机枪……八二炮也尽数配置到各营。

这在半年前是不可想象的。

虽然师长有破釜沉舟、杀身成仁的决心，但是从早晨遇上七十七师撤退，连长下达命令时的凝重表情，大柱隐隐约约意识到部队已经处在了危险境地,特别是暂五师面临的将是一场异常凶险的恶仗。

"听说七十四军早到了常德,他们为什么不来支援?"大柱像是自言自语,又像是询问身边的全子发。他并不指望自己的疑问得到回答。

出乎意料,全子发说:"只要我们在石门多撑一阵,就能为他们赢得时间!"

"军令部最初以为日军目标是重庆,把主要防守力量集中在长江上游。后来,他们已经发觉判断有误,第六和第九战区才重新部署力量,除了七十四军,一百军、四十四军、第十军都在向常德方向移动。"

柱子听了全子发一席话,心里一愣,这些只有团以上军官才知道的事,他一个警察怎么了解的?前几天还不赞成死守石门,今天临战了,却突然一百八十度转变。

这还是当初那个泥鳅吗?

让大柱更为吃惊的还在后头。

全子发似乎根本没在意排长的心情变化,话锋一转:"本来石门防线可以直接调七十四军,但是那是老蒋的嫡系。知道不,七十四军号称辉煌部队,我们呢,叫什么守本部队、壮烈部队。这说明什么,知道一将功成万骨枯,知道什么是炮灰了吧。"

"但是,现在不是计较这些的时候。"岑大柱听出全子发话里有话,那些是他一直努力回避,也不愿意去思考的。

"就是炮灰,只要是为了抗战,我也认了。"

"我们都是这么想的,好多兄弟上了战场根本就没想过能活着回去。"全子发回答,语气出奇地平静。

四

外号泥鳅的全子发可不是徒有虚名,他在战场上很有一套。

　　敌人炮弹落在阵地上时，有的新兵吓得手足无措，到处乱跑。而第一次上战场的全子发能够凭呼啸声判断出炮弹的着地点，从容地左右躲避，子弹从头顶飞过，他竟然不为所动。

　　看到泥鳅如此老练，岑大柱最初的担心慢慢放下了。

　　炮击一停，阵地上会有暂时的平静。

　　利用眼前短暂的空隙，有经验的老兵匆忙把沙袋堆上去，对被毁坏的壕沟做了临时性抢修加固。

　　全子发也跟着干了起来，这个他并不在行。

　　烟雾还未散去，日本人的战车就出现了。

　　一、二、三、四……

　　正前方，四辆战车已经一字排开，快速向这边移动。土黄色的步兵线很快进入了视线，他们跟在战车旁猫着腰冲上来了。

　　"敌人上来了，迅速进入掩体，准备战斗。"

　　副营长一声令下，大伙儿丢下手中的铁铲，各自匍匐在刚刚抢修过的工事里。

　　刚才还忙碌的阵地上安静下来，一下子变得空无一人似的。

　　地面让炮火翻了无数遍，本来冰凉湿润的泥土变得松软，还带着一些温热。伏在上面，除了呛人的硝烟味，还隐隐有一股腥味扑鼻而来，那是战士们的体内流出的血液，还有白花花的脑浆。大柱身后就有一位战士只剩下半个脑袋，一股白色的液体淌了出来。

　　全子发并没有陪在大柱身旁，而是从容地拿起中正式步枪（他的汉阳造早已经让大柱扔了），镇定地伏在不远处一个单兵壕沟里，做好了射击准备。

　　那神态，分明就是一个久经战场的老兵。

　　前方是一大片稻田，收割后的草垛已经燃了一多半，剩下的还冒着黑烟。鬼子的铁盒子越过开阔地带，离阵地越来越近了。

必须把它们干掉!

岑大柱正用手比画着距离,右侧那边已经有人出现在战车附近。

四个战士顺着牵延性壕沟,几个跳跃,接近了最右边的一辆战车。其中一人携着炸药匍匐前进,这个位置恰好是铁盒子的视野盲区。

五米、三米……就在爆破手站起身将炸药扔向战车的时候,战车背后一挺歪把子对准了他。

"哒哒哒"一阵射击声过后,这名战士往前一扑,倒下了。

"机枪,压制住敌人火力。"副营长一拳擂在地上,冲机枪手吼道。

不待机枪响起,这边全子发却起身了,他提着枪,弓着身子,飞速来到一个散兵坑,稍作瞄准。一个点射过去,歪把子不吭声了。

"好枪法! "机枪手夸奖道。

其实,副营长下的这个命令有点冲动,机枪阵地稍微靠后,射程根本够不着,盲目开火反而会暴露自己的位置。

全子发及时出手,替机枪手揽下了这活儿。

这一枪算是下达了射击的命令。步枪抢先射击,将几名冲在前面的鬼子放倒。接着,轻机枪、重机枪一阵猛射,遏制住了鬼子的攻势。

鬼子就地寻找掩体,伏在地上进行还击。子弹"嗖嗖"地飞过来,钻进泥土里。

掷弹筒跟着发出一排炮弹,阵地上又溅起了一片"土雨"。

战车移动很快,横冲直闯,那边剩下的三名战士也看准了时机,先后跃出壕沟,几个翻滚就接近了战车。只听到"轰"一声爆炸,接着是金属撞击的声音,最右侧的那辆战车像是抽筋一样,浑身一颤抖,履带碎落一地。

它不动了。

烟雾过后,大家并没有看到那名战士的身影。

岑大柱心里一阵难过。

而迎面这辆战车越来越近,机枪、炮弹一股脑朝这边飞过来,容不得他探脑去多瞧一眼逝去的战友。

突然，一发炮弹过来，把岑大柱整个人埋进了土里。等他从土里爬出来时，敌人已经距离不到一百米了，他甚至能看清鬼子的军衣上的口袋和面部表情。

还不到自己投掷的距离，但他感到自己手心里已经出汗了。

战车履带滚动的声音让大家感到一阵阵恐惧。

又一发炮弹飞过来，一名战士被掀到空中，又重重地摔在壕沟里，再也没有动弹。

不能再让它前进了！

岑大柱冲身边的战士喊一声：

"掩护我。"

他左手夹起一捆手榴弹，蹬着堑壕壁就爬了出去。

"柱子哥，小心！"全子发现大柱冲出去了，连忙把枪向岑大柱的前方瞄准，其他战士也把火力向这边倾斜。

鬼子步兵火力是被压下去了，可是那铁盒子迎着弹雨直冲过来，重机枪打在它身上就跟挠痒痒似的。

大柱左右跑动，然后一个飞跃，躲进了一个坑里。铁盒子里的机枪紧跟着朝大柱藏身处发疯似的扫射。

这是一个弹坑，刚好可以藏一个人。

子弹激起的尘土，不断跌落。大柱一动不动，像一只壁虎牢牢地扣在大地上。

战车扫射一阵就调整了射击方向，在它看来，刚刚爬出来的这个人要么中弹了——要么即使活着，对它暂时也不构成威胁。

它才不想在这里浪费更多的子弹。

就在这当儿，土坑里"腾"地站起来一个灰头灰脸的人，一个物体飞快地从他手里飞出来，直奔战车而去。

乖乖，不说三十米，起码也有二十五米。

那腾空而起的是一捆手榴弹，它带着一串烟雾，在空中接连几个空翻，就到了战车前面的地上。

一声巨响，战车一个趔趄，侧卧在刚刚形成的土坑里。

战车顶上很快爬出来一个人，紧接着，左侧一个小门也打开了。

搂草打兔子，这活就是全子发的了，一枪一个，顶上那个鬼子还没钻出来，就被一颗子弹打中眉心，堵住了出口。侧门那个鬼子一个翻滚，窜到了战车身后。剩下的那个就没那么幸运了，他学着同伴的姿势翻滚下来，却没有站起来，这边全子发的子弹穿过他的身体，把他牢牢地钉在地上。

车里应该还有一个鬼子！

这时，右前方阵地响起一声爆炸声，另一辆战车冒出一股青烟，也被终结了生命。

剩下一辆战车见势不妙，一个右拐，逃跑了。

不过，几个冲在前头的敌人已经接近了大柱藏身的地方，岑大柱甚至听到了鬼子皮鞋踏出的脚步声。

战车被击退，战友们信心倍增，再不会给敌人接近岑排长的机会。

一阵扫射，敌人被压制住了，纷纷退到了战车身后进行反击。

身后传来喊声："排长，快撤！"

瞅准时机，大柱几个翻滚，就接近了堑壕，再一个飞跃就跳进了壕沟。

瞧着自己刚才的杰作，岑大柱有些得意。

全身而退，现在他可以放开手脚痛快地干活了：用手榴弹招呼鬼子。

一颗颗手榴弹接连跳着优美的舞蹈，从岑排长手中飞起来，划着优美的弧线飞向敌阵，刚刚接近地面就凌空炸开，那边传来"啊、啊"一阵惨叫声。

这几十米的距离，对他来说小菜一碟，而且他扔出的手榴弹时机掌握得恰到好处，都是凌空开花，爆炸声起，鬼子根本无处藏身。

鬼子被眼前密集的射击和手榴弹雨镇住了。

见对方阵地无懈可击,鬼子张牙舞爪一阵。他们跟那辆坦克一样,灰溜溜地退下去了。

阵地上除了上百具横七竖八的尸体,还有三个僵尸一般的铁疙瘩。

又一次冲锋就这样被打退了。

五

可全子发还是有些不解,明明只有三个,还有一个呢? 他跑到战车身边,只看到两个穿战车服的尸体。

那个狡猾的家伙也许被手榴弹炸死了,或者趁手榴弹爆炸时溜了,他有些失望。

炊事班赶紧将几筐米饭抬了上来,还有几桶冬瓜萝卜汤。

清早吃过东西,打了大半天,滴水未进,太饿了。

士兵们饿狼一样抓起饭碗,盛到饭就是饭,盛到菜就是菜,来不及咀嚼就是一个碗见底。

"别噎着,慢点吃。"副营长这时一脸的慈祥。特务连的战斗力让他很是欣慰,尤其是阵地上刚刚补充了弹药,他对守住阵地稍稍有了信心。

眼下,最让他担心的就是,鬼子的飞机。

空中对地面的战斗,就像是老鹰戏耍小鸡一样,毫无悬念。这些年,部队就是吃了这方面的亏。

他到各处察看了一遍,最后来到了岑大柱身边。

"怎么样,还是回老部队吧,你一身本事,待在机关太浪费了。"

他知道这个由不得大柱,不等大柱回答,接着转移了话题。朝正蹲在地上吃饭的全子发竖起了大拇指:"这个兵不错,枪法是这个。"

"咦,怎么还是个新兵?"

全子发军服上的符号提示了副营长。

"二等兵,我老乡,慈利的,当过警察。"大柱简单地替全子发做了介绍。

"哟哟,还像个宝似的,怕我跟你抢啊,还老乡——跟你们说,你们、他们都是我的兵。当然,也是我的老乡、我的好兄弟。"副营长爽快地一挥手。

大伙儿答道:老乡、兄弟!

刚才还枪炮不断的阵地上,出现了温情的一幕。

六

突然,北边空中传来轻微的轰鸣声,接着出现了一排黑点。

是飞机!

哨兵的防空哨急促地响起来。

"轰、轰、轰"接连几颗炮弹从正前方飞过来,落在阵地上。飞机还没到,大炮先响了。

顷刻间,哨声停了,哨兵也没了。那边几个刚刚还在吃饭的士兵嘴里的米饭还没下咽,就倒下了,米饭撒了一地。

"快进掩体,注意隐蔽。"面对敌人的大炮和飞机,战士们唯一的选择只有躲。

炮弹不断落在阵地上,岑大柱的位置离掩体还有一段距离,他只能就地卧倒。巨大的爆炸声和扑面而来的气浪轮番撞击着他的耳朵和胸口,一种世界末日来临的恐惧很快传遍了全身。

这一带是疏松的红土,炮弹落地,像是沙漠里刮起狂风,遮天蔽日,刚刚还好好的土丘转眼就不见了,不远处几个弹坑却被填平了。

炮击结束的时候,岑大柱已经被完全埋进了土里。旁边的全子发拼命用手扒才把他从土里扒出来。

岑大柱鼻子里、嘴里全是红土,靠在泥鳅身上一动不动。

战壕成了一条水沟。阵地上又增加了几十具尸体。是卫生兵的哭喊声惊醒了他。

"副营长、副营长。"大柱睁开眼一看,副营长头上的钢盔没了,鲜血将半个脑袋染红了,一条腿也不知去向。

"哭什么,以后叫我营长,昨天,师长亲自任命我为营长了。"副营长(从昨天师长来阵地督战算起,他实际上已经担任了一昼夜的营长)艰难撑起上半身,用微弱的声音说:"赶快进入阵地,准备战斗!"

他想用力站起来,却一个趔趄,倒向一边,昏了过去。

大柱连滚带爬,把副营长(应该是营长了)扶住。低头一看,营长的右腿已只剩下一截,裤管被鲜血染红,鲜血一点点往地上滴。

"赶紧包扎。"全子发和卫生兵匆忙把那条断腿包起来。

"报告副营长,红土坡二营阵地失守。"大家匆忙把营长抬上担架,刚刚准备离开,通信兵来了。

大柱抬眼一望,只见东边山头弥漫着一层淡黄色的烟雾,空气里隐隐有一股呛人的味道。

"不好,是毒气。"

"二营全部中毒阵亡了,几百号人。"连长跟着赶过来。

"把、把我、放、放下来。"营长醒了,他用极度虚弱的声音命令说,"红土坡、完了……大尖山也就没了。你们能跑路的,赶、赶紧走吧,连长……"营长的左手在空中划拉着。

"我在。"连长走过去抓住营长的手。

"快撤,特务连、特务连是师长的命根子,你、要完整的带回去。"营长似乎用尽了全身的力气。

"营长、营长……"

"赶紧抬着营长撤退。"连长命令道。

营长却一个翻滚从担架上掉了下来，他的左手多了一支手枪。他连连向后蹭了几步，靠在土壁上，枪口对准了自己的太阳穴。

"快走。"他的声音像是闷雷一样低沉。

岑大柱发现，营长的眼睛已经看不见了。此时去强行拖走营长，只会逼迫他扣动扳机。而鬼子已经越过红土坡，朝这里蜂拥而来。

他站起身，摸到一颗手榴弹递给营长。

"营长，我们走了。"

"走吧，我要和、和二营长喝酒去了，弟兄们，哥哥陪你们来了，哈哈哈。"不知道是血，还是泪水从营长的眼眶里流了出来。

"走。"连长牙齿咬得"咯咯"响。

大家先后冲出了战壕。

不到五分钟，身后阵地上响起了短暂的枪声，紧接着两声爆炸声。那是营长和几个重伤员生命最后的华章。

七

岑排长心中默数了一遍，从阵地上撤下来的不到一百人。其中，特务连剩下三十来人，他这个排还有十二人，特务连成了特务排，而他这个排长成了班长。

往前有两条路，一条是十三团防区，皂市。另一条是县城。连长权衡一下，决定先撤到皂市，因为去那里比较近，还有自己的主力部队。

大约跑了半个时辰，后边听不到枪声了。

可是正当大伙儿准备喘口气，前面山窝里又冒出了太阳旗，紧接着出现一队土黄色的身影，大约一个小队的鬼子朝这边过来了。

鬼子已经渗透到这里。看形势，一线阵地已经完全被突破了。再耽误，他们这百十号人很有可能陷入了鬼子的前后夹击中,被包了饺子。

必须赶紧脱身。

但是,双方相距不到两百米,敌人已经发现了情况,后退来不及了。

"打!"

连长果断下了命令。战士们就地卧倒,开始对敌人射击。

鬼子也纷纷寻找躲避点,朝这边还击。

"连长,你们从左侧撤出,我负责掩护。"岑排长扔出一颗手榴弹,冲连长喊道。

连长回答道:"好,一排掩护,其余的跟我走。"

排长盘算好了,只要等连长他们撤出,一排(此时是一个班)就边走边撤,把鬼子引向右边。那里有一片村庄,只要钻进村子,天色一黑,鬼子就不敢追了。

"注意节省子弹,瞄准了再打。"大柱命令道。

又对全子发轻声说:"专打鬼子的指挥官。"

全子发答道:"明白。"

经过一天的实战,全子发的表现让岑大柱刮目相看。这小子射击一流,奔跑一流,更主要的是能准确捕捉战机,简直天生是个打仗的料。有他在身边,自己心里就有底。他让大伙儿把手榴弹集中在自己手里,又把身上的子弹掏出来递给全子发:"就这些了,省着点。"

全子发说:"好呢。"

接下来的阻击就成了岑排长手榴弹和全子发点射的表演。全子发先一枪撂倒了那个拿指挥刀的粗壮军官,鬼子的队形一阵痉挛,变成了一条蚯蚓躺在了地上。

岑排长把所有手榴弹集中到自己手中,还只扔出去三颗,鬼子那边就安静了。可惜的是,撤退时,连长下令将一挺完好的重机枪毁掉了,否则,这时候就够鬼子消受一顿了。

小鬼子，你没有大炮、飞机，就凭手中三八大盖，老子才不怕你。手榴弹在岑排长手里稍作停留，就翻滚着飞向敌阵，爆炸声起，传来几阵惨叫。

营长，我们给你报仇了。

但是鬼子临阵不乱，很快就支起了掷弹筒，岑排长扔出最后一颗手榴弹，喊了一声："撤。"战士们接连起身，才跑出几米，掷弹筒的炮弹就接连落在了他们刚才阻击的地方。

越过几道田埂，又跑出一条山谷，天色完全黑下来时，终于摆脱了鬼子的追击。前方有一个村子，大伙儿决定在此休整。

村子里的百姓早就跑光了。几个战士四处寻找食物，从一间房子里找出一筐红薯，这就是他们当天的晚餐。

夜间气温很低，又不能生明火。大伙儿靠在一起，好歹可以休息一会儿，倦意很快把大家带入了梦乡。半夜时分，西边响起了急促的枪炮声，火光照亮了半边天。

那是县城！

全子发被枪声惊醒了。

两人一前一后出门，望着远方，一股寒意从脚底下传来。不知又有多少兄弟倒下了，不知道多少房屋又被毁坏了。

"这是一场不对等的战争。"大柱感叹说道。

"好在咱们人多、地广，"全子发说，"自从鬼子进入湖南，攻势就弱下来了，他们拖不起，胜利会属于我们的。"

"上海、浙江那一块可都是平原，鬼子的武器厉害多了，飞机大炮，还有照明弹，我们只有挨打的份，丢了好多土地，这才被迫一步步后退……当时我就跟排长说，要是在我们家乡，山又高，林子又大，往山里一躲，飞机大炮都不起作用，不把鬼子拖死也要累死。排长当时就没好气，骂了我：你还指望小鬼子打过长江，到咱们湘西去啊！"

大柱终于说起了往事，但是话锋一转就到了眼前。

"这不，真要进入湘西了。"

"说说你吧，到哪里当过兵？"

两人说着，起身替换下哨兵。

"没啥，游击队没干成，最后还是被抓到师管处训练了几个月，结果发'人瘟'，死了很多壮丁。老兵也被感染了，我发烧后被扔在野地里，哪晓得没死成，就回慈利当了警察，"全子发轻描淡写地说，"好歹死过几回了，现在能活着是上辈子积德了，赚的。"

"好好活着，一起把鬼子赶出去。"大柱搂过这位兄弟。寒夜里，两人紧紧靠在了一起。

天刚蒙蒙亮，特务排就要出发了。他们要在鬼子吃早饭前赶到县城和大部队会合。

大柱清楚记得这支队伍的人员：一个上士、两个中士，其他的都是大头兵，就全子发是一个二等兵。

清点人数时，才发觉少了两个人。

大家找来找去，发现一名士兵已经僵硬。

他死在寒夜里了，而和他在一起的上士却不见了。

八

上士名叫万年兵，安徽芜湖人。平时总是牛皮哄哄，满嘴跑火车。据他自己说，从干辫子军那年算起，已经干了二十几年的大头兵。在旧式军队干过，也在新式军队干过，穿过各式样的军服，当过炮兵、后勤兵、卫生兵、工兵……只是没开过飞机了。参加过中原大战、江西"剿共"。最高军衔是上尉，几进几出，已经干腻了，只想找个婆娘过几天安稳日子。因为老是开小差，又从二等兵开始干起。

前些年，鬼子打到江西九江时，万年兵和一对逃难的父女认识了，躲在山里，三人相依为命。父亲做主，让两人成了亲，不久生了个娃娃。日子虽然有些苦，但过得还安稳。不巧的是，万年兵进山打猎时遇上部队，被抓去当兵。等他瞅准机会跑路，辗转回到九江，栖身的房子被炸成一片瓦砾，老爹、老婆和孩子也不知去向，不得已，他只好重新扛起枪。

岑大柱刚到特务连的时候，万年兵一直瞧不上，满嘴的"新兵蛋子，新兵蛋子"。每次都是一个排长，一个新兵蛋子。让岑排长很是没有面子。看在他年长的分上，大柱并不计较，而且是主动靠近，万大哥，这个新兵怎么带，万大哥，今天排里训练由你负责。一来二去，万年兵再也不抵触排长了。

中士提供了一个情报，昨天他和万年兵在附近侦察的时候，发现了一个女人。女人眼睛不好，行动不便，村里人撤退时没跟上，一个人蹲在红薯洞里。

"走，去看看。"

中士带队，来到一间房屋前。

里面有人说话。

"嗨，一个妇道人家，待在这里就是死路一条！"

是万年兵！

岑排长抢先走进去，万年兵并没有回头，继续说："村子里的人去哪里了，我带你去找他们。"

"我也搞不清楚他们往哪里走了，哎，也没剩几个人了……不能给他们添包袱。"女人大约四十岁上下，虽然视力不太好，但是已经觉察出屋里来人了。

"你们走吧，我一个残疾人，不能拖累大家。"

这一带离昨天甩开鬼子的地方并不远，天一亮，鬼子随时可能会对村子展开搜索。

"万大哥，出来一下。"排长转身出门，万年兵跟着走了出来。

两人在屋外争起来,万年兵嗓门很大,丝毫没有认错的意思:"我们把人家的红薯吃了,那是她过冬的粮食。"

一会儿,又陷入了沉默。

良久,排长开腔了:"好吧,你把她送到安全地方,我们在县城等你。"

"一定。"万年兵掉头就进了屋。

几人草草掩埋了那名士兵,告别村庄,踩着冻土,一路上听着"嘎吱、嘎吱"的声音,行军变得不再那么单调。

九

天空依然阴沉沉的,大约走了一个时辰,就到了县城附近。

远远看到县城,大伙儿惊呆了。

一天一夜,县城完全变了模样。城墙完全坍塌,眼前一片狼藉,地上横七竖八到处是尸体,几根木头还在冒烟,除了几只野狗在拖咬尸体,城外阵地空无一人。

城里有膏药旗在晃动。

鬼子已经进了县城,那师长呢?

进还是不进呢?看着身边几个人又累又饿的样子,大柱泄气了。

凭这几个人,弹药也没了,啥都干不了。

还是绕开鬼子,过了澧水河再说。

走,去河边。众人跟着大柱向河边走去。

没走多远,走在前面的岑排长突然停住了。冲身后一挥手,大家赶紧蹲在地上。全子发凑近一看,只见一道铁丝网拦在前面,去河边的路口已经被鬼子封住了。

前后左右观察了一番,前面有鬼子把守,后退也不可能了。好在敌人立足未稳,可以从右边绕道,进山。

主意已定，大柱指着远处那座山，说出了自己的打算。全子发当即表示也只能这么办了。

一想到还要走一天的路，饥饿一下子袭来。有几名士兵顿时泄气了，但还是强打精神相互搀扶着表示坚持。其实，此时此地，除了跟着排长一起还能有什么办法呢？

排长四周一望，发现不远处有一块萝卜地，更远处是一个山丘，山丘那边隐隐约约出现了烟雾，有人家。

先解决肚子问题。

排长先拔了几个萝卜让大伙儿填填肚子，接着就往山丘那边奔过去。有房子就有吃的了，这下他们来了精神。

大柱让其他人先藏起来，自己和全子发悄悄地接近房子。大约过了十几分钟，全子发出来了，他朝这边招招手，一行人就离开藏身处，先后跟了进去。

还只到门口，一阵香味就飘出来了。锅里竟然冒着热气，是牛肉。排长坐在火塘边拨弄着，火塘里有红薯。

一阵狼吞虎咽，连锅里的汤都吃光了。

大家意犹未尽，揣上熟红薯，打着嗝，跟着大柱出门了。

负责站岗的全子发迅速靠过来，朝一棵树努努嘴，对排长说："把生牛肉割一点带上吧。"

树下躺着一头黄牛，前腿还在动弹，但是它的两个屁股不见了，半个身子被染红，地上淌着很大一摊鲜血。

它是被活生生地割了肉！

这么长时间了，居然没死透。

联想到刚才吃下的肉！大家禁不住一阵反胃。

中士掏出刀子，径直走到牛身边，捅进脖子，牛不再动了。

屋后，更凄惨的景象出现了：一位大伯伏在地上，背上被捅了十几刀，他的身下是一个女人，光着下身，也死了。

可恶的鬼子，挨千刀的鬼子！

一名中士带着人找来一捆稻草和破棉絮，众人默默将两具尸体掩上。然后掉头，朝屋后山上走去。

前天还在鸡犬相闻的村子，一天一夜之间，就成了人间地狱。

十

鬼子进军的快捷，大家并不陌生。但是这次他们竟然行动如此迅速，不仅攻占了县城，连村庄都没落下。

鬼子去了哪里，师长他们又在哪里呢？大柱心里充满了疑问，越发显得焦虑起来。

穿过田野，前方是一条小河，当地人称为溇水，是澧水的支流。

过了溇水就是毛家山——那边就是慈利境内了。

大柱内心一阵激动，不过，这份激动很快就被随之而来的担忧冲散了。

溇水河不宽，但是没有船只。从附近找来木板，已经到了中午。

就在大家准备坐木板过河的时候，"乒勾儿，乒勾儿"，背后传来了枪声，是三八大盖的声音。

很快，两个着灰色衣服的人出现在视线里，后面跟着十几个土黄色的身影。排长冲部下喊道："快点过河。"自己找了个地方蹲了下来。

弹药所剩无几，他们已经无力再和鬼子纠缠了。好在眼前这条河可以帮忙，只要能过去，鬼子就只能望河兴叹了。

排长决心救这两个兄弟，在身上摸了摸，居然摸到了一颗手榴弹。他站起身，使劲朝两人挥手："往这边，快。"

一胖一瘦的两人正慌不择路，远远听到有人招呼，像是抓住了救命稻草，拼命朝大柱这边跑来。鬼子的子弹也跟着呼啸而来，打中附近草垛，冒出了几丝青烟。

河面大约十米宽，他们临时拼凑起的"船"刚刚送过去五个人，又返回来，剩下的几个人也慌忙登"船"。他们冲排长喊："快些，过河了。"

情势危急，排长转身一脚把"船"蹬开。不容置疑地说："快走，上岸后赶紧跑，不能全死在这里。"

"柱子哥。"全子发的声音有些颤抖。

那条"船"被柱子哥一蹬，已经离开了河岸。

这边两人气喘吁吁，终于来到了河边，可是只看到岑少尉一个人，眼里又充满了惊恐。

"会水吗？"少尉问。两人点了点头，但是明白少尉是让他们泅水过河的意思后，又面露难色。

"不想死就下去。"岑大柱丢下这句话，转身猫着腰，迎着鬼子蹿了过去。瞅准时机，手榴弹飞起，一个凌空开花，跑在最前面的三个鬼子倒下，后面的赶紧伏在地上。他们蒙了，一时搞不清这手榴弹从哪里飞来的。

岑大柱飞快返身，见二人还在犹豫，就一把将他们推进河里，自己三两下脱掉衣服，一手举着，纵身也跳了进去。

鬼子也回过神，朝这边射击。子弹"嗖嗖"打得河水直溅。河对岸的全子发赶紧扔下木板，岑大柱把那个瘦子推上木板就往河中间游过去。两人接住岸上递来的竹篙，就上了岸。可是那个胖子却还在河中间浮沉，他背上有个包袱。老是够不着河面上那块木板。

"扔掉包袱，脱衣服，快。"岑大柱不顾自己瑟瑟发抖，朝河里喊着。

一切都来不及了，鬼子已经越来越近。那个胖子还没接近岸边就沉下去了，水面上冒起一片鲜红色。

"包袱里是一袋子光洋，连队里的伙食。司务长，你就是舍命不舍财。"瘦子哭喊着被拖离了河岸。

全子发已经找到了一个射击点，一名挑着太阳旗的鬼子刚冒出头来，他眉心突然多了一个小洞，人往后一仰，就躺下了。迎接他的是一颗7.92毫米的子弹！

看到同伴眉心的血孔和他来不及闭上的眼睛，鬼子吓傻了。在他们看来，对岸的子弹比先前那颗手榴弹更让人害怕。

这是神一样的枪手才有的杰作。

这一枪为大柱和瘦子脱身赢得了时间。他们跌跌撞撞跑到了鬼子的射程以外。

鬼子伏在地上，见对岸没有动静，小心地站起来。一个鬼子身子还没伸直，一颗子弹就到了，他嘴巴"啊"还没喊出来，就滚在了同伴身旁。这一枪让鬼子彻底崩溃了，他们再也不敢抬头，而是连连往后爬，生怕还有子弹追过来。

全子发吐了口唾沫，满意地站起来，弓着腰往身后退了下去。

排长朝他竖起了大拇指，问道："你哪里来的子弹？"

全子发拉拉枪栓，枪管里还有一颗子弹，说："最后一颗，再没了。"

松树林里，燃起来一堆火，岑排长换上干衣服，又吃了几口烤牛肉，总算缓过劲来。

十一

瘦子是个上士，姓覃，本地人。那个死在河里的司务长是他同乡。从他嘴里，大家大致知道先天下午和晚上发生了什么。

鬼子三面围住了石门县，为避免全军覆没，暂五师奉命掩护军部和其他部队撤退。十五团在城区与敌人打了一天一夜，2000多人基本伤亡殆尽。师长和直属部队300余人准备从大龙潭过河，退入慈利。中途又遭遇鬼子重兵和飞机，现在生死未卜。覃上士和司务长掉队了，躲在老乡家里，打算进山，却被鬼子发觉了……

三个团，已经丢了两个，现在只看十三团命运如何了。

不一会儿，负责前去探路的全子发和上士回来通报情况。鬼子已经到了杨家溪村，东西两头都被堵住了，几千人被困在狭长的河滩上，凶多吉少。

岑大柱感到浑身发凉。

连忙问："能打探到师长的消息吗？"全子发摇了摇头。

"走，去看看。"岑大柱站起来，却感到一阵眩晕。

他有一种不祥的预感，此时，需要的只是一个佐证。

山势越来越高，地上有了积雪，山顶树枝上居然挂着冰凌。

全子发带着大柱走向一个山洞，他是在这里从老乡嘴里探听到消息的。

刚到洞口，黑暗处突然钻出来四五个人把他们俩围住了。全子发连说："我是慈利的，不是鬼子。"

"是国军粮子，洞里热和，进来吧。"一个上了年纪的大伯走了出来。山洞里男女老少，藏了上百人。家什、物品都有，估计人们已经在这个洞里生活了一段时间。

大柱迫不及待地想知道情况。大伯先是叹了一口气，接着说："太惨了……昨天下午，你们国军粮子和老百姓就到了大龙潭。日本鬼子飞机来了，一阵狂轰滥炸……哎，一满河滩的老百姓、当兵的、牲口、牛、羊，太凄惨了。"

大伯说不下去了。大柱已经适应了洞里的黑暗，众人脸上掩饰不住惊慌和悲伤。几个妇女还低声抽泣起来。

另一个中年人搭话了。

"在大龙潭，打了一恶仗。那个团长也义气，他本来已经过了河，见师长还在后面，又光着膀子游过来，哎呀，天多冷。他一手拉着师长，一手端着冲锋枪。可是该死的飞机来了，师长胸前中了两枪，就这样没了。那个团长后来跳进河里，不知道怎么样了。"

"听说师长留了遗书，他就是那个楚霸王啊。"大伯接过话茬。

岑排长只觉得大脑嗡嗡作响，他缓慢站起身，却发觉眼前一片模糊，耳朵也听不到什么了，连嗓子也喑哑了。天崩地裂一样，世界渐渐离他远去、远去……

他赶紧扶住身边的全子发，示意退出洞外。

洞外，凛冽的寒风拂过，岑大柱推开全子发，跌跌撞撞冲到一棵大树前，朝树干擂了几拳，又一屁股坐在树下。

打了这么多年，国军连年败退，日本人攻到石门，原以为只要咬咬牙，进了山里就是自己的天下，可是还没进山，师长死了，队伍也没了。

"鬼子真的到了家乡了，这打的什么仗啊。"

大柱站起身，伸开两手，仰望天空，喊道："瓦当叔，瓦婆婆，这打的什么仗啊！"

声音里充满了绝望和崩溃。

半晌，大柱排长冷静下来了。

他缓缓站起来：

"泥鳅，你们走吧，赶紧去慈利，找部队——

"至少……可以找到兄弟部队。

"……我真的走、走不动了。

"我有什么脸回去啊！"

第五章　论战

一

但是，这由不得岑排长。

全子发一把搀住排长的左臂，拖起就走，众人轮流架着排长从山上下来。

到达杨家溪，全子发终于明白排长为什么说自己走不动了。

惨状，让人一阵阵发瘆——大柱害怕见到这个意料之中的血腥场面。

那是他以前多次亲眼见过、只要闭上眼睛就会浮现的杀戮！

半年前，日军从厂窖撤退后，在沅江游击队栖身的岑大柱和十几名队员来到了这里，眼前的惨状让所有人惊呆了……

五月的天空里，充斥着死亡的味道。空气里弥漫着令人呕吐的气味，岸上、河道里，尸体遍地都是。在河里行船，只要船身一动，前后左右都翻出死尸来，腐烂的尸浆很快沾满船身。两岸烧焦的船，像晒鱼一样摊摆着，老鸦在天上飞，蛆虫在尸身上爬。通过众多尸身衣服，大柱看到了自己部队的符号。

老鸦在寒风里凄厉地哀嚎，眼前的情景，和厂窖惊人地相似，不过是换了季节。

杨家溪一公里长的河畔，尸体像堆干柴一样……残肢，人体内脏散落在雪地里，河面上漂浮着被炸碎的木头、尸体和衣服碎片，河水血红血红。乌云、泥泞、血水，还有零星的白雪，偶尔，响起零星的枪声，在黄昏的寒风里，如魔鬼犀利的冷笑。

寒风拂过，让近乎窒息的世界多了一些肃杀和凄凉。

鬼子的先头部队已经向慈利境内开拔了，留下小股队伍打扫战场、接应后续部队。

河滩上不时传来一两声惨叫，那是鬼子向没死透的人身上补刺刀。

这是一场大屠杀，官兵、群众、骡马、牛羊无一幸免。

每往前走一步，就感到身上一阵发凉。有一个士兵腿肚子打战，大口呕吐，接连后退。

但是，情势容不得害怕。

敌人近在咫尺，稍有不慎，就可能成为鬼子的猎物。

二

全子发对这一带很熟悉，借着树木和残留房屋的遮掩，他带着大家左右穿插，时而疾跑，时而蹲下，终于接近了一处房屋。

突然，远处有个黑影一晃，一下窜进一栋房子里。

也许是寒风的刺激，也许是突然面临的危险，职责促使大柱振作起来，他很快换位到指挥官的角色上来。排长挣脱全子发的搀扶，示意众人蹲下，自己蹑手蹑脚，慢慢靠近那间房子。

隔着板壁，听见里面有叽里哇啦的说话声，有鬼子！

岑大柱刚要后退，房屋里传出打斗的声音。只听见"啊"的一声，什么东西重重地倒下。接着一个东西滚到了门槛下停住。

大柱一看，一顶日本钢盔！

紧接着，从暗处跳出一个人，直奔大柱而来。

"嗖"一阵凉风直逼岑大柱的脖子。

侧身，后退，靠墙，大柱几个躲避，闪过了对方的袭击。

身边并无可取之物用来当武器，大柱只好在对方第二招攻来前，纵身跃到禾场上。

"车辘轳。"随后赶来的全子发轻声喊道。

"泥鳅，怎么是你？"

那人闻声停住了攻击，也叫出了全子发的小名。

真是车辘轳。

车辘轳也认出了大柱。他收回了手中的武器，是一把东洋指挥刀。

"赶紧走,这不是说话的地方,"车轱辘朝屋后山坡上一指,示意大柱他们朝那边走,自己返身进了屋,"我去弄点吃的,赶你们去。"

岑大柱也跟着进了屋,从倒地的尸身上,他看出了鬼子的身份:小队长,山田佑二,六十五联队,第十三师团。

途中,一个士兵在一处断墙上发现一行木炭留下的字迹:七十七师,溪口集结,十五师、暂五师,象耳桥集结。

大柱揉揉眼睛,借着暮色反复看了几遍,确信这几排字是不久前留下的。

一股滚烫的东西开始在眼眶里打转。

部队总算留住了根,在湖南战场,这支多灾多难的部队就像一支灭火队,哪里有难就奔向哪里。湘江边,岳麓山,来来回回,几番面临灭顶之灾。但是,这支部队的根牢牢扎进了三湘四水,魂,凝聚着千千万万湖南人的心,反复多次补员、短暂休整,又重新精神抖擞走上战场的时候,就像给所有湖南人树起了一面旗。

只要有人在,旗子就不会倒,希望就在。

有时候,只需要一点力量,就可以让一个濒临绝望的人重新燃起希望。见到断墙上歪歪斜斜的几个字,对于这支已经在外流浪一天一夜,不知何处归建的小队伍来说,就如同在大海上迷航的船突然看到了灯塔,所有的疲惫和焦虑顷刻间就消散了。

三

山洞里,车轱辘描述着:

"几千国军被鬼子包围了。

"浮桥还没搭好,集合号却响了。藏在山里的国军纷纷往河边跑。几千人一下子暴露了。

"哪晓得这是鬼子的阴谋,集合号是汉奸吹的。他们早已布好了口袋阵,只等国军来钻。国军出现在河滩上,鬼子也从东西两面压过来。南边是河,前后都有鬼子,北山上可以跑……飞机又赶来轰炸,浮桥完全被炸毁,只有几个人抱着门板泅渡过河。

"哪里还跑得动哦,这些当兵的还是些娃娃,鬼子把这群娃娃用绳子一串连在一起,赶到河边上,一刀一个,太惨了。"

经历过多次大战,岑大柱还没打过如此窝囊的仗。石门开战以来,不到一个星期,七十三军三个师,就损失了上万人,而暂编第五师几乎全军覆灭!

敌人的战斗力他是知道的,武器不论,就单兵作战能力方面,每个士兵入伍前都受过军校教育,有文化、枪法准,拼杀技术也很过硬。

而国军呢,大多数是被抓来的壮丁,大字不识。有的战士连瞄准都没学会就上了战场,遇上拼刺刀,早就腿肚子哆嗦,根本来不及还手,就倒在了鬼子的脚下。

一个日本兵顶得上五个中国兵。

照这样打下去,中国就是有再多的人,也不够人家杀的。

"临阵折将,仓促迎战,河水上涨,后路断绝,"全子发叹息着,"撤退成了溃逃,这才有如此的惨败,真是耻辱。"

七十三军还在,暂五师呢,国军序列只怕从此再无暂五师。

当年,老部队一二八师不就是在一夜之间撤销了番号吗?

无边的悲凉袭来,岑大柱心里一阵发紧。

四

车轱辘说自己要去芭茅溪薛家铺救人,希望岑大柱和全子发搭把手。

"是不是柳姐?"岑大柱猜测。

"就是这个蠢堂客,说好中午在杨家溪碰头的,待在那里像是摸儿滴^①，等到这时候都还不见人。"

这个柳姐就是柳如风，真名叫薛赛风，湖北人。见澧水上船运发达，发现商机，就在芭茅溪建了一个铺子，专做放排汉和过往客商的生意。以前放排时，大柱跟着车轱辘，经常会在芭茅溪打尖。一来二去，车轱辘就和柳如风对上眼了。

柳如风是那种眼睛会说话、风情万种的女人。走起路来如风吹杨柳，摇曳多姿，婷婷婀娜，仪态万方。第一次见到柳如风，大柱就记住了她。

柳如风柳姐把大柱揽在怀里："哟，这么大点娃你们都带来了，你们放排的就是一群饿狼、色鬼。"

车轱辘一把掐住柳如风的屁股："什么话呢，他还是个孩子呢，你有力气尽管朝我来，今天我让你好好舒服舒服。"

一阵浪笑，大柱禁不住有些脸红耳燥。

柳如风被车轱辘搂着往里走，她掉转头来给大柱一个淫荡无边的笑容："攒劲长呢，我就喜欢你们放排的，有劲！咯咯咯。"

这算是大柱在那方面的启蒙。

同伴们都去乐呵了，大柱待得很不自在，只好去铺子上闲逛。临走，柳如风塞给大柱一些小吃，一来二去，就成了熟人。

车轱辘是个情种，一直等着把柳如风娶回家。可是柳如风的生意越做越红火，最后在芭茅溪建了十家铺子。

所以，芭茅溪又被称为薛家铺。

棋牌、掷骰子、品茶、逛窑子，三教九流，只要走进薛家铺，人们就走不动了。这里多得是撒钱的去处，而这些钱又都装进了柳如风的腰包里。

拥有如此庞大家财的柳如风怎么会跟车轱辘走呢。

车轱辘认死理，再硬的舷板都会被纤绳磨穿，就不信搞不定一个娘们儿。

---

① 摸儿滴：慈利俗语，意思是动作太慢。滴，助词。

车轱辘等了一年又一年，最后干脆在杨家溪住下了。这里离薛家铺很近，进入薛家铺，走水路只要一袋烟的工夫。排帮里没事做的时候，车轱辘就帮着人家种田，隔三岔五跑到薛家铺瞄上人家几眼。

柳如风对他爱搭不理的，只是心情好的时候才会和车轱辘打情骂俏一阵："哟，刘三，看上哪个姑娘了，姐姐给你介绍？"

车轱辘就唱起骚情的歌：

"看上姐姐白又白，好像萝卜土里埋。今朝哥哥来耕地，拔出萝卜抱在怀。"

柳如风不甘示弱：

"远看哥哥黑又黑，好像炭公挑担墨。黑白从来不般配，我俩就是不合色。"

"别看哥哥有些黑，身上本事可了得。早晨出门忙工夫，夜里搂着婆娘歇。"

见车轱辘越是骚情，柳如风一甩手帕："你就凉快着吧，老娘懒得理你！"

扭动水蛇腰进里屋去了。

吃了闭门羹的车轱辘也不气恼，反而帮着招呼客人，偶尔也能蹭上一顿饭。

当年，不到十六岁的柳如风瞒着家里人，和一个有钱人跑出来，吃过堕胎药，后来就不能怀孕，那个人就给了她一点钱，把她扔了。

这是她拒绝车轱辘的理由。

她让车轱辘找个正经人家的姑娘过日子，别望着她了。

车轱辘却认定柳如风才是他梦中的女人。

两人就这么耗了好多年。

鬼子到石门了，人们都在逃，车轱辘三番五次催促让柳如风快点走。可是逃难的人拥过来，整个薛家铺都挤满了人，石门各界的达官贵人、家眷都躲进了院子里。

平时人家在生意上没少帮衬自己，这时候有难，也不能不仗义。柳如风一边安排人们的吃住，一边联系船只，这就耽搁下来了。

杨家溪响起枪声时，薛家铺还滞留着上千号人。

鬼子封锁了河道，再说船只都已被当兵的搜光了，走水路已经无法进入薛家铺。只有等天黑以后从山里绕过去。

一队鬼子走旱路往东岳观去了。

一队鬼子过河进猫儿峪了。

薛家铺背靠南山，三面临水，希望鬼子没有发现藏在山旮旯里的薛家铺。

但是这只是车轱辘的一厢情愿。

五

翻过一个山头，就看见薛家铺方向冒出了滚滚浓烟，火光映红了夜空。

不好！车轱辘连滚带爬往前窜。

薛家铺已经处在一片火海和惊恐中。

人们四处逃窜，却根本没有去路。往山里跑的，还只跑出几步，就被鬼子的子弹追上；跳进河里的，不用鬼子开枪，沉重的棉衣被水浸透，人很快被冰凉的河水吞没。

鬼子追赶着女人，尖叫声、嬉笑声，不绝于耳。

柳如风也被鬼子抓住了。

一个胖翻译讪笑着对柳如风说:"哟,幸会啊,柳老板。"

然后转身对鬼子头头说,这个女人叫作柳如风,名震三湘,对慈利的情况了如指掌,留着有很大的用处。

鬼子头头是个小队长,用半生不熟的中国话说:"支那女人,跳舞,哟西哟西。"

柳如风瞟了鬼子小队长一眼,对胖翻译说:"石癞子,你告诉你的鬼子爹,我是这里掌柜的,只要你们放了这些老百姓,我就跟你们走。"

翻译官就是后河的石癞子,前些年,跟着张吉财上前线,被鬼子俘虏,抗不过鬼子的辣椒水,成了一条狗。几年下来,已经胖得不成人样。

柳如风的出现,让鬼子眼前一亮,高挑的身段配上俊俏的模样,那就是一道风景,加上那双会说话的眼睛,不卑不亢的神态,鬼子恨不得立刻把眼前的美人一口吞进去。

鬼子上前一步,左手把石癞子一把掀开,右手抓住柳如风的下巴:"你的,愿意伺候皇军?"

柳如风将头一扭,摆脱了鬼子的脏手,脸上却给了鬼子一个媚笑:"太君,他们都是老百姓,让你们的人放了他们,我跟你们走。"

鬼子一手搂过来,另一手示意石癞子。

石癞子急忙朝院子里的鬼子挥手:"太君说了,他们是良民,让皇军兄弟放了他们。"

可是他的话不好使,那些鬼子根本不理他,石癞子连连跺脚:"造孽啊,造孽!"

柳如风任凭鬼子小队长搂着,脑子里却开始盘算着什么。

进到屋里,鬼子顾不上关门,就扑向柳如风,柳如风一闪,鬼子没扑着。

两人就在屋里追来追去,柳如风一边提防鬼子,一边对窗外河上瞄着。

突然,她抓起煤油灯,作势要扔向鬼子。

鬼子几番没得逞,已经有些气恼,见柳如风拿起煤油灯,立刻打开了王八盒子，拿出南部十四式手枪对准柳如风。

柳如风马上慢慢放下油灯，换成一副笑脸："不是逗逗皇军嘛，拿枪吓唬一个弱女子干吗呢？"一副害怕、百依百顺的模样。

鬼子说："你的良心坏了。"

见柳如风被吓住了，鬼子把枪放回了盒子，忙不迭地摘下枪盒子放在椅子上。

柳如风假意往床边靠拢，瞅准时机，突然将油灯往床帐里一扔，屋里瞬时一团漆黑。

不等鬼子反应过来，只听见窗户"哐啷"一响，人已经跳了出去。

河里"扑通"一声，溅起一团水花。

屋里，油灯已经把床帐点着了，鬼子借着亮光往窗户边窜过去，拿起枪就向河里开枪。

不知道什么时候，河里来了一条船。鬼子还只朝河里打出一枪，船上就喷出了火舌。

"啪、啪、啪。"

"嗒嗒嗒嗒……"

"嗒嗒嗒嗒嗒。"

火势越来越大，楼上的鬼子连连后退，返身退下楼。

"柳老板，别怕，我老张来了。"

船上有五六个人，为首的是张吉财，他端着一挺机枪冲河里喊。

六

这柳如风果然非同一般，连张吉财都肯舍命相救。

柳如风很快接近了船，船上的人伸出竹篙，把浑身湿淋淋的柳如风拉上了船。

鬼子反应很快，他们人数占优势，又在岸上。船一时拢不了岸，船上的人明显被压制了。

该出手了。

车轱辘率先从黑暗中冲出来，砍翻了伏在地上的两个鬼子机枪手。岑排长、全子发随后赶到，解决了正在拉枪栓的另外两个鬼子。

车轱辘冲河里喊道："快靠岸、快靠岸。"

岸上的火力一弱，河里的船顺水斜刺里靠了岸。

就十来个鬼子。

还在船上，张吉财就通过对方的火力点记住了这伙鬼子的大概位置。

月半的夜晚，尽管天上有云层，但是人影晃动，还是看得很真切。加上鬼子背后是火光，一明一暗，劣势变为优势。张吉财示意手下，分头出击，几分钟就解决了战斗。

枪声一停，车轱辘就冲到柳如风面前，见柳如风冷得发抖，三两下脱掉身上的棉衣，给柳如风包上。

"三哥、哥，我晓、晓得你就会来。"柳如风牙根直磕，直往车轱辘怀里钻。

背后房子还在熊熊燃烧，车轱辘抱起女人就往火光处奔去。

"那两个兵，出来。"

张吉财已经发现岑大柱和全子发。

"张吉财！"泥鳅转身瞅了一眼，对岑大柱说，"怎么办？"

"走。"岑大柱转身就往回走。

"站住，见到长官不懂敬礼吗？"张吉财喝道。

岑大柱侧着身敬了一个礼，全子发也跟着将手在额头边举了举。不待张吉财回礼，二人掉头打算离去。

"站住——你们，暂五师的，归我指挥！"张吉财已经认出他俩的番号。

"老子不是十三团的，不是你的兵，凭啥听你的？"岑大柱没好气回答道。人已经迈出了十几步远。

"你不是我十三团的,总该是彭师长的兵吧——前故师长彭将军有令,所有暂五师的士兵由少将团长张吉财收容,听候军部命令。"

听到"前故师长"几个字,岑大柱不由得停住了脚步。

张吉财上身套了一件皮衣,军服衣领露出来,衣领上有个红边,真成了将军。

"你们三个有种,救了本团长。"张吉财没想到还有士兵流落到了薛家铺,更没料到的是,这几个兵还敢出手。

"我们不是救你。"岑大柱仰起头。

张吉财这才认出眼前站的人是谁。他脸上一阵惊奇,一阵疑惑,最后变成了责问。

"岑大柱,我就知道是你,也只有你才敢这么跟老子说话,好多年了,你这驴脾气也没改改。"

张吉财踱来踱去,数落着岑大柱:"你一个爷们儿,心眼怎么就那么小,我杀你爹了,抢你老婆了,霸占你的家产了,多大的仇?"

"报告张团总,柱子哥是想早点回家看看。"全子发赶紧出来打圆场。

"回家,你还有脸说回家,当年你像失了魂,九头牛都拉不回,不是我妹子,你老爹、老娘死了尸都没人收,"张吉财继续数落着,"也只有我妹子,把你爹娘像亲爹亲娘一样伺候着,不晓得她看上你啥了。"

接着又指责全子发:"叫我怎么说你呢,好歹也是个兵了,不知道怎么叫人?团总,是什么时候的事呢?叫张团长,他,岑排长。"

在这种场合下突然听到关于爹娘的消息,岑大柱内心深处被重重击打了一下。他急于知道下文,对眼前这个让他别扭了好多年的人第一次有了点好感。

"我、我爹娘,他们还好吧?"

张吉财见好就收。"还活着,你也活着,我没想到啊——活着就好,我妹子这些年总算没有白等。"

"好好干,一起打鬼子。"

石癫子被人从角落里拎出来,他耷拉着脑袋。

"你怎么不死,还厚起脸皮带着鬼子回来,不怕羞死你的先人,"张吉财鄙夷地看着这个人,"真是看错了你,说吧,怎么死法。"

"哥,我没骨头,我对不起你,没脸见家乡父老。"

"不要浪费子弹了,留着打鬼子。"石癫子拖着瘸腿,转身就扑向了火海。不一会儿就成了一个火人。

那边,柳如风在车辘轳张罗下,换上了干衣服,也缓过劲来。

"还以为再也见不到你了,三儿,唱个歌听听。"

刘三帮柳如风系好扣子,一脸的柔情:

"上坡不起慢慢爬,妹妹不干慢慢逗。有朝一日逗到手,蛇咬蛤蟆死不丢。大河涨水小河流,一对鱼儿往上泅,哪有鱼儿离得水,哪有情妹舍得丢。"

柳如风也轻声唱道:

"蚂蚁上树一条线,情哥许我六十年。六十年来有长短,奈何桥上等三年。"

七

全子发将这几天的情况向张吉财简要说了一遍。

团长仔细听着,末了,咬牙说道:"果然是十三师团这伙鬼子。"

岑大柱突然想起从大尖山阵地上撤下来的那几十个人,就让全子发问张吉财是否见过他们。

"哎呀,都死光了,你们说的从大尖山撤出来那些人哪,我见过,在大龙潭和杨家溪都报销了。"

"暂五师就剩咱们几十号人了——"

"不过,有我张吉财在,暂五师的旗帜就会树起来。走,去象耳桥。"

象耳桥位于澧水最大的支流溇江的中游,靠近九溪卫城,距慈利县城约五十公里。以前水路船来船往,十分方便。眼下,鬼子已经围住了县城,走水路肯定走不通了。

得赶紧离开这里。

车轱辘陪着岑大柱去通知山洞里的兄弟,和张吉财约定在九折坡会合。

下半夜,山里气温降到零下,天上飘起了雪花。

天亮时分,张吉财一行人到了九折坡,刚要找点吃的,一伙人突然冒出来。

一个瓮声瓮气的声音传来:"哟嗬,这不是张团总吗,不,张将军,您这是要逃命去啊,你的兵呢,哈哈哈!"

三角眼,八字眉,不是强盗就是匪。

张吉财立刻认出了眼前这个人。他下意识地将柳如风挡在身后,傲慢地说道:"烂葛藤①,是你老小子,前些年让你捡回了一条小命,不安心在山洞里猫着,跑出来不怕被雷劈死吗?"

对方有几十人,一律拿着家伙。

虽然以前从来没把对方放在眼里,但是此一时彼一时,好汉不吃眼前亏,硬拼肯定不行,不得已,张吉财很不情愿地放下了手中的武器。

那个叫烂葛藤的家伙冲手下吆喝:"绑上,这可是张团长、张将军,慈利地界上响当当的人物,客气点,可别给我弄丢了。"

烂葛藤是沅陵人,本名南郭生。他有个干爹叫作周仁海,是中国最大的汉奸之一。日本人占领武汉后,周仁海从南京来到武汉,成为日本驻华司

———————
① 烂葛藤:慈利常见的一种毒蛇,剧毒。

令部的高参,很受日本人器重。烂葛藤听命于他的干爹,做尽了坏事,比毒蛇还毒。人们干脆叫他烂葛藤。

先天晚上,烂葛藤趁火打劫,打算到柳如风铺子里捞上一把。赶到薛家铺的时候,薛家铺只剩下一团灰烬,张吉财带着柳如风等人已经出发,他就一路追过来,终于抄近路在九折坡赶上了。

"想当年,你们国民党要灭我,贺胡子也要灭我,结果呢,我又回来了。三十年河东,三十年河西。

"这不,张团总,你也有今天啊,哈哈哈……"

张吉财被反绑着双手,口气却很强硬:"烂葛藤,你这个杂种,认贼作父,你们有本事冲老子姓张的来,放了这个女的。"

"落在老子手里,你还以为你是团长啊。"烂葛藤一肘击中张吉财的小肚子,张吉财负痛连连后退几步。

"放了她?谁不知道柳老板和你张团总穿着连裆裤、一个鼻孔出气,帮你买枪买炮,还替你养着军队。老子一路辛苦,为的啥?东西呢,交出来……只要你交出人和枪,就放你一条生路,怎么样,烂大爷够义气吧。"

见张吉财蹲在地上了,一副痛苦的模样,烂葛藤走到柳如风的面前:"说,东西藏在哪?不说就把你交给日本人,让你生不如死。"

柳如风平静地看了一眼这个一脸淫邪的人。

"不知道你港①的啥,什么人、什么枪,我一个做生意的哪里知道?"

"不说是吧,我们有的是时间,慢慢耗……带走!"

八

岑大柱和车辘轳赶回山洞,却不见了人。

----

① 港:讲。

活生生的十个人，短短两个时辰，凭空消失了。

他们的弹药都打光了，遇上鬼子那就凶多吉少。

排长心里一紧。

两人一合计，估计是这十个人见久等岑大柱不回，提早往象耳桥方向去了。

顾不上喘息，两人一先一后，掉头就往前狂奔。

没走多远，背后传来马蹄声。两人赶紧藏在林子里。棉大衣、马靴，还有太阳旗，是鬼子！

等骑兵刚过去，又来了一队步兵。岑大柱听着脚步声计算着鬼子的人数。

等这批鬼子走完，已经耽搁了大半个时辰。他们不敢跟在鬼子后面，只能抄岔路、走树林。

一路上，随处可见士兵的尸体，那是国军的。他们身上有的还穿着单衣，脚上裹着破布。这些士兵从石门突围出来了，杨家溪也侥幸逃脱了，最终还是没能逃过鬼子的追击。

岑大柱顾不上伤感，他要在鬼子前面赶到九折坡和张吉财会合。而车轱辘心里惦记着他的女人，更是心急如焚。

翻过一个垭口，岑排长见到了自己最不愿意看到的一幕。自己的九名部下，连同在石门渌水救下的那个中士，还有另外一名士兵躺在冰冷的地上。

他们的枪要么被折断，要么枪栓找不到了。

在薛家铺激战的时候，这里也发生了战斗。

但是战斗的结果完全不一样。

十一名战士，在弹尽粮绝的寒夜里徒手战斗到最后一刻，也没有屈服，全部以身殉国。

其实，还有几个人的名字对不上号，以后也不会有人知道他们的名字了。

岑排长像平时列队一样，一一把他们在地上排好，逐个端详了一次，擦了擦眼睛，牙根一咬："走！"

跑了十几公里，天色已经蒙蒙亮，再过一道弯就到九折坡了。又响起了马蹄声，不过这次是从前面传来的。

莫非鬼子又折回了。

远远望去，这队人马的装束和鬼子不一样。灰蓝色、黄色领章，最明显的还是领章下的符号：74A、58D。

是国军！

岑大柱急忙跑到路上，连连挥手示意。

骑兵也发现了路上的两个人。

"是七十三军的逃兵吧。"一个兵骑在马上，奚落道。

"说什么呢！"一个排长模样的人从马上下来，从排长领章上认出了岑大柱的身份，敬了一个礼说，"少尉你好，我们是七十四军五十八师骑兵连，负责接应兄弟部队和侦察敌情。你们的部队在溪口和象耳桥，赶紧过去。"

岑大柱回了一个礼，把路上遇到的情况简要通报给了对方。

临别，两个骑兵还分别递给岑排长、车轱辘一包饼干。

见到自己的部队，岑大柱心里稍有安慰。在战场上，情谊就是这么容易建立起来。不管以后能不能见面，岑排长都会想起自己初次见到自己人时的那种惊喜、瞬时的安全和踏实感，还有那包饼干带给自己的温暖。

来到九折坡，并没有见到张吉财和全子发一行人。

"拐哒，拐哒，这老娘们儿死哪里哒！"车轱辘急得直跺脚，"莫不是遇上鬼子了？"

雪地里有许多杂乱的脚印，岑大柱顺着脚印仔细查，走了十几米掉转头来，肯定地对车轱辘说："硝王洞。"

那年从张吉财牢房里逃出来以后，岑大柱就一直和全子发、刘保华几个人躲在硝王洞里。

脚印通往硝王洞,而硝王洞以前是土匪烂葛藤的老巢。

大伙儿都知道。

"对,这烂葛藤最近突然冒出来了,大摇大摆地回到了硝王洞。"

车轱辘记得在薛家铺还见到过陈驴子,硝王洞里的二号人物。

"走,去硝王洞。"

九

硝王洞的牢房里,张吉财见到了另一个人:苏醒,也就是含璐和岑大柱的先生——苏先生。

几天前,烂葛藤在县城耀武扬威,让家家户户门口挂上太阳旗,说什么欢迎大日本皇军,凡是挂了旗的人家就是良民,免税免租。

苏先生正带着学生发动群众宣传抗战,组织老人孩子转移。

双方在十字街遇上了,苏先生被烂葛藤抓住了。就在这时候,国军突然进城了,烂葛藤只好带着包括苏先生在内的少数几个人匆忙过河逃回了山洞。

"张将军,别来无恙,您积极为民族抗战,舍生忘死,苏某十分钦佩。"

一对昔日的冤家,在如此特殊的地方相见,实在是命运开了个玩笑。苏先生率先打破了僵局。

"姓苏的,我说你们共产党究竟想干啥,我们积极抗战,你们背后扩充势力,还老是挖墙脚,当初就应该毙了你。"

张吉财似乎一肚子火,突然劈头盖脸一通发难。

"张将军此言差矣,团结全民族共同抗战是我党一贯坚持的主张,我们也都是抛家舍业、出生入死的。"

苏先生不急不忙,平静应答。

"全民族抗战?团结?"张吉财指指戳戳,情绪激动,"你说说,你们跑到石门干什么,你们拉拢我们吴团长,不是你们妖言惑众,吴团长也不会死。"

"恰恰相反，吴团长和他的部下就是看不惯当局的腐败，主动追求光明。半年前，他主动与南下支队联系，打算带着部队投奔新四军，我们从团结、从大局、从抗战需要考虑，请求吴团长拥护彭师长，坚守石门，吴团长这才留下来，哪知道被一些别有用心的人发现，加以陷害……就连远在凤凰休假的陈范将军也被你们的陈诚长官诱捕杀害了——亲者痛、仇者快啊。"

"纯粹胡说八道！别在那里假惺惺了，猫哭耗子，你们巴不得把国民党搞垮台，你说，你们这帮穷棒子瞎折腾些啥呢，为什么不安分守己，你们有那个能力吗？"张吉财摆摆手，"我懒得理你，不自量力。"

"我们是劳苦大众，是穷，你们呢，国民党主张特权社会，保护像你这样的大财主、大军阀的利益，你不仅拥有万贯家产，还养着私人的军队，官商勾结，慈利地界上哪个老百姓敢惹你，中山先生倡导的三民主义，到你们这里，建立的却是私人王朝。"

苏先生侃侃而谈。

见对方揭穿了自己的秘密，张吉财缓了一口气，又搭上话了："我是悄悄养了一队人马，可是那是保一方平安，将来用来抗日的。你说你，苏兴隆，你叫苏兴隆有啥不好，生意兴隆，财运亨通。你爹取的名字你不要，却叫什么苏醒，就你能，你一个人醒着？你老婆伢儿不是我老张罩着，他们在象耳桥能待得安生？"

"说到这个，我得感谢伢儿他大舅，保护了娘儿几个……还得感谢伢儿他大舅没把苏某置于死地。"苏醒向张吉财作了一个揖。

"去、去、去，老子没兴趣跟你套近乎，一个穷酸鬼。几时饿死在外头都没人收尸。"

张吉财语气明显缓和了许多。

亲情是一件很好的武器，能瞬时击打人性深处的最柔软的部位。但是政治斗争却是残酷无情的，弱肉强食，你死我活。兽性，能让人性的光辉消失得无影无踪。

当年, 这一对在象耳桥出生的娃娃, 长成大人以后, 却走上了不同的阵营, 私交是郎舅关系, 但在政治立场上曾经是死敌。即使在这种场合, 两种不同的政见也会刀兵相见; 然而, 也只有在这种场合, 人性才偶尔闪现出一点温情。

"吉财啊, 我俩一起长大, 你喜欢玩刀弄枪, 我呢, 喜欢画画、唱歌。你的名字取得好, 大富大贵。尽管你从来没喊过我一声姐夫, 但是姐夫还是要跟你说, 倾巢之下, 没有完卵。不打跑鬼子, 你的财富就不是你的, 我也根本画不成画、唱不成歌, 不发动群众, 就很难打跑鬼子。"

"收起你那一套, 不用你来教我这些大道理, 三岁小孩都知道。"

"我党主张人人平等, 顺应历史潮流……"

"打住, 什么我党你党, 你们真以为能掀起大浪, 到我面前当起说客来了。"

"你无私, 顺应历史潮流, 那你说说你怎么走出这牢房, 怎么走出这硝王洞!"

十

"想走? 这么快就想通了! 张将军?"

三角眼不知道什么时候出现在牢门前, 后面跟着他的几个喽啰。

"精彩, 真是精彩!"三角眼烂葛藤站在栅栏外面连连鼓掌。

"你们国民党、共产党斗来斗去, 我看得高兴啊。你们想拉拢我, 蒋委员长给我一个团长, 老子不干, 日本人多大方, 给钱给枪, 还封我一个师长。你们拿脚板想想看, 你们斗得过人家日本人吗? 美国人都不是日本人的对手, 你们算什么, 只能通通滚到河里喂王八。"

里面两人下意识对视了一眼, 没理会烂葛藤。

"我义父周部长多聪明, 留过洋, 什么来着, 对, 绕着弯子救国。"三角眼一时语塞。

"大哥，是曲线救国。"陈驴子接上话。

"什么曲线，就是绕弯子嘛。"三角眼继续大放厥词，"是这么个理，我们是斗不赢你老蒋，日本人斗得赢啊。靠日本人的力量就能夺得天下，四两拨千斤哎，这就高明！"

"无论是共产党，还是国民党，你们有什么解不开的恩怨，我烂葛藤替你们做主，我通通给灭了，"烂葛藤拉长了声音，"如今啊，慈利地界上是老子的天下。"

"烂葛藤，你忘了自己姓啥吧，中国人跟你这种人才有解不开的恩怨。"苏先生鄙夷地说道。

"我看你是梦做多了吧，你就和你汉奸爹一样，不会有好下场！"

见三角眼满口胡说，张吉财忍不住破口大骂。

"日本人凭什么帮你，在鬼子面前你就是一个奴才，还救国，真是丢了你祖宗十八代的脸！"

"懒得跟你费劲了，这么地吧，姓苏的，你也榨不出什么油来，日本人说了，写个悔过书，支持打洞、做鸭绒①，就放了你。张团长嘛，乖乖地把东西交出来，你可是一块肥肉噢。"

"只怕你没这副好牙口。"苏醒轻蔑地说道。

"呵呵，哈哈，好笑，刚才还吵得起劲，这下站到一块儿了。亲戚啊，兄弟？你们在这里凉快，也不问问那个女的——柳老板怎么样了。"

柳老板，柳如风，进硝王洞以后还没见过她。张吉财急切地问："柳如风在哪，她怎么样了？"

"哟哟，看把你急的，果然被我猜中了，跟你有一腿吧。不是我烂爷把她怎么了，是要看日本人想把她怎样了。哎，姓张的，你不缺女人啊，你到底是担心她的人，还是担心你藏在她手里的那些东西呢？想想吧，天黑之前，我有空，明天一早，爷就不等了，日本人催我进城置办酒席呢。"

---

① 打洞、做鸭绒：指日本提出的所谓大东亚共荣。

扔下这些话，烂葛藤在喽啰的簇拥下，大摇大摆地走了。

十一

果然被烂葛藤算准了，张吉财熬不到天黑。

当岑大柱和车轱辘从侧面洞里进到主洞，找到牢房时，唯独缺了张吉财和柳如风。

对于岑大柱和车轱辘来说，在硝王洞里就如在自己家里一样熟悉。

苏先生向大柱简要介绍了这里的情况，张吉财天黑前找烂葛藤去了，特别提醒道：人必须得救。

岑大柱将苏先生等人送到岔洞口，张吉财的副官主动请求参加营救行动。大柱就带上副官转身和等候自己的全子发、车轱辘会合。

这下半夜就不那么顺利了。车轱辘是找到了关押柳如风的地方，张吉财也在里面。但是那里是烂葛藤睡觉的地方，油灯一直通明，唯一的进口被里三层外三层守着。

只有等机会再下手。

天亮时，土匪发现牢房里的人不见了，烂葛藤冲手下发了一通脾气。查来查去没发现结果，怀疑是有内鬼。但是，鬼子吩咐中午前要赶到县城参加庆功，不能不去，就让陈驴子和穿山甲牢牢看着张吉财。柳如风呢，他打算一道带下山，献给鬼子，讨个赏。为什么不把张吉财交给鬼子呢，这烂葛藤虽然晓得是大功一件，但是比起那些武器来，大功就算不得什么了，所以，他没带上张吉财，压根也没想让鬼子知道这回事。

车轱辘是铁了心要救柳如风。

至于张吉财呢，苏先生临别时再次叮嘱：这人很重要，无论如何都要救。让岑大柱不解的是，泥鳅似乎对救张吉财比自己都上心。他也不是苏先生的学生啊，怎么半天下来就这么熟悉了，还这么听先生的话。

这答案直到当天下午才真正揭晓。

几人瞅准烂葛藤一行出发了，里面没有张吉财，就决定分头行动。

车轱辘和泥鳅一组，尾随烂葛藤，相机行事。大柱和副官一组，伺机营救张吉财。

岑大柱刚要重新潜入山洞，副官却一把拉住了他。洞口钻出来两个人，前面的是张吉财，王大疤紧随其后，还不时回头张望，慌不择路钻进了树林里。

岑大柱和副官刚要跟上去，洞里传出了喧闹声，几声枪响，出来一群人。

两人只好重新藏起来。

十二

是王大疤救了张吉财。

当年，王大疤没有和石癞子一道跟随张吉财上前线，而是投了土匪。这次见老主子蒙难，旧情未泯，瞅准时机，把张吉财捞了出来。他们狂奔一阵，动静是听不到了，可是却迷了路，张吉财的脚也扭伤了。

王大疤递给张吉财一个煮鸡蛋："团总，歇歇吧。"

张吉财靠着一棵树喘着粗气："你、石癞子，老子最得力的亲信……我怎么就瞎了眼，一个成了汉奸，一个是土匪，烂葛藤的土匪，如今也就是汉奸。"

"团总，我知错了，以后我就跟着你打鬼子，烂葛藤、陈驴子都不是好东西，他们的事我都知道。"

张吉财刚刚接过鸡蛋往嘴里送，一支手枪对准了他们。

是穿山甲。

穿山甲，就是刘保华。

刘保华拿出一根藤子，让王大疤把张吉财捆上，然后把自个儿捆上，两人连在一起。

张吉财被反绑着双手，一瘸一拐地走在前面，嘴里却骂骂咧咧："小子,你杀不动我,你是一个打家劫舍的土匪,我是保家卫国的将军,你杀我就是汉奸行为,你和烂葛藤一样,汉奸!"

"老子让你张狂,"刘保华对准张吉财就是一脚,"老子就要用你的血祭奠我的全家,还有我大舅和外公。"

这一脚踢在张吉财受伤的脚踝上,他痛苦地跪在了地上,但还是挺直了胸膛:"小子,老子打鬼子多少年了,还怕了你这个小瘪三。"

"你大舅,我们认识吗?"张吉财努力使自己站起来,往前走了几步,稳住了身子。

"看来你还不知道我是谁,好!今天我刘保华就让你死个明白。广福桥的谢玉杰你晓得吧。"刘保华提醒着。

"谢玉杰?你是他什么人?"张吉财当然不会忘记这个慈利最大的共产党人物。

"他是我大舅,我和你不共戴天。"刘保华推了张吉财一把,"走,墓地已经给你选好了,等死吧。"

终于知道对方的来历,张吉财反而镇定下来。

"莲花,娃儿,老子本想给你们报仇,杀尽日本矮子。今天,却没料到栽到别人手里,有心杀贼,无力回天。"张吉财很沮丧,绝望地念着。

"烂葛藤,你这狗汉奸。姓刘的,你这个杂种,当初就不该留下你这个祸根,今天果然成了土匪,动手吧。"突然,他冲硝王洞吼了一声,又掉头怒视刘保华。

刘保华像被蜂子蜇了一样,一字一句地说:"姓张的,你的死期到了,老子先杀了你,祭奠我外公、爹娘和大舅再说。"

人在情绪失控的时候最容易丧失警惕心。刘保华恰恰犯了这个错误。

王大疤突然将刘保华一撞,再顺势把张吉财推到坡下。

等刘保华站起来开枪射击,却只打中王大疤。

他几步跑到陡坡前,张吉财接连几个翻滚,身上的绳子就松了。

但是毕竟有伤,张吉财只能利用树木躲开刘保华的子弹。

响了几枪,对方没动静了。

张吉财探头一看,岑大柱和他的副官不知什么时候来了。岑大柱夺下了刘保华的枪,两人情绪都很激动。

"你就是个蠢宝,怎么说他也是个中国人,你杀了他等于帮了日本人。"岑大柱指责穿山甲。

"你是来救他的?"刘保华问柱子。

岑大柱点头:"哎,现在不跟你说那么多,这个人不能杀,要杀你就杀我吧。"

副官把张吉财搀上来,张吉财又让副官把王大疤背上。

"你还有点良心,比石癞子强点,"张吉财拍拍王大疤,"没伤到性命,死不了。"

岑大柱拉住一脸困惑的刘保华走在前头,张吉财等三个人跟着,向林子深处走去。

十三

岑大柱带着张吉财到达垭门关的时候,七十四军和日军已经激战了一个上午。

垭门关西面是断崖,崖下就是溇水河谷。往东几十公里,都是绵延不断的山岭,成为慈利县城北的一道天然屏障。垭门关一直是湖南进入大西南的重要通道,也是兵家必争之地。

早在敌人到达杨家溪之前,国军一个营的兵力就已经捷足先登,在此筑好了工事,等着从北面进犯的敌人。

以逸待劳,加上占据地利的优势。这股长驱直入的敌人在垭门关第一次尝到了苦头,嚣张气焰被打了下去。

山谷里，到处是尸体，基本上是鬼子的。

这让所有人看得十分解气。

但是，县城那边的枪声已经稀疏下来，鬼子已经从猫儿峪突破，经茶林河进了城。

这天，是公元1943年古历10月18日。

张吉财望着县城，一阵伤感："想不到我土俗淳慈、产物得利的慈姑大地今日也陷落敌手。痛哉！痛哉！"

仰了仰头，他突然提高声音："老子也不瞒着你们了，这些年，我藏了一点家底，一个加强连。在象耳桥，武器弹药，都是德国货，柳老板帮着打点的。老子张吉财不死，慈利就不能被别人占了去。你们跟着我，召集失散的弟兄，重拾旧河山，光复我慈利，快哉！壮哉！"

"张将军真豪情，真乃大丈夫。人人都如将军，实乃民族之幸事！苏某纠正将军的一句话，慈利是人民的，不是哪个人的！"

苏醒苏先生来了，陪同他的是一位军官。

"别之乎者也的，酸得吐涎水……姓苏的，我就纳闷了，你咋就还没死呢，你的命可真大啊！"张吉财没好气。

"鬼子不死，我辈不能死。"苏醒幽默地回答。

张吉财不再理睬苏醒，目光转向那个军官。

军官向前一步，挺胸抬头，双脚并拢，右手举到额前："报告将军，在下国民革命军陆军第七十四军五十八师一七二团二营副营长瓦当奉命在此等候将军，将军受惊了。"

张吉财还了一个礼："本人国民革命军陆军第七十三军暂编第五师十三团团长张吉财……"

岑大柱和苏醒在一旁说上了，突然听到"瓦当"这个名字，心中一怔。定睛看去，真的是当年的瓦排长。

瓦当脸上的络腮胡子没了，多了一副眼镜。

"叔叔。"岑大柱万分意外,情不自禁喊出了声。

就在岑大柱向前迈出一步,打算和瓦当相认时,张吉财却发现了什么,眼睛瞪得大大的。顺着张吉财的目光往山下望去。不远处出现了两个人,走在前头的是车轱辘,身后跟着全子发。两人一边走一边推推搡搡、争执着。张吉财左看右看,十分着急的样子。两人走近,张吉财忙不迭地问:"柳老板呢,柳老板没跟你们回来?"

"你问他。"车轱辘甩手指着全子发,一屁股坐在石头上。

全子发摘下帽子抓在手里:"烂葛藤拿柳老板做挡箭牌,没机会下手。"

"什么,你港详细点。柳老板到底是死是活?"张吉财火急火燎。

"是死是活,落在鬼子手里,跟死了有什么区别!"车轱辘站起身,一把抓起全子发的枪,又要往山下去。

"回来,你这是去送死!"张吉财示意副官拦住车轱辘。

岑大柱早一把抓住了车轱辘。

"三哥,光着急有什么用,救人也要有个章法。"全子发简要叙述事情经过。

柳如风被押往县城,全子发、车轱辘两人跟在后面走了几里路,心想再这样跟下去就要到河边了,更没有机会下手。两人商定,由全子发绕到前面去放两枪,车轱辘乘乱救人。

全子发一枪放倒了最前面的那个土匪,其余的都吓得趴在地上。烂葛藤毕竟见过世面,他一把抓住柳如风,躲在背后。

投鼠忌器,全子发怕伤到柳老板,就抬高枪口东一枪,西一枪,把土匪压在地上。车轱辘却按捺不住了,远远看到柳如风被烂葛藤压在地上,他横下心,不顾危险就往前跑。全子发大喊:"趴下,危险!"

土匪有了还击的机会,几梭子扫过去,全子发只得把身子藏在土堆后面。烂葛藤瞅准时机,拉起柳如风就往河边奔过去。

车轱辘明白自己莽撞的行为已经破坏了计划,但是他已经红了眼,他朝全子发藏身处看了一眼,接着追过去,却被一块石头绊倒。等他再起身,发现手中不是砍刀,而是一杆枪,恍然大悟,端枪射击时,烂葛藤和两个土匪已经跑出了十几米。

"城里的鬼子已经过河接应,我们来不及了……"

"落在了鬼子手里,还能有个好!"车轱辘蹲在地上号啕起来。

"要是哭能把人救回来就好了,哭、哭、哭顶个啥用!"

张吉财挖苦一句。

"不是你的人,你当然不心疼,这些年,你只是利用她,你以为我不晓得!"车轱辘白了张吉财一眼,抢白道。

"要哭也是我,轮不到你。我的堂客前几天也让鬼子飞机炸死了,还有两个娃……你只是救一个人,我是要救全慈利县。"

张吉财并没有跟车轱辘斗嘴,而是拍了拍他的肩膀。

"跟我走,当兵,救人!"

车轱辘刘三仰起脸,对着张吉财坚定地点了点头。

听到张吉财的话,岑大柱心里咯噔一下,他脑子里立刻浮现出一个人:常含璐。难道……他不敢继续往下想。

不过,他是不会从张吉财嘴里打听任何关于含璐的消息的。他佯装观察后面的情况,不动声色地走到了众人后面。

十四

营指挥所里,张吉财接过营长的望远镜观察战场,对国军的英勇作战赞叹不已。

营长询问张吉财是否愿意留下和七十四军兄弟一起打鬼子。张吉财眼皮一动,没搭理。

很快,鬼子这一轮进攻被打退了。

张吉财起身向营长告别："张某还有公事，必须趁鬼子下一轮进攻发起前，撤出阵地。"

他转身对其他人说道："暂五师的，跟我走，归建！"

瓦当向张将军敬了一个礼："既然将军执意要走，请将军答应我们一件事。"

"我们需要一个向导，岑大柱，他、他是本地人，我们想留下……"

"张将军！"大柱上前几步，双脚并拢，恭恭敬敬向张吉财敬了一个礼，这是他第一次给张吉财敬军礼，也是生平第一次主动和张吉财说话。

曾经的仇人，如今的上下级，这些年的恩恩怨怨，尽管刚刚有过命的交情，岑大柱居然还是不愿意跟自己走，这让张吉财特别失望。他似乎不愿意接受这样的事实，心情有些复杂。抬起手，准备还礼，却突然在半途摆了摆，有些沮丧地说："算了，算了，去吧，去吧。"

张吉财将这股气撒在瓦当身上。

"你说你们七十四军，别看你们把垭门关守住了，可是谁不知道鬼子刚刚在石门和我们血战了十几天，你们捡了个大便宜。你们武器装备这么好，为什么不去石门一线，躲在后面，见死不救……哪怕派出一个连的人，我们的彭师长——懒得跟你们港哒，你们打你们的，我打我的。反正老子跟你们尿不到一个壶里。此地虽然地势险要，但小心被鬼子包了饺子——你们自求多福吧！"

扔下这句话，人已经走出了营指挥所。

全子发却要跟苏先生走了。

全子发一个立正："国民革命军陆军新编第四军南下支队战士全子发，奉命配合友军参加石门战斗……今天将随苏指导员归队，向岑排长告别。"

岑大柱如梦方醒。

"苏指导员，南下支队？"

"石门，不只是你们七十三军在战斗。"苏醒指导员对岑大柱说。

吴团长被国民党杀了，这也是共产党不愿意看到的结果。早在半年前，吴团长就想脱离国民党，是苏醒他们一直劝说，吴团长这才留在石门。

上次去石门慰问演出，想顺便联络吴团长，哪承想吴团长却于几天前刚刚被枪毙。值得庆幸的是，石门之行，意外地看到了柱子。

泥鳅听说柱子哥在暂五师，就要求苏指导员让自己留下来。

苏指导员答应了。

这才有了江垭警察到石门从军这一出。

柱子拍打着全子发，连说："难怪你叫泥鳅，隐藏得够深。"

刘保华也被眼前的一切搞蒙了。这几年，世界变化太多了。

此时，他既想留在柱子哥身边，又舍不得泥鳅。

刘保华为难地看了看柱子哥。

大柱知道穿山甲的心思，冲他笑了笑："走吧，走吧，只要是打鬼子，到哪里都一样。"

兄弟几人再次别过。

其实，大柱也想跟着苏先生走。

是苏先生让大柱留下来协助国军在垭门关打好阻击，再到龙凤寨会合，那里需要人手。苏先生还告诉柱子，张吉财的老婆朱莲花和两个儿子被鬼子飞机炸死了，房子成为一堆瓦砾……县城所有繁华的地段都遭到了敌机轰炸——有人在地面向飞机传递信号……不过，含璐，还有常家和龙凤寨都好好的。岑大伯和岑妈妈都好着，是含璐姐妹俩一直照看着。

大柱这才松了一口气。

很快，几个人消失在松林里。

山坡上就剩下瓦当和大柱。

一声"瓦当叔"，岑大柱竟然噎住了，一时没有了下文……

这个人，和苏先生一样，早就定格在自己的生命里。

这个人神一般出现，如从天降，就是瓦排长带着自己走上了一条波澜壮阔的人生路；这个人神一样顽强，勇往直前；这个人神一样悲壮，气吞山河……

白天里,无数次,想对这个人倾诉,想瞄一眼他的模样,却只是一片茫然。

黑夜里,无数次,在梦里见到这个人,伸手去抓,怎么也抓不着。醒来,眼前依然是黑洞洞的夜。

杀死一个鬼子,想告诉他,他不在;打完一次仗,想和这个人分享,他依然不在;颠沛流离、孤独绝望的时候,他还是不在……但是他又无时不在——

在浙江象山、嘉善,江西南昌、九江,长江两岸,武汉三镇,还有这洞庭湖之南的三湘四水,瓦当叔一直陪着自己。

叔叔不是倒下了吗?

岑大柱情不自禁地抱住了瓦当,左手袖管空空如也,又透过眼镜观察他的眼睛。

"叔,你的手,还有眼睛?"

瓦当用右手拍拍大柱:"没事了,都好了。"

"好小伙,你成熟了,不愧是我们瓦婆婆的后代……"

因为茶林河防线被突破,鬼子于当天下午进入了慈利县城。此时的垭门关已经完全失去了战略意义。同时,一股鬼子在硝王洞土匪的带领下已经绕到了垭门关背后。另外一股鬼子沿着溇水河谷突袭到了垭门关西侧。部队已经处在敌人的合围中,处境相当危险。

师部命令二营适时撤出阵地。

战情紧急,来不及更多诉说。营长听大柱简略介绍了附近的地形,决定涉溇水,撤到澧水上游的漆树溪休整待命。

天黑下来。

部队在岑大柱的带领下,在鬼子三面夹击中,左冲右突,半夜时分,终于从溇水河谷撕开了一道口子,成功突围出去。

一个营四百多人,已经伤亡过半。

值得庆幸的是,弹药还剩一些,战斗力还在。

第六章 马公渡歼敌

一

部队安顿完毕，已经是次日黎明。

一夜下来，地上的冰凌明显厚了一层。树枝、枯草表面被一层晶莹的东西包裹着，呆滞、僵硬，像被定身法定住了一般。呼出一口气，眼前就是一团烟雾。

东方的天空出现几抹晨曦，似乎要晴了。

县城方向依然炮声不断，隐隐约约又有零星枪声。

柱子和衣躺在地铺上，睡得正酣。瓦当给他盖上一件棉衣，轻轻地走到窗户边。

其实，瓦当一只眼睛已经看不见东西了。重新参军以后，因为身体缘故，瓦当再也不能提枪上阵杀敌，一直干参谋或者附员之类的差事。他不在乎这些，只要能留在部队出力，他就知足了。

只不过，他没有让柱子看出来。

因为，他是瓦婆婆的后代、狼土兵的后代。

因为，他是死过一次的人了。

作为狼土兵的子孙，他，当年竿军的排长，如今国军的副营长，除了战斗，别无选择。

枪炮声在当年遇见柱子的山坡上响起，鬼子真的来到了湘西大山跟前，而柱子竟然突然就出现在他的眼前！

好多年了，整个中国都笼罩在战斗的阴云下，战争的残酷远远超出了想象。有多少像柱子一样的孩子走上了战场，又有多少像柱子一样的孩子命亡他乡，多少村庄再也见不到一个青壮男丁。

他没想到此生还能见到柱子，这个一见面就投缘的孩子。

历经战火的洗礼，柱子已经成长为一个真正的战士。只要这些人在，希望就在，胜利可期。

二

那一年，带着祖先的荣耀，豪情满怀的瓦当把懵里懵懂的大柱带到了部队。

到达浙江后，当地人居然还记得瓦婆婆，说起倭寇，民间还流传着"花瓦家，能杀倭"的民谣。部队沿途受到了社会各界的热烈欢迎，老百姓给兄弟们递上茶水、茶叶蛋，还有鞋垫、布鞋……

这一切让这些来自湘西的士兵们备受鼓舞，精神倍增。

不久，部队奉命改称一二八师，属于第十集团军。两旅四团分驻各地，岑大柱和瓦当所在的团驻扎在象山。

一路走来，军营的磨炼让岑大柱坚强了不少。训练和比武是最能激发士兵们好胜心、集中注意力的好办法，柱子紧皱的眉头也慢慢舒展开了。

体能、负重越野，大柱是一把好手，更让人叫绝的是他的投弹。

这个绝活儿，是在投弹训练时被发现的。

一般的人投弹顶多二十、三十米，最好的也只有五十米，而他轻轻一投就是八十米，要是起跑，可以接近一百米，而且又快又准。

每次训练，欣赏大柱投弹成了全连士兵的一项娱乐节目。

自此，大柱成了全连的宝贝，连长每次见到大柱总要问他今天吃饱没。要是见大柱稍微迟疑，瓦当排长就会挨上一顿骂：不知道这是咱们连的宝贝啊，你就是饿死，也不能让他吃不饱。

是咧，是咧。

一个岑大柱的本事足以抵得上一个班的战斗力，这是连长当着众人说的。

然而，大柱有一个坏习惯让连长大为恼火——他无法用一只眼瞄准。每次射击瞄准时要么两眼同时闭，要么都睁着。气得连长来回跺脚，连连骂娘。

大柱顶撞说，闭不上眼睛也能射击，一枪也只能打死一个……手榴弹多带劲，一炸一大片……我就用这个趁手。

瓦当排长厉声骂道，你真是个浑小子，瞄准射击这是基本的战术要领，你以为是打野猪、打兔子，扣响扳机就可以了！

骂归骂，连长叮嘱大柱说，尺有所短，寸有所长，手榴弹杀伤力是大，枪是士兵最基本的作战武器，一定要熟练掌握。战场上情况千变万化，想当一个出色的士兵就得会十八般兵器。

吃沙子和二蛋也一再劝说，手榴弹威力是大，可你不能光靠手榴弹，手榴弹多重啊，挎在身上你跑得动吗？

道理都明白，为了打好枪，岑大柱也很努力，想了好多办法让眼睛闭上。用手捂，贴胶布，前面放个物件遮挡等等，都不奏效。每次实弹射击时还是双眼瞪得大大的。

除了训练，就是听长官们讲战争形势。

敌人是从海上过来的。

还在几百年前，日本一个叫作丰臣秀吉的大官把攻占中国作为平生的政治追求，多次发动战争，到死也没能拿走中国的一寸土地。丰臣秀吉的后代从没有放弃过这个幻想，一代又一代人都把夺取中国作为既定国策。国家的方略，助长了民间的野心，几百年来，一些财阀、封建主、士族阶层组织一批批武装，一直在沿海袭扰。四十多年前，日本的船开进了中国，强占了台湾和附近的岛屿，抢走了大量的白银和财富；几年前又占领了东北，杀人放火、采金子、挖煤炭……

如今，敌人已经兵犯河北，军舰逼近吴淞口，随时可能开进长江，大有一口吃掉中国的势头，也就是说，也许在今天夜里，也许在明天中午，战斗就可能打响。对华夏儿女来说，这是一场关系到中华民族生死存亡的战争。

面对蓄谋已久、气势汹汹、不达目的不罢休的侵略者，战士们摩拳擦掌,树立起御敌人于国门之外的决心。训练多流汗,战时少流血。训练日复一日,一个多月下来,大柱掌握了不少实战要领。不过,还没等大柱学会闭着一只眼睛瞄准,鬼子真的来了。

鬼子并没有在象山出现,而是从杭州湾登陆,攻占了上海,分三路向腹地推进。

一二八师奉命前往嘉善。

参加的第一场战斗是在一个炎热的夜晚,大柱匆匆带上一个特制的弹药袋,带上步枪,装上十几颗手榴弹,就上了战场。

瓦当所在的七六七团驻守枫泾镇。

照明弹把大地照得如同白昼,连地上掉一根针都看得一清二楚。

紧接着,鬼子的飞机呼啸而来,接二连三的炮弹落在阵地上,震耳欲聋。飞机轰炸之后,鬼子的乌龟壳出现在火光里。

凭着重武器的绝对优势,半天时间,鬼子攻占了枫泾镇。但是,还没等鬼子站稳脚,一二八师派援兵赶到,团长命令战士们又返身杀回,凭借近身搏杀,短兵相接,又夺回了阵地。

第一次上阵杀敌的大柱,显示出了超人的冷静和机智。

在瓦当、吃沙子班长和二蛋的陪伴下,大柱的投弹绝活儿发挥得淋漓尽致,手榴弹从他手里跳跃翻滚着飞向敌人队伍,凌空爆炸,全方位,无死角。这小子得意地说,这比用石块打河里的水鸭子过瘾多了!

为了让大柱尽情发挥,瓦当安排三个人专门供应手榴弹,鬼子的步兵吃尽了苦头。

一二八师最初接到的命令是坚守四天,后来却打了七天七夜,鬼子付出了几千人的代价,才向前推进十一公里。

首战嘉善,湘西竿军圆满完成了任务,打出了湘军气势。

部队奉命撤退,经过一座桥的时候,冲在前面的瓦当发现桥那头还有兄弟没上桥,而鬼子却从三面合围过来。情势危急,瓦当来不及多想,抄起机枪又返身冲过去。

"倭奴，来吧，老子不怕你！"

机枪"嗒嗒嗒嗒……"向敌阵怒吼着。突然一颗炮弹飞来，瓦当排长倒下了。

三

大柱来到了一个完全陌生的地方。

象山，这哪里是山！充其量就是有几个山头，有点山的意思而已，几棵小树稀疏地散落着，就如癞子头顶上几根零星的头发，哪能和家乡的山相提并论，难怪叫作象山。

营房紧靠大海，白天伴着海风出操训练；夜晚，波涛拍岸的声音有节奏地陪伴战士们进入梦乡。

眼前是无边的海，家乡的水会不远千里流到这里？大柱有些不相信……家乡的水明明掬来就可以喝，醇甜爽口。哪像这里的水，又咸又涩。

哪一股水是来自澧水河的呢？大柱想提出这样奇怪的疑问，却无从找到答案。

和家乡的澧水河一样，平静的海面任由大柱扔出去的石块欢快跳跃，然后倏地将它拥抱住，只在水面上留下一连串的波纹。

在澧水河，几十米宽的河面，一块石子扔过去，一溜烟跳向对岸，河面上留下一连串欢快的水纹。五十米以内，大柱甚至能用石子打中水鸭子。跑津市、汉口来回一个多月，大伙儿经常能吃到大柱打死的水鸭子。水鸭子肉又香又脆，味道比鸡肉可好多了。

金黄油菜花地里，大柱在前面跑，含瑾在后面追，而含璐依然静静地看着……

突然，含瑾不见了，含璐也不知去向！

鬼子飞机铺天盖地飞来了，炸弹带着凄厉的呼啸声向地面倾泻下来……大柱不知所措，傻傻地站在一处悬崖边。

瓦当歪歪斜斜地向他走来……浑身是血！

"叔！"

大柱倏地坐起来。

"做梦了。"瓦当站在他的眼前。

"叔叔！"大柱愣了一下，从地铺上站起身。

这些天，太困了，很难得一个囫囵觉，却从梦里惊醒。

"嘉善——二蛋死了，吃沙子班长也不在了，二排的人就剩我一个……"大柱摁住怦怦直跳的心脏，坐起来，摆摆头，想竭力掩饰住内心的惊慌。

"还有我这个排长啊！"瓦当伸出右手轻轻抚着大柱的后背，沉吟片刻，回答说。

"刚梦到嘉善了？"

大柱抬头用眼神回答：是。

瓦当很是意外，却并不奇怪。那是他们的生命共同接受血与火洗礼的地方。

"我们在嘉善没给湖南人丢脸，但是谁料到……"瓦当无限深情地说，却说了半句。剩下的话，大柱明白。

谁料到这样的部队却受到了不公正的对待！

在嘉善战场付出几千湘西子弟兵生命的一二八师突然就被撤销了番号。连以上干部遣回原籍，各团被改编，士兵就地被其他部队接收。

瓦当因为受伤，也被安排送回凤凰疗养。

"湘西的兵还在，你们七十三军里有，七十四军里也有，全国的部队里都有湖南的子弟兵，他们还在战斗。"

瓦当刹住话头，望着大柱，意味深长地说："还有苏指导员、泥鳅他们。"

四

"部队被改编了……我们不想到别的部队。因为不服从命令，有几人还被枪毙了。在一次训练时，我们瞅准时机跑了出来。二蛋说要回凤凰……"

见到故人，往事在大柱脑海里一晃就涌了出来。

跑出军营，几个人漫无目的，来到一个镇上，肚子咕咕叫，只好用身上仅有的两块银圆买了十斤米过了两天。第三天就主动找到另一支国军，又当兵了。

这支部队叫作"还我河山"。

其实，哪里是想当什么兵，要吃饭啊，先把肚子解决再说。

到了还我河山部队，三个人分别有了新的名字。二蛋争执说有自己的名字，那个长官喝道：到了这里，一切行动听指挥，让你叫什么名字就叫什么名字。吃沙子见势不妙赶紧扯住犯浑的二蛋，连说就听长官的。军饷就别想了，用吃沙子的话说，先把小命保住了再说。

上了战场，长官们说没听到撤退命令，一律不许后退，否则军法从事。见多识广的吃沙子告诉二蛋和大柱，机灵点，别吃了枪子儿。大柱和二蛋被几炮掀起的泥土埋了一半，好不容易钻出来，却发现战场上只剩下死人，活人一个都不见了。前后左右都是鬼子，两人只好继续装死。

鬼子走了，两人爬起来去找连部，连部不见了，再找营部，营部也不见了。一仗打下来，一枪没放，部队就稀里糊涂不见了，吃沙子也不知道去哪里了。二蛋连说：呸呸，什么还我河山部队，别侮辱了岳武穆爷爷。

两人又往西走，几天后路过一个镇子，看到部队正在招兵，一个熟悉的声音传进大柱的耳朵里。

吃沙子班长正在那里替人家招兵呢！

吃沙子班长说这是湖南的兵，他对湖南的兵特别有好感，就留下了。

三个人又到了一起。

部队打打撤撤，有时候驻在大城市里，有时候又驻扎在村子里。在修水的时间待得最长。

修水在南昌西北，大柱所在的团负责防守北面的建口，这里地势依然开阔。鬼子的大炮一轰，仅有的几个小土堆立刻夷为平地。大柱和吃沙子一商量，要是像地鼠一样钻进地洞，就不怕大炮了。

这个办法好，于是几个人找工兵借来铁锹，连夜挖。洞挖好了，大伙儿溜进去睡觉，只留下几个人在上面观察。鬼子的炮弹有多少就让他们放，如果鬼子的船想过河，那没门，一声吆喝，弟兄们从洞里钻出来，劈头盖脸一阵扫射，就把鬼子打回去了。

这个打法被团长知晓，专门来参观，并在全团推广。

有吃有喝，除了睡觉就是猫在地洞里胡侃。

这样对峙了几个月。

连续暴雨，河水上涨四米多高，河水漫过河堤，涌入地洞。来不及从洞里逃出来的兄弟没被鬼子炸死，却淹死在地洞里，二蛋也没有跑出来……

后来部队奉命西撤。

要是没这个洞，他们就不会死了。大柱十分内疚，觉得是自己一念之间想出来的这个主意害死了他们。

武汉没守住，战火很快烧到了湖南。

"其实，长沙我们是打得最好的……可惜好好的一座城，被一把大火烧了。"岑大柱脑子里出现了在长沙街头痛杀鬼子的画面。当时，部队就隐蔽在街道两边，鬼子以为城里没人，放心大胆往里冲。一声枪响，这批鬼子就被火力覆盖。扔完了手榴弹，大柱专门给机枪手压子弹，枪管都打红了。

战争，就意味着死人。对于战士们来说，每次上战场，差不多就是永别。那些活蹦乱跳的娃娃一眨眼就没了。以前，瓦当就想过孩子们最后的悲壮,很多种结局——他从柱子口里听到吃沙子和二蛋的消息,眼眶微微一动,不过此时,他不想让悲伤的情绪有丝毫流露。

"鬼子不是说三小时占领上海,三个月占领中国吗?他们有那么大的胃口,但是他们没有那么大的本事!"

"空间换时间。当初,重庆方面想跟鬼子和谈,承认他们对东北、华北的占领,缓缓气。但是鬼子气焰嚣张,非要一口吃掉中国。如今,世界格局发生了改变,鬼子想尽快结束中国战事,反过来找我们谈判。但是今非昔比了,我们要抗战到底。"

"为了最后的胜利,是要付出牺牲的……在湖南,三次长沙会战打出了中国人气势,提振了军队的信心。从'九一八'到今年,抗战进行了十多年……十多年啊,山河破碎,生灵涂炭——战争教育了国人,我们对战争的认识更加理性,作战更加成熟。"

是的,长江不曾屈服。

薛岳将军沉着迎战,长沙成为鬼子头疼的英雄城。三峡成为鬼子无法逾越的天堑,石碑要塞挡住鬼子的脚步。

瓦当深情地说:"进入湖南,鬼子和我们就成了相持状态,湖南最后也必将成为彻底打垮鬼子的地方。"

会有那么一天吗?

五

正在两人对未来充满期待时,营长和几个参谋推门进来。

营长先打量了一遍大柱,问道,没伤着哪里吧?

大柱回答说,没有。

营长这才掉头对瓦当说:"侦察兵发现,有一伙鬼子追击七十三军到象耳桥附近,却突然向左突进,出现在高峰,看样子是奔袭廖家村。七十三军就在眼前,他们不去追击,而是……这里大有名堂,名堂大着!他们的目的只有一个,就是过马公渡,突出零阳山,攻击我军侧翼……大约一个中队……一七二团阵地以及师部将受到威胁。"营长神情凝重。

瓦当脸上一阵紧过一阵。面对这突如其来的敌情,他竟然愣住了,一时不知如何是好。

营长接着说,接到敌情后,他和几个参谋商量,决定出击,争取在澧水河谷把这股敌人拦截住。但是仅凭二营这点家底,贸然出击,只会打草惊蛇,还有可能把自己老底赔光。在昨夜突围中,通信设施已经被炸坏,还没法和团部取得联系。

计划有了,就差合适的人穿过敌人防线联系团部,报告敌情,请示下一步行动。营长就想到了大柱。

营长简要讲述完毕,将目光再次转移到大柱身上。瓦当环顾众人,最后也缓缓把目光移到大柱身上。

大柱一琢磨,脑子里出现了一个大致的路线图。

他问营长,中午以前赶到团部来得及吗?

营长说,敌人奔袭我军侧翼,我们是与敌人赛跑—— 时间就是战机……越早越好……

见大柱没有拒绝,营长松了一口气,转身从身后一名军官手里拿过一个包递给大柱:"情况紧急,准备出发,拿着路上吃。"

大柱接过包,望了一眼瓦当,扭头抓起步枪就出了门。

门外早有两人等候,见营长紧随大柱出门,双脚并拢,"啪"地对营长敬了一个军礼:"侦察排陈铁牛、胡虎威奉命报到,请指示!"

大柱停住了脚步。

他明白,并不是自己一个人执行任务。于是赶紧退后几步,跨过来和陈铁牛、胡虎威并排站在一起。

营长对大柱的表现很满意。

"你们三人负责这次行动,陈铁牛排长担任队长。具体任务有三个:报告二营现在的位置;申请一部报话机;请求兄弟部队派兵在澧水南岸设伏、围歼敌人,解除师部、团部侧翼危机……哪怕是牺牲,也要保证任务完成,有什么问题没有?"

"保证完成任务!"三人异口同声回答道。

平时,从漆树溪到达县城只要一个时辰。眼下,鬼子占领了县城,沿途都可能有哨卡,到处搜索,走大路肯定过不去了。只有涉河进入澧水右岸的山里,从城西穿越崇山峻岭到达城东。顺利的话,中午前能到达部队的驻地。

"这里是我们的位置,这是县城……澧水河……将军渡……郝家山、谭家垭,我们要穿过这一片,进陈家湾,上栗树垭,到达城东寻找团部,团部具体位置还不明确,大致应该在这一带。"

出发不久,大柱和陈铁牛、胡虎威蹲在地上,简略分析了前进路线。听说要蹚水,胡虎威身上立刻打了一个冷战。

"怕了?就是火海,我们也要跳进去。"陈铁牛横了一眼胡虎威,起身说,"首先找到阵地,出发!"

"不是哩,排长,俺是北方人,不会游泳。"胡虎威赶紧追着排长解释说。

"过河倒是不难,这一段河水不深。"大柱平静地说,"鬼子进了城,附近村庄到处有鬼子,不能和鬼子纠缠,避开鬼子,加油赶路,要赶时间。"

一阵疾走,到达河边时,额头已经有了微微的汗意。听大柱说徒步就能过河,胡虎威心里有了底。过河处的河面不宽,十来米。雾缓缓从水里升起来,在河面上形成一层暗灰色的云,岸上零星的雪、晶莹的冰凌……站在高处,肯定是一幅很动人的冬日江雪图。

不知怎的,大柱突然涌出绘画的欲望,这念头只是一闪而过——鬼子已经打破了画面的宁静和秀美,不赶走这些强盗,画画,那想都别想。

河水涨了不少,立在河里的石头一字排开,其中几块石头已经被河水吞没，不过，挨个踏着石头，几个跳跃就能过河。

"回来！"

胡虎威刚踏上第二块石头，就听见大柱轻声喝道。

他返身赶紧跳上了岸。

顺着大柱手指的方向，对岸有一队模糊的人影在晃动。

是鬼子！

幸亏来得及时，等他们布置好，从这里过河就难了。踩着石头过河是不行了，但是依靠河面雾气的掩护，下河摸着石头过河是可行的。

事不宜迟，脱衣服。三人依次下了河，大柱一边给胡虎威示范，一边往前蹚过去。

人在万分小心、高度紧张的时候，疲劳、饥饿和寒冷统统都会被忽略掉。置身冰凉刺骨的河水里，精神高度集中，竟然不知道寒冷。

大柱的法子是可行的。

乍一看，三个人的脑袋和石头一般高，就是站在附近也不易分辨出哪是脑袋、哪是石头。擦亮眼睛仔细看，也只是发现有几块石头在移动。

鬼子距离这里有一百来米，有一段田埂刚好挡住了视线，就是说，站在鬼子的位置，只能看见一小段河面。

没等到鬼子察看河面是否有石头在移动，三个人已经上了岸，借着田埂、灌木和草垛的掩护进入了一个林子里。

背着一个草垛，穿好衣服，身体暖和了许多。回头一看，雾已经散去，河面一览无余。

好险，如果再迟个把小时，就是能过河，也上不了岸。因为鬼子已经架好了机枪，完全把这个渡口封锁了。

大柱和铁牛对视一眼，又看看胡虎威，都露出了赞许的眼神。

胡虎威吐了吐舌头："跟着排长就是来劲，还有你——大柱子！"

说完这话，胡虎威看清了柱子的军衔，赶紧纠正："对不起，长官……

原来只我一个是个大头兵哩。"

"什么长官，叫我柱子亲切——喏，他是长官。"柱子对铁牛一努嘴。

"扯……赶路吧！"铁牛不钻套，表情简单而且粗暴。

不待两人搭腔，几步就迈了出去。

这情景，大柱想起了当年在垭门关下连三湾被二蛋和吃沙子一前一后拦着，遭遇"抢劫"的事。

要是他俩此刻在一起，该多好啊。

六

那天换防，本来是岑大柱值守，上岗前肚子突然不舒服，二蛋就顶上去了。雨越下越大，鬼子是不会有什么动静了，二蛋他们干脆猫在洞里躲雨。没多久，河水漫过大堤，裹着泥沙一齐直往洞里灌……

洪水退去后，阵地变成一片泥沼，根本分辨不出洞口在哪里。

随后好多天，大柱一闭上眼睛，脑子里就是滔滔洪水滚滚涌来的情景。

吃沙子班长后来分到另外一个班，继续当班长。

吃沙子就希望有朝一日回老家看看他的幺妹。他四川老家有三个哥哥，两个都当兵走了。其实吃沙子不用当兵的，他和东家的女儿偷偷好上了，被东家发现后，被绑上一块石头沉江。幸好绳索捆得不紧，沉下去不久，一番挣扎，石头沉底了，人却漂到岸边。

为了活命，不得已才穿上军装。

在长沙岳麓山下，部队进攻一个山头，眼看就要拿下了。鬼子突然来了援兵，部队面临前后夹击，只好撤退。山上的鬼子乘机反扑，一个连只剩下五十多人，大伙慌不择路，子弹"嗖嗖嗖"从头顶和身边飞过。大柱一只鞋陷进了泥田里，他弯腰去找鞋，一颗子弹贴着身体擦过，刚好射进了跑在前面的吃沙子的后背。

吃沙子就这样没了。

他答应大柱吃火锅的事永远无法实现了。但是,在他闭上眼睛之前,大柱答应一定去看他四川的幺妹。他贴身的口袋里装着吃沙子的遗物——一块红兜肚和三块银元。

仗打了这么多年,身边的兄弟一个个倒下、不见了。大柱的脑子里也只有这么几个字:出发、撤退、宿营,他的行为就是机械地列队、跟上队伍、进入阵地……大柱感到自己有劲使不上,从来没有真正酣畅淋漓过。

当初出征,他天真地认为自己能像说书先生说的那样披挂上阵,冲锋厮杀,建功立业,打完鬼子就能带上队伍回家。没想到这仗一打就是五六年,不仅看不到任何胜利的迹象,就连仗打到什么时候也没个准,几番死里逃生,几番濒临绝地。死亡,如影随形,一直伴随着他。

顺着长江到达大海边打鬼子,又被鬼子像赶鸭子一样沿着长江往回撵……特别是石门的惨败、师长的阵亡,使他的心情降到了低谷。

面对生与死,大柱已经是异常平静。但是,内心里却有一个声音提醒他:要挺住、再挺住……

七

终于踏上了家乡的土地,是乡情的呼唤,打开了尘封的记忆,发酵了内心的柔情……他有一种重新活过来的感觉。一连串的重逢,给他苍白、孤寂的岁月注入了太多的东西:勇气、力量、希望,每一次意外,都足以让他震颤。

含璐,离开石门后,她在慈利还是去了大庸?泥鳅、穿山甲呢,又在干什么?

苏先生神秘地出现在石门,又被烂葛藤给抓了……他竟然和吴团长认识!还是个指导员,先生身上有太多他想知道的东西……

而在垭门关,瓦当戏剧般地出现在自己眼前。

这是一位敢用生命捍卫承诺的湘西汉子。

保护爹娘,赶走鬼子,像苏先生一样百折不挠,沉稳老辣;像瓦当叔一样勇猛顽强,气吞山河。

二蛋、吃沙子、大尖山的兄弟们、营长、特务连的兄弟们,你们等着吧,慈姑大地就是埋葬鬼子的地方。

岑大柱一拳擂在身边的茶树上,抖落一地冰凌。

"干吗呢?"走在前面的陈铁牛和胡虎威听见响动,回头才发现大柱已经落下好长一段距离。

"有心事?"铁牛靠近大柱问道。

"没事,走吧。"大柱意识到自己刚才有些失态。他伸展一下四肢,眼神坚毅地望着远方,那是流血流汗的战场,也是兄弟们牺牲的地方。

"想起了几个弟兄……他们回不来了!"

"参加我们七十四军吧,给弟兄们报仇,鬼子够你打。"胡虎威劝说大柱。

但是大柱从对方的话里听出了另一种意思,那就是明显瞧不起七十三军。一种莫名的不快,但是他克制下去了。

"走吧,都是打鬼子,到哪个部队都一样。"他轻轻瞄了一眼胡虎威。

虎威说得没有错,七十四军直属中央军序列,单说装备,就胜出其他部队许多。人家清一色的德式装备——花机关。像地方部队,不说服装、给养,就连军饷也是连年亏欠,好多兄弟几个月没有领过军饷,入冬了,不少士兵还穿着单衣打仗,几个人才有一杆枪,直到大战前才领到一批武器……马克沁,一个连才有一挺,骑兵,重炮,那根本是不用想。

可是,就是这样一支部队却被安排在一线作战,七十四军却猫在后面打斑鸡脑壳①——围猎时,前面的人忙活,后来的却拿大头,这能叫人服

---

① 打斑鸡脑壳:意指捡了一个大便宜。

气吗?

大柱没想到,在这个问题上,自己的看法竟然和张吉财不谋而合。

可这能怪上虎威?现在也不是计较这些的时候。

"少说一句话会死啊……磨磨叽叽的,完成任务要紧。"陈铁牛前一句是骂胡虎威,后一句则是说给大柱听的。

傻子都能听出来陈少尉话里带刺,不过,岑大柱懒得去计较。

八

山越来越高,山顶就是郝家山,一个十来户人家的村庄藏在大山里。村庄很安静,看来鬼子还没来过这里。路过几家房子,都是大门紧闭。村子中间一户人家门开着,门上贴着新鲜的大红喜字。

在外面凝神一听,院子里面有吵闹声。三个人进院里一看,只见十几个乡亲聚在一边,神情都很紧张。一个大嫂嚷嚷说:"我们还是赶紧跑吧,红巴巴来哒,见人就杀,这些烂兵粮子老百姓也指望不上。"

另一边,七八个当兵的正围着桌子大吃大喝,几杆枪随意扔在地上。

其中一人冲着主人吼道:"大爷们提着脑袋保护你们,吃你一点怎么了?快,赶紧进屋把肉端出来。"

几个小孩刚止住啼哭,又被当兵的一吼,吓得哭起来。

"老总,你们吃了不少了,求求你们,赶紧走吧。都给你们吃了,客人来了吃什么呢!你们一闯进来,客人都走光了,你们这些国民党烂兵粮子,只晓得祸害老百姓……我家今天这喜事还怎么办啊!"

一位奶奶半央求半责骂。

"哟呵,你个老东西,嘴里放干净些……"一个歪戴军帽的军官站起来左手抓住老人,右手就要扇下去。

但是他的手掌还没挨着老人,就被身后一只手给抓住了。

是胡虎威。

那人松开了老人，扭头一看，院子里多了三个人。再一看军衔，抓他的是个一等兵，另两人也只是少尉，而他是个校官。

不过，他没有放肆，而是从胡虎威手里挣脱了被抓住的手，退后两步。其他人见状，立刻站起来，往前凑上来。

"谁的裤裆没关好，蹦跶出来这么几个玩意儿。"那个军官手上没动作，却想留住面子，一副满不在乎的样子，嘴巴硬得很。

"这样的兵能打鬼子？"

"这就是你们七十三军的兵！"

陈铁牛指着那群人，脸却扭向岑大柱，一番劈头盖脸的质问。

岑大柱没有理会陈铁牛，而是走到那个少校前面："论军衔，你是我的长官，但是今天对不住了，我不会给你敬礼，请你带上你的兵赶紧离开这里……滚——"

"慢点，你们，谁有钱？！"

"问你们谁有钱，聋了还是哑了！"岑大柱强压着怒火，声音却提高了许多分贝。

那个少校自知理亏，却并不示弱。在他看来，自己一方的人数超出两倍，动起手来不会吃亏。他跨前一步，两手相互摇着，捏得指关节"嘎嘎"直响。

"想打架啊，骨头发痒是不是？暂五师的，你们师长都死了，现在轮到你逞能了……"

少校的话音未落，迎面一股强大的力量早就把他击中。他连退几步，倒在身后那些人身上。连少校本人，四五人一齐倒在了地上。

众人一下蒙了，左看右看，才明白是眼前这个叫岑大柱的少尉动手了。

他的力气大得简直不可思议！

少校总算明白眼前这个人的分量了。单凭岑少尉一个，就能把自己这伙人揍成残废，何况还有另外两人——好汉不吃眼前亏。少校识相地捂住流血的下巴，缓缓站起来，眼睛滴溜溜几轮，知道眼前这关他是过不去了，只好无奈冲身后问道："你们，谁有钱？"

地上的几个人惊恐未定，一时不知如何回答。

其中还是有人明白少校的意思。"都半年没发饷了，谁还有钱？"一个声音唯唯诺诺地应道。

看着这伙人的窝囊样，岑大柱一时不知如何是好。他想到了身上的三块大洋。

九

就在大柱将手伸向自己衣兜时，一个大爷跌跌撞撞进到院子里："完了，完了，儿子被打、打死了，媳妇也被鬼子抢走了。"

"啊，什么？"

奶奶捶胸顿足，连连哭喊道："天哪，遭雷劈的鬼子，这可怎么办啊！"

大爷一早带着迎亲队伍娶亲，返回途中遇到了鬼子，迎亲的人被抓的抓，杀的杀。被打昏死过去的大爷醒来后只见到现场崭新的家具器皿被砸得稀烂，儿子躺在一个水沟里，早断了气。

众人见状嚷开了："红巴巴来哒，赶紧跑吧！"大人小孩一哄而散。

大爷催着奶奶进屋赶紧收拾，回头冲院子里所有人挥手说："吃吧，吃吧，人都死了，办什么喜事……总比让鬼子吃了好！"话语里充满了绝望。

大柱却没有心思吃什么，他抓住大爷说，赶紧躲起来，鬼子很快就要来了。

陈铁牛掏出两块大洋递给那个女孩，又掉头向大爷详细询问了路线，示意胡虎威出发。

两人一先一后出了院子。

岑大柱帮着奶奶出了门。

回头冲院内那伙穿军服的人说："不想死的，就拿起枪，找部队，莫猫到这里了。"

随后，快速跟上陈铁牛他们。刚翻过一个山头，只听见几声巨响，几颗炮弹在村子里爆炸，黑烟腾空而起。

但是三个人头也没回，继续往前奔走。

时间紧迫，他们无暇顾及太多。

沿着山梁，远远往山下一望，山下不少房子已经冒出了滚滚浓烟，鬼子正沿河向上游搜索前进。

烧杀抢掠是鬼子的一贯作风。每到一处，凡是住过中国军队、写有标语的房屋都在焚毁之列，特别是名人故居，鬼子尤其要破坏掉。几十年前，孙开华父子在台湾与法夷、东洋佬恶战，鬼子肯定记着这个，到了孙将军的老家，还不借机泄愤报复？看来孙家大屋肯定保不住了，那可是县城周边最豪华的房屋了。

城东方向枪炮声一阵紧过一阵，战斗正酣，而那里就是目的地。

大柱看出来了，陈铁牛向大爷询问了路线，大有一股抛开他七十三军的岑少尉单干的架势。虽然三个人目标一致，但是内心里却明显存有芥蒂，大柱的不快隐隐增加了几分。

过了一道山梁是一段下坡，他"噌噌"几步蹿出去，超过了胡虎威，又超过了陈铁牛。

十

山窝里有一口水井，水面上冒着一些热气。大柱突然觉得有些饿，他把营长递给他的干粮拿出来，一块饼和三个窝头。咬了一口窝头，嘴里像是嚼着木屑……好多天没正经吃过饭了。他有些后悔刚才为什么不在大爷家吃上几口,哪怕吃点油渣子润润肠子也好。

嚼了几口,大柱俯下身子喝了一点水,回头望望后面,却听见有人说话。他立刻蹲下,一个人出现在山梁上,是国军的装扮。

后面是胡虎威,他推了前面那人一把:"走快点!"

大柱站起身,那个国军看见了大柱,几步跑下来停在大柱身边,对胡虎威说:"我们找他,不找你,你推什么推!"

后面接着出现两个人,一个是陈铁牛,另一个是陌生面孔。

从衣着上判断,这两人是七十七师的。

"咋回事?"他问胡虎威。

"这两个家伙偷偷跟在后面,被、被排长逮住了。"胡虎威看了一眼赶上来的排长,讨好他的排长说。

"我们是掉队了,想跟着岑长官……"

"长官,我们是长卵子的,不怕死,你带着我俩吧。"另一个兵接着说。

"跟着我干什么,我又不认识你们——你们长官呢?"岑大柱问道。

"死球了,你们出门后,长官不解恨,拿我们出气,一颗炮弹飞来……"

"就剩我俩了!"

是刚才在村里遇到的那伙溃兵。

大柱担心起那两位老人,急切地问:"那大爷他们呢?"

"沿着山沟走了,他们知道有个山洞,村里人都躲在那里。"

"岑大哥,你是个汉子,我们想跟着你,你就收下我俩吧。"一个兵拿出一个布包,里面是一碗扣肉,"知道你们肯定饿了,吃点吧,好有力气!"

任凭意志力再强大,到了这时候,只怕也禁不起馋虫的勾引。岑大柱伸手就抓起一块肉送进嘴里。嘴巴一嚼,温热的油就嗞嗞满嘴钻。好多年没吃到家乡的肉了,几块肉下肚,岑大柱顿时感到浑身舒坦了许多。

"来,一起吃点!"大柱招呼陈铁牛和胡虎威。陈铁牛却神情漠然,自顾自往前走了。胡虎威想追着排长,又舍不得眼前的美味。他伸手抓了一把往嘴里一塞,就往前跑去。

岑大柱三两下就将剩下的肉吃完了。发觉两人看着自己,有些尴尬地舔舔手指说:"看,我一个人吃了,你们……"

"嘿,我们吃过了,这里还有!"他俩变戏法儿般地拿出了一堆食物:地瓜干、花生、苞谷子、萝卜,居然还有一节香肠!

大柱相信他们吃过了。

这些年,老百姓骂他们:刮民党,遭殃军。老百姓日子也不好过,但是饿昏了头的兵哪管你这些! 大柱心里有些委屈,当兵打仗,能吃饱饭就是最大奢望了。

但他吃不下了,默默地从他俩手里接过一些食物放进口袋里。

"记住,这是我们欠老百姓的,要多打鬼子报答乡亲们!"

"是,长官!"

两人知道大柱收下他们了。

十一

两人才十五六岁,个儿高的那个叫作赵福娃,小个子叫李桂顺。

三两下收拾好,他们三个追着陈铁牛、胡虎威往前走去。

"七十四军的人可傲着了,干吗子跟他们在一起呢!"李桂顺不解。从石门退出来,路上遇见七十四军的人,对方根本不拿正眼瞧他们,一口一个逃兵,讨一口饭吃爱肯不肯,像是打发叫花子。

"谁不知道他们是嫡系,蒋委员长的干儿子,有什么了不起!"

见岑大柱不理会,赵福娃、李桂顺识相地停止了唠叨。

下了山梁是一段开阔地,县城左侧几栋残存的房屋已经清晰可见。填饱了肚子,身上有了力气,步子更快,不一会儿就看到了有身影在前方晃动。

不过，这一看，岑大柱吓了一跳。

一、二、三、四……本来应该是两个人，而进入他视线的是十多个人。陈铁牛在前面不紧不慢地走着，胡虎威和一个人边走边聊，看样子挺热乎。那伙人是老百姓打扮，拿着扁担、绳索，背着叉口，扛着箩筐、笆篓之类的家什。

"你们见过这些人吗？"岑大柱问赵福娃、李桂顺。

两人面面相觑，然后连连摇头。

走，跟上去。

又跟了一会儿，岑大柱突然一扬右手止住脚步："不好，这伙人有问题。"凭一个当地人的直觉，他发现那伙人不仅穿着别扭，还不时东张西望，根本不认识路，完全不像本地人。

赵福娃、李桂顺迅速停住脚步，一边摸枪，一边打算找地方藏起来。

偏偏这时候，胡虎威扭头看到了大柱等人。这个二货竟然还冲着大柱招呼："你们快点跟上，老乡带我们去团部。"那伙人也先后扭头，才发现身后还跟着三个当兵的人。

众人扭头之际，岑大柱一眼认出了其中一个是烂葛藤手下的头目，大名不清楚，当地老百姓都喊这个叫"向豁拉子"。

完全可以断定，这伙人肯定不是善类，要么是鬼子，要么是土匪。

躲不开，下手也不行，只有硬着头皮迎上去了。

电光火石之间，大柱脑子里有了方案。

"不要跟太近，见机行事。"岑大柱低声嘱咐两人，然后快步向前走去。

依次越过众人，他冲到陈铁牛身后说，你等等，不待对方搭话，朝他脸上就是一拳："陈二狗，你欠老子的钱什么时候还？"

陈铁牛一下没回过神来，刚要争辩，却把话硬生生地吞了回去。他看到岑大柱脸一沉，左眼轻轻一乜——神色有点古怪，马上意识到：这里面有情况！

陈铁牛返身冲胡虎威脸上一耳光，凶狠地说："老子让你省着点花钱，你耳朵是一双粪瓢瓜，现在人家找上门来了，你拿命还！"

话语里还有另外一个意思：看你自作主张，招惹这些人。

胡虎威再愚钝，也看出了眼前的阵势。他乘势往那个领头的人身后一躲，冲陈铁牛嚷嚷："你就是杀了我也没用，昨、昨天，全输光了！"

"看你还犟嘴！"陈铁牛作势要抓躲在领头那家伙身后的胡虎威。

几个人突如其来的表演，把眼前这伙人完全迷惑了，他们紧绷的神经一下放松下来，打算看接下来的情节。

哪晓得，接下来的一幕是他们完全不想看到的——陈铁牛并没有去抓胡虎威，而是伸手一把扭住了他们的头头儿，一把盒子炮对准了他的脑门。岑大柱已经抢占了一个高处，枪口对准了他们。

身后，赵福娃、李桂顺则端着枪挡住了退路。

那个领头的家伙并没打算就范，嘴里骂道："真狡猾！死啦死啦地。"

果然是鬼子！

山道狭窄，黑魆魆的枪口下，根本没有闪躲的空间，众人只有乖乖地听任摆布。

胡虎威腾出手，挨个搜身。他们身上果然藏着家伙！

那个遭铁牛挟持的鬼子一边叽里哇啦骂着，一边拼命挣扎着，不知什么时候腰里冒起了烟——

他竟然拉开了身上的手雷，并反手抱住了陈铁牛的腰，打算和陈铁牛同归于尽。

千钧一发，岑大柱一个箭步跃过去，一拳击中那家伙的后脑勺，鬼子松开了手，陈铁牛顺势一脚，鬼子像一截干柴向左侧山崖滚落。"轰"，一声沉闷的爆炸在山谷里响起。

这个鬼子的肉体变成一缕青烟，散落在不属于他的这块土地上。

领头鬼子的负隅顽抗，引起骚动，现场立刻失去了控制。几个家伙连忙往腰里摸，胡虎威也被一肘击中，向右边山坡滚下去。

但是赵福娃、李桂顺的枪响了。

而陈铁牛更快，左右开弓，鬼子来不及举枪，就被撂倒了。剩下的几个饿狼一样扑过来，想把距离他们最近的岑大柱挤下悬崖。

他们哪里料到，迎接他们的是一股更大的力量，两个人先后像被扔出去的稻草垛子一样向崖下飞落……

就在大柱伸手抓最后一个鬼子时，这家伙说话了："长官别杀我，我是中国人。"

"中国人为什么当鬼子！"赵福娃赶上来踢了他一脚。

岑大柱把这个中国鬼子往地上一扔，抬眼一瞧，发现不见了向豁拉子。而胡虎威却在半坡里喊："三个人从这里跑了。"

他抓住了一根树枝，停住了下滑的身体。

赵福娃举枪朝山谷里射击，连发两枪，都没击中。再发第三枪，枪膛里却空了。

岑大柱一摸腰间，没有手榴弹。顺手抄起一个石块扔出去，正中其中一人。他一下扑倒在地，发现没有爆炸声，站起来又跑了。

"什么卵枪法！"胡虎威骂骂咧咧攀着藤条爬了上来，脸上划出了几道口子。

陈铁牛抬了抬手，又放下了。这么远的距离，手枪的射程肯定够不着。

这伙鬼子一共十二人，崖下死了三个，现场打死五个，俘虏一个，跑了三个。岑大柱带着赵福娃、李桂顺清理现场。那边陈铁牛却教训起胡虎威来："就你能，什么老乡，差点连命都没了，能不能长点记性？"

"哪晓得他们是鬼子呢。"胡虎威抹着脸上的血，嘴里嘟嘟囔囔。

"带上他，走吧。"不待陈铁牛跟自己搭话，岑大柱吩咐赵福娃说。

枪炮声越来越近，不一会儿，已经能嗅到空气里硝烟的味道。

翻过最后一道山梁，他们终于看到国军的军旗。

十二

准确的判断,往往会给下一步的行动增加信心。过河、穿过平地、进入树林,再从村庄退出,收拾向豁拉子领着的那伙鬼子,离目的地越来越近了。

半天时间,岑大柱的老练、处事能力,让这位高傲自负的陈铁牛少尉刮目相看。他知道,没有岑大柱,单靠他们两个真的是难以完成任务。可岑大柱不搭理自己,他无趣地跟在后面,却不时警惕地向四周张望……眼见天亮了,却把一泡尿撒在床上——前头花的功夫就白搭了。

靠近阵地,枪炮声却突然停了,除了空气中刺鼻的硝烟,阵地上一片死寂。

"不好,毒气。"陈铁牛话音未落,胡虎威、赵福娃、李桂顺赶紧用袖子捂住了嘴。

岑大柱也闻到了毒气的味道。

飞机、大炮轰炸,坦克、步兵冲锋,这是鬼子惯用的招数。看来鬼子在地形上吃了大亏,使用上了化学武器。

兄弟们只怕吃亏了!

"快看,他们在这里呢。"胡虎威在不远处发现了情况。

一个班的士兵都伏在壕沟里一动不动。

"都玩完了。"胡虎威带着哭腔说。

"你才玩完了,"一个军官从侧后方跃进壕沟,"你们几个,从哪里冒出来的?"

不待众人回答,壕沟里的人一个个"活"了过来,每个人嘴里捂着一条湿毛巾。

"原来没死,把老子们吓了一跳。"胡虎威见状顾不得搭话,乐和开了。

刺鼻的气味已经不太浓烈,陈铁牛把手举到额前又放下。

快速简单地介绍了情况，那个军官弄明白来由后，就安排一名士兵带路。

"喏，把这人带上，有赏钱！"岑大柱把俘虏往陈铁牛身边一推。眼见任务完成了，他不用跟这个人在一起了。

可是陈铁牛却不领情："这个货归你，我们七十四军从不占别人的便宜！"

胡虎威好容易挤出一丝苦笑，有些别扭地望望岑大柱，又瞄瞄陈铁牛，嘴巴动了几下，最终没出声。

看着陈铁牛背影，这个混蛋！岑大柱心里骂道，以后再也不想见到这个人了。

"鬼子上来了！"阵地上有人喊。

那个军官用枪推了一下军帽，一步从大柱身边跨了过去，顺势踢了俘虏一脚："要干活了，没空管你们。"

壕沟里又陆续冒出了一些脑袋。几个医务兵弓着腰，把担架抬了下去。

岑大柱看了看那个俘虏，扭头问两个兵："想不想领赏去？"

"他不是鬼子，上面说捉到鬼子才有赏！"李桂顺眨巴着眼睛。

"他是鬼子！"岑大柱一口咬定。

鬼子队伍里不仅有日本人，还有蒙古人、朝鲜人，甚至还有东北佬。这些年，大柱见过不少。如果不把鬼子赶走，还有更多的中国人给鬼子当孙子。有一个东北佬给鬼子当兵，审问他时，他竟然说自己是"满洲国"的，不知道是中国人。

由此可见，鬼子的奴化教育真是可怕。他们不仅要占领中国，还要灭掉中国的文字、文化。

"打——"声音未落，"嗒嗒嗒嗒"，阵地上的花机关就开火了。

赵福娃、李桂顺闻声就势卧倒，条件反射，拉开了枪栓。乖乖，两个制高点分别有马克沁把守，堑壕依着山势延伸，五六挺轻机枪倾吐火舌。如此强大的火力，又有地理优势，哪怕鬼子人再多，一时半刻也咬不动。

十几分钟后，阵地上又多了一些尸体。

岑大柱前后左右看了一遍，对两个兵说："带上鬼子去团部，这里用不着咱们！"

刚才岑大柱已经简单审问了这个鬼子。从鬼子口中得知，还有其他鬼子扮成中国人的模样，由烂葛藤那伙人带着，四面钻袭出击。

他得把这个情报通知给七十四军。

本以为还有一段路要走，没想到团部就在背后一个山窝里。在这里他还见到了两位身着红豆豆的将军。其中一位就是军中颇有名气的张将军，另一位则是蔡副师长。按照规定，团部距离一线阵地不可能挨得这么近，师部则在更远的地方。而七十四军师团长官同时出现在阵地附近，说明两点，阵地固若金汤，胜利在望，或者是长官胆子大，不按常规出牌。

长官的意志左右着部队的情绪，而士兵突然在阵地上见到长官，肯定备受鼓舞，士气高涨。一支铁军，长官的形象必定深植官兵心中。

岑大柱恭恭敬敬地向两位将军敬了军礼。

蔡副师长一边倒水，一边说："石门一战，你们七十三军功劳很大，战士们受累了。"

第一次听到这么暖心的话，三人心里一阵酸楚。

"你们彭将军和张师长都是黄埔四期生，是手足情呢！"蔡副师长亲自将茶杯递给三个兵，让大柱受宠若惊，赵福娃和李桂顺更是战战兢兢。他们可从来没受到过这样的礼遇。

"不爱钱，不偷生。统一意志，亲爱精诚……发扬黄埔精神……"张将军身材高大，不怒自威。他吟完一段话，停了下来，有些动情地说，"你们彭师长和我都立过同样的誓言，一条河之隔，握手只是须臾之间，却突闻噩耗，如今是阴阳之别。秋湖兄，一代豪杰，就此陨灭，痛惜，痛惜！"

男儿有泪不轻弹，看来张将军见到故人的部下，内心的柔软部位被击中，在炮火纷飞、硝烟弥漫的战场，下级士兵面前，将军居然眼眶发红，有些失态了。

岑大柱也被他的情绪感染了，鼻子跟着抽搐了几下。

<h2 style="text-align:center">十三</h2>

告别七十四军，岑大柱决定去马公渡。

马公渡，因东汉伏波将军马援率军征讨五溪蛮[①]，自此过河而得名。以前在河上放排拉纤，记不清在这个渡口路过了多少次，只知道伏波将军是个英雄。

为了消除路上的沉闷，岑大柱给赵福娃、李桂顺说起了马公渡的来历。说着说着，他突然明白过来：马公征讨的对象就是湘西沅水一带的土著——不就是竿军的祖先吗？

这个发现让他情感上多了一丝波澜，疙疙瘩瘩的波澜。

"伏波将军六十多岁了，都披挂出征，真豪气，是个大英雄。"李桂顺啧啧赞叹。

"你傻不傻啊，伏波将军多厉害啊，是英雄吗？但是最后一仗却败在咱们湘西，你看哪个更英雄！"赵福娃争执起来。

"伏波将军，纵横西北，身经百战，是不是英雄？将军百战死，视死忽如归，'马革裹尸'，是不是英雄？"

见两人争执不休，岑大柱几个反问。然后，突然话锋一转，"就连这样的英雄，都拿咱们湘西人没法，你看咱们湘西人牛不牛？"

"是英雄、是英雄，湘西人太牛了。"

---

①五溪蛮：五溪蛮亦称"武陵蛮"。分布于今湘西及黔、渝、鄂三省市交界地，沅水上游若干少数民族的总称。

"如今鬼子到了湘西，会不会讨到便宜？"

"鬼子想进湘西，那是妄想！"两人连连附和着。

没想到纯属一番闲扯，竟然起到了鼓舞人心的效果。岑大柱第一次发觉自己演说的本事并不差。

当然，这份自信和刚才在阵地上遇见两个将军也有一定的联系。

师部沉着冷静，有条不紊地指挥，不仅没留预备队，把特务连派出去了，就连工兵也变成了作战部队！

这是一种什么打法呢？

在七十四军得知，师部亲自下令离马公渡最近的一七二团一部赶到马公渡设伏，而陈铁牛见到自己，像是不认识似的，带着一队白领章的兵出发了，看样子是去配合作战。

岑大柱突然意识到，七十四军倾巢出动，下一步将要放弃这个阵地了。

聪明！

冷不丁发现了其中的玄机，岑大柱心里暗暗叫好。

鬼子步兵一出动就碰上硬茬子，心里发怵，气势上会大打折扣。鬼子被打蒙了，肯定会出动飞机，等飞机到来时，我军阵地上却空无一人，你炸吧。虚虚实实，真真假假，武器好，还要会打仗。

这七十四军"铁军"的名号真不是白给的。

在石门战场，一个营的人中毒身亡，在大尖山，让鬼子飞机追着打，尸横遍地，被动防守，人再多也只是炮灰！

刚想到炮，后方阵地上真的被一阵猛烈的炮火覆盖了。轰隆隆、轰隆隆，连地皮都被惊得抖动。

岑大柱心里一紧，爬上一个高处察看。李桂顺不知从哪里摸出一个望远镜，递给岑大柱。

"哈哈哈！"岑大柱脸上的喜悦让两个兵莫名其妙。

"快看，快看哪！"大柱孩子般地手舞足蹈，然后一拳头砸在地上。

原来挨炸的是鬼子,炮弹呼啸而来,准确地在鬼子阵地上爆炸,鬼子的身体和泥土像锅里炒豌豆一样弹起又落下,落下又弹起。

鬼子强盗,你们也有今天。

大约十几分钟,炮声停了。三个人也平静下来,岑大柱发现自己手里多了个望远镜。他盯着顺子:"说,还有什么好东西,都拿出来。"

顺子瞅了一眼赵福娃,往怀里摸了摸,手里多了一个竹筒,揭开塞子,一股浓烈的酒香扑鼻而来。

久旱逢甘霖,真是想什么来什么。岑大柱正感到嗓子里痒痒,闻到酒香,抢来就往嘴里倒。

"给我留一口,留一口。"赵福娃着急了。

平常,岑大柱从不沾酒,可是今天的场面太解气了。他咽下半口,浑身上下立刻舒缓多了。这酒真是好东西,留下这两个货也是留对了。岑大柱有些兴奋:"你们俩都是好兄弟,这里是我的家,漂亮妹子多的是,打完鬼子每个人娶个媳妇,生一堆娃。"

"要得,要得,排长娶三个老婆,我和顺子一个就够了,不,一人一个。"赵福娃把竹筒竖了个底朝天,说话也有些不顺溜了,惹得顺子眼睛一愣一愣的。

"哈哈哈。"岑大柱往嘴里扔了一颗花生,突然止住了笑声,刚才说到家,心里被触动了一下。好多年了,家在自己的印象里已经十分遥远了。此时此刻,他才意识到,自己就站在家门口了。

"六七八年,也记不清好多年了,我没有回过家。"大柱伤感起来,"你们呢?"

"顺子和我早没家了,我们以前打鱼,住在厂窖的,全村人都死光了,就咱俩逃出来,当兵……"赵福娃黯然说道。

大柱一把搂过两个兄弟:"以后我就是你们哥,哥给你们娶媳妇,修房子。"

虽然这只是酒后冲动而出的话，其中却饱含了真情和祝福。两个娃听到这贴心窝子的话，眼泪禁不住流了出来。谁不想老婆孩子热被窝，是无情的战火让这些变得遥不可及，以至于长期疲于奔命，都忽略了人性里还有这样一种需求。平时，长官们嘴里说的只是冲锋、军法从事之类的词，从没有把士兵当人看。哪个还敢想娶媳妇生孩子。

片刻的温情之后，排长说了自己的打算。尽快赶到马公渡和瓦当会合，然后回家，再去找苏先生和泥鳅他们。最后，他掏出一个布袋子，里面是刚才用俘虏跟七十四军换的大洋。

"以后咱们有难同当，有福同享，这钱归顺子拿着。"

顺子接过袋子，赵福娃连说："我们听排长大哥的。"

"叫大哥得了，什么排长！"岑大柱一把撕下领章和臂章，"以后咱们自己打鬼子，不能这么混了。"

赵福娃和李桂顺面面相觑。大哥的举动太反常了，损毁军装，可是要视同逃兵，挨枪子儿的。

赵福娃从地上拾起被扔掉的领章和臂章，一时不知所措。

见自己的举动吓着了两兄弟。大柱说，不是要当逃兵，我是怕死的人吗？我们是自己打鬼子。

两人似懂非懂，大柱觉得一时半会跟他俩说不清楚。扔下一句话：反正认兄弟了，我不会日弄你们的，我们不能再耽搁了，赶到马公渡打鬼子，要不，汤都没得喝了。

以前见到鬼子只晓得往后躲，如今跟着大柱，赵福娃和李桂顺胆子壮了不少，虽然一时弄不明白大哥要干什么，但是半天下来，两人铁心跟着大柱了。

十四

紧赶慢赶，二十多里山路，等岑大柱带着两人气喘吁吁靠近马公渡，枪声已经稀疏下来。爬上一个山头，只见河谷里硝烟弥漫，透过烟雾，河滩上、河沟里，横七竖八躺着尸体，土黄色的服装，是鬼子！阵地上已经看不到红巴巴的太阳旗，只有青天白日旗在远处飘动。

风水轮流转，同一条澧水河，时隔一天，两处同样的场景。前一天刚刚屠杀中国人，鬼子刺刀上的血还没干，今天也尝到了灭亡的滋味。

还是没赶上！顺子有些失望："本来想捡点东西的，哪怕有一双布鞋也好！"

"你是打仗还是抢东西？土匪啊。"赵福娃抢白道，"一天到晚就只记得捞吃的、找穿的，几时挨了枪子不得信！"

"你才挨枪子！就是死，也得吃饱穿暖不是……"顺子拍拍鼓囊的衣服，"是哪个天天像跟屁虫一样问我要吃的？"

"莫吵了，鬼子！"岑大柱厉声喝住两人。

赵福娃和李桂顺急忙紧挨着大柱趴下。

一个脑袋出现了，一看帽子上两个招风耳就晓得是鬼子，又一个脑袋跟着出现了……因为一道山梁的阻挡，在这个位置，仅仅能看到鬼子的上半身。

送上门的生意，决不能让这伙鬼子溜了！

清点弹药，李桂顺还剩九发子弹，赵福娃摸了半天，就一个手榴弹。而大柱身上只有一个弹夹，总共才十四发子弹。

三个对八个，顺子心里在打鼓，而排长却开始部署作战任务了。

大柱朝四周看了看，指着左前方一个大石头对两人说：谁枪法好，去那块石头后面藏着，十发子弹。另一个在对面大树背后藏好，四发子弹。鬼子进入射程，树后的就放枪，一枪命中。手榴弹我拿着，枪响为号，攻击开始。

大柱的方案是：先打草惊蛇，再趁火打劫，然后雷霆万钧，短兵交锋，聚而歼之。大石头和松树一左一右挡住了去路，鬼子在树前受阻，必然奔右边石头方向攀缘占领高地。石头后面也是子弹伺候，最后只有跳下坎斜刺里突出，而此时，手榴弹紧随而至……鬼子没有还手余地，只要打死砸死几个，剩下的就是用石头也能解决。

若在平时，大柱不敢说有胜算。但是今天这八个鬼子如惊弓之鸟，搞定他们是十拿九稳。

赵福娃明白了作战意图，选择藏在树后。李桂顺则迟迟不动，一脸的困惑。

岑大柱瞪了他一眼："怕了，得豁事①！"

"不、不是，排长，咱俩换换吧，我手发抖，怕打不中。"李桂顺把手里的枪往大柱手里递过来。

尿样，大柱心里骂道。一把接过枪，指着那处高地，叮嘱顺子藏好。返身朝大树做了一个手势，几个跳跃就躲到了石头后面。

十五

当兵以来，虽然有杀鬼子的心，却没有杀鬼子的胆。赵福娃和李桂顺还没有亲手杀过鬼子。枪法一般，拼刺刀又拼不赢，以前一直被鬼子追着打。上午在老乡院子里，见识了岑少尉的身手，情不自禁有了追随的念头。

跟着大柱，今天第一次亲手杀鬼子，赵福娃胆子壮了不少。抬头看看顺子藏身的地方，又瞅了瞅左边的石头，然后选择一个比较舒服的姿势趴在树兜旁边，凝神等待鬼子出现。

鬼子是从河谷里漏网逃出来的。他们惊慌失措，跟跟跄跄往山头上攀缘。一个鬼子见前面有个林子，率先奔过来，想进入林子里。却没料到一支

---

① 得豁事：软蛋、不中用的意思。

中正式步枪正向他瞄准。

赵福娃这次没让人失望。

"砰!"清脆的枪声过后,前面的鬼子胸前立刻多了一朵盛开的花朵,身躯往前一扑,倒在地上,滚了一个圈,没再动了。

第二个鬼子立刻卧倒,循着前方的烟雾大致寻找到了枪声的源头,朝松树还击。但是他身后的鬼子却没躲过树后的子弹,被击中面部,哇哇大叫起来。同伴的号叫瓦解了这个鬼子的意志,他打出一枪,扭身抓起同伴就往回撤。

跟在后面的五个鬼子见前面受阻,立刻往大柱藏身的地方蹿过去。赵福娃的表现增强了大柱的信心,他适时扣响了扳机。

二三十米的距离,闭着眼睛都能打中,两个鬼子应声倒下。

剩下的三个鬼子果然往坎下跳,落在后面的这个鬼子见势不妙,丢下同伴,一个翻滚,也滚下了坎。

剩下的活就归顺子了。

受伤的鬼子捂着脸颊站起来,往后跨了两步,又摔倒了。同伴放弃了他,他也决定放弃自己了,躺在地上"哎哟哎哟"。

他扭头发现眼前只有两个人,其中一个还是个半大孩子,心里有了打算。就在赵福娃弯腰来抓他时,这家伙突然往前把赵福娃扑倒,并顺势压住了赵福娃。

眼前的突变,让大柱一时不知所措。

不能让鬼子伤了福娃,大柱放下枪,慢慢举起手,意思是让鬼子走。

就在这时,顺子跑过来。

"又来了鬼子,还有女鬼子!"声音明显夹杂着慌乱。

顺子的出现分散了鬼子的注意力,大柱手里不知什么时候多了一个石头。

石头不偏不倚正打中鬼子的脸,伤口又多了一道伤痕,他双手一松,疼倒在地。赵福娃立刻翻过身，抢起一块石头就往鬼子头上砸。"叫你压我，叫你压我！"

大柱一把抓住顺子："你手榴弹呢，没甩？"

"甩了，没炸！"顺子用手捂住了脸。大柱扭头一看，鬼子的脑袋已经炸开了花，红的白的东西一齐流了出来。

已经死了。

"谁让你打死的，有赏钱不晓得啊。"

"砰、砰。"

"乒、乒。"

坎下交火了。

又有几个鬼子朝这边窜过来。鬼子身后有人在追击。

"你拉线了吗？"大柱没好气。

"是不是没拉线呢，还尿裤子吧？"赵福娃揩了揩身上的秽物，站起身问李桂顺。赵福娃的勇敢让李桂顺有点不好意思。

坡下真的有个女子，不过她的枪瞄准的是鬼子。连同从这里逃回去的四个鬼子，一共五六个鬼子已经倒在地上。

女子身后跟着四五个人，都是当地人的打扮，手里的枪还在冒烟。就剩一个鬼子了，但是这家伙并没打算投降，他摸了摸身体。身上已经没有了炸弹刺刀之类的武器。他抄起地上的一杆三八大盖，恶狼一样朝那女子扑过来。

女子身子轻盈地一闪，鬼子扑向后面的那几个人。那几个人一把抓住鬼子的枪，一脚将鬼子踢倒，又将鬼子拉起来往前面一推。

他们是在玩鬼子呢。

鬼子被转晕了头，定了定神，还是决定捏软柿子。他把外衣往地上一扔，扑向女子，打算做最后一搏。

"啪啪！"不待鬼子靠近，女子已经左右开弓，几个清脆的耳光。接着一个飒爽的凌空飞跃,女子双腿像剪刀一样夹住鬼子的脖子。

鬼子魂归东瀛。

这还是那双画画的手吗,还是那双划水的腿吗? 璐璐,她竟然有这么好的身手!

岑大柱愣住了。

都死光了,没一个活的。李桂顺检查了一遍,有些懊丧,那可是白花花的大洋啊。

女子回头跟同伴说了几句,又朝大柱几个竖起大拇指,一挥手打算离去。

"喂,等等。"大柱突然喊道。

"有什么事?"

"你几时有这么好的功夫了!"

"你认识我?"女子问大柱,一脸的诧异。

她不是含璐! 大柱有些困窘。

"呵呵呵,"女子眼睛几眨,爽朗地笑起来,"我知道你说的是谁了,常含璐,对吧?"

"我不是常含璐,走了!"

等大柱回过神来,女子和她的队伍走出了好远。

十六

"一个漂亮的伏击战。"瓦当对大柱说了战斗的情景。工兵营最先到达作战地点,鬼子半渡时,攻击正式开始。居高临下,敌人没有重武器,只有撤退,可是他们退不回去了,背后的二营封锁了退路……你们立了大功!

可是大柱此刻关心的不是这些,他望着正在登船的那队人,疑惑不解。顺着大柱的目光,瓦当明白了大柱的意思。

"他们是牛头寨的,帮着咱们打鬼子的。"

牛头寨在溪口附近,不回寨子,他们过河去干什么呢?

"上游是溪口,下游是县城。"

大柱回头问赵福娃和李桂顺,是去溪口找部队还是跟着自己去县城,或者留在七十四军。

当着瓦当的面,两人一下不知如何回答。

倒是顺子脑子快:"你是大哥,你到哪,我就到哪。"赵福娃连说:"是,是,还指着大哥给我娶媳妇呢。"

两个赧货。大柱心里一乐。把顺子递过来的靴子往脚上一套,从怀里掏出剩下的香肠,递给瓦当一截。

"叔,我得回家看看,您要保重!"

"保重,代我问候苏指导员。"瓦当握着大柱的手,竟一语道破了大柱的心思。

天边滚来阵阵乌云,天色很快黑下来。大柱带着两个小兄弟踏上了回家的路。

第七章　暗战

一

鬼子进城并没费多大气力。

半个月来，敌人凭着优势火力和兵力，越过洞庭湖地区，长驱直入，气势汹汹突破石门防线，一路追击国军溃兵，所到之处，烧杀奸淫，耀武扬威。汉奸和伪军也为虎作伥，不可一世。他们在醒目的地方写着大字：吃的剥皮鸡，睡的美貌妻，斩的当兵的，杀的背时的。

鬼子蜂拥渡过澧水，分三路合围慈利，企图把慈利变成第二个石门！

首先进入县城的是六十五联队，也就是在杨家溪制造屠杀的这伙鬼子。不过，县城一片狼藉，既没有想象中的欢迎场面，也没有美酒，就连一粒粮食都没找到。繁华的街道早已空无一人，撤得如此干净。烂葛藤匆匆从硝王洞里赶来，恰好鬼子正在气头上，对他姗姗来迟很是生气，叫他一声"烂桑"以后，顺手给了他几耳光。

县城地处洼地，无险可守，而城外的国军正严阵以待。

鬼子这才明白，慈利并非石门，占领一座毫无战略意义的县城无异于握着一个烫手的山芋。

眼前的五十八师是一支劲旅，战斗力十分强悍。全师各部占领迎曦垭、何家寨、羊角山、落马坡、垭门关高地，遥相呼应，从三面对县城形成钳形夹击之势，白竹水炮兵阵地离县城不到五公里，炮弹随时能打到城里。

兵无常势、水无常形，不以一城一地论得失，能打胜仗才是硬道理。为了避免不必要的伤亡，唯有暂避其锋芒，捕捉有利战机，消耗对方，再择机歼灭。五十八师把部队悉数撤到城外，获得了更大的回旋空间。

这就是张将军高明的地方。猎狗遇见比自己凶猛的猎物时，不是以硬碰硬，拼死相搏，而是引而不发，抢占有利位置，以逸待劳，先消磨其锐气。迂回、试探、挑逗，消耗你，然后瞅准机会发起致命攻击。

尽管石门危在旦夕，彭师长和暂五师命悬一线，于情于理都应该伸出援手。但蒋委员长有明确指示：必须确保慈利战场。他张将军不能只顾同窗袍泽情谊而违背统帅部和军部的意志，擅自派兵过河作战。思忖再三，最终派出一个营和骑兵连赶赴石门接应。上级问起来，可以侦察为名搪塞，这个擦边球还是打得过去的。

接应部队沿途遇到了丢盔弃甲的七十三军残兵，就是没有打听到彭师长的下落。但这趟毕竟没白跑，五十八师的出现，把敌人的注意力吸引过来，为藏在山里的七十三军余部争取到了生机。这支部队利用地形的掩护，轮番阻击，交替撤退，打打撤撤，半天时间，鬼子才前进了几公里。

在落马坡阵地，张将军已经从缴获的敌人文件中得知，这伙鬼子是参加南京大屠杀的元凶之一——第十三师团一部，而垭门关出现的那支鬼子是第三十四师团一个支队。尽管东洋佬有飞机的掩护，嚣张骄狂一时，但是东洋佬坦克重炮一时进不来，并且在地理上已失先机，只要把他们拖进山里，就能挫其锐气，乱其节奏。先消耗、再消灭。几天来，五十八师吸取七十三军的教训，审时度势，从容不迫，攻守有度，游刃有余，牢牢控制了战场的主动权。

鬼子进了县城，却只能困守孤城。县城周边山高林密，任何一个地方都有可能射出子弹、飞出手榴弹。为改变眼前的困境，他们采取重点突破的办法，集中兵力轮番攻打羊角山阵地，企图撕破一道口子。

强攻无效，施放毒气不灵，小股部队钻袭无果，办法想完，招数使尽，依然攻不下来。连日来，日军士气低落，苦战垭门关，近二十小时，还是靠土匪带路迂回包抄，才拿下来。但是这一招对落马坡、羊角山阵地无效，两块硬骨头，就是啃不动。

见正面进攻毫无进展，联队长伊藤伊彦派出一支部队从左翼绕到国军背后，并命令便衣队由土匪带路四处钻袭，分散国军的注意力。可是一天过去了，突袭马公渡的那支部队像是被蒸发了一样，悄无声息，便衣队也三三两两返回，损兵折将，灰头灰脸。正当他在房里踱来踱去，一筹莫展时，卫兵报告，一一六联队已到达城外。于是，一个新的作战计划在他脑子里闪过。

二

张将军唯独没在龙凤寨派驻部队，而鬼子进城后也没有前往龙凤寨袭扰。倒是三青团大摇大摆进驻到龙凤寨。在石门查办了七十三军吴团长案子以后，三青团不知道嗅到了什么味，竟然来到了龙凤寨。

那一天，常德三青团主任安淮新紧随五十八师进了县城，与张师长见了面。张师长说安主任殚精竭虑为党国效力，冒着严寒、不顾安危深入到一线，令人钦佩。安主任说职责所在，义不容辞，希望能得到张师长支持。

他所说的支持就是派出人手跟随三青团行动。可是话刚说到这里，张师长说对不住，有个紧急作战会议，便起身走了。安主任等了一个晚上没听到张师长回话。第二天一早，张师长却到城外阵地上去了。接着，部队分批从县城撤出，周围山头布防得跟铁桶一样，唯独没向龙凤寨派出一兵一卒。

碰了一个软钉子，安主任只好带着几个手下前往龙凤寨。听说安主任这样的党国大员要进村，常保长不敢怠慢，吩咐备下好酒好菜，接风洗尘，亲自到寨前迎接。他预感安主任这次来是要查苏先生的案子，便急于撇开自己和苏先生的关系，一再说他们一家对党国、对蒋委员长一直是忠心耿耿。

安主任何等人物，听着老常词不达意的自我开脱，已经摸准了常保长的脉搏，便开始了惯用的套路，决定先来一个敲山震虎。他不阴不阳地说："老常啊，你一家对党国忠心耿耿，也包括你的女儿吗？有人可是在石门见过她，她跟姓苏的在一起啊。"

"我家含璐以前是跟苏先生学过画画，前些天，丫头去石门看我的女婿,路上碰巧遇见了她的先生……"遇上这样的人物,常保长一个回合下来,就已经乱了阵脚,心里暗暗叫苦。

他打出最后一手牌。

"我女婿今年在石门驻防,暂五师的团长,蒋委员长给他封了将军。"

"你说张吉财啊,听说过。"安主任当然明白常保长话里的意思。若是以前,安主任对张吉财还有所忌惮。如今暂五师在石门全军覆灭,即使张吉财侥幸逃出来,但也是下了架的凤凰不如鸡,今天的张吉财已非往日的张吉财。

为避免夜长梦多,他必须快刀斩乱麻,不能给对方喘息的机会。"张吉财嘛,打日本人很卖力,很有一套,咱们委员长很器重他。可是,老常,你知道不,听说他在慈利有私人武装,两个女人帮他打点着!一个是薛家铺柳老板,还有一个是……"

安主任继续说:"要是委员长知道这些了,不知道他老人家会怎么想,呵呵呵!"

不到两个回合,常保长就大汗淋漓,败下阵来。

可是,不仅苏先生,连安主任一行也走不出龙凤寨,因为烂葛藤来到寨前。

苏先生前几天带着群众和粮食往龙凤寨转移,已被烂葛藤探明,这三角眼对山寨早已觊觎多日。鬼子进入县城,烂葛藤把国军大致布兵情况陈述了一遍。鬼子果然把兵力集结在城东、城南方向,仅在龙凤寨方向派驻了小股防御部队。鬼子的安排正中烂桑的下怀,城南打得热火朝天,烂桑眨巴着三角眼,将贼手偷偷伸向了龙凤寨。

烂葛藤打着自己的小算盘,如果把这个情报告诉鬼子,无异于一块肥肉拱手送给别人,自己汤都不会有一口。他要独吞,并且吞得毫无声息。

龙凤寨紧靠龙凤山,龙凤山弧状山梁是一道天然屏障,山梁上有几处天然的壕沟,易守难攻。不过龙凤寨前临澧水河,一旦侧面被突破,就陷入绝地，在战略上并无多少价值。

烂葛藤一出动，就被守在山头的全子发发现了。他和刘保华带领其他四个人把守住几个要害部位，居高临下。土匪刚到山口，全子发几个点射，前面几个土匪就倒下了。

烂葛藤慌忙趴在一个岩石后面还击。

凭经验，他还是判断出对方并不是正规部队，人数也不多。不过山上的火力不同凡响，尤其是那挺机枪和贼准的点射压得他们抬不起头来。这一交手，烂葛藤确信山里有粮食，估计还有武器。这年头，有硬货腰杆才挺得直，他挥舞着手枪喊"冲"，众匪徒像公鸡打架一样，跳上跳下，窜来窜去。面对神鬼莫测的枪手，匪徒完全没有了发起进攻时张牙舞爪的派头。烂葛藤气急败坏，下令往前冲，他们却连连往后退，根本不听号令。烂葛藤当场枪毙了一个匪徒，也无法镇住其他人。

不得已，烂葛藤只好偃旗息鼓，带着手下垂头丧气地往回撤退。

龙凤寨方向传来的枪声还是惊动了鬼子。负责城北防务的鬼子闻风而动，迎面撞上了耷拉着脑袋的烂葛藤。见到鬼子，这个烂桑三角眼滴溜溜一转，对领头的鬼子说，好酒米西、花姑娘的大大的，龙凤寨。

鬼子心情大好，拍打着烂葛藤的肩膀说："烂桑，你良心大大滴好，前面滴带路、带路。"

满怀对花姑娘、美酒的期待，鬼子跟随着烂桑朝山寨摸过来。

三

她是谁呢？岑大柱心里一团迷雾，跳下船登岸，就撒腿狂追。这下苦了赵福娃和李桂顺。两人在平原长大，何曾在又湿又滑的山地经过这么大强度的奔袭，加上视线又不好，东一脚西一脚，累得气喘吁吁，早被甩下一大截。大柱只得返身把两人的枪抢到肩上扛着，他俩还是跟不上。

很快，天完全黑了下来。过河是去县城，显然走不得。剩下三条路分别是去垭门关、七相坪，还有一条是溇水河边的"斗米观"。

已经失去了目标，大柱只得停下来，等候他俩，让两人把气喘匀。

"哥，实在走、走不动了。"

"白天跑了一整天，这眼睛皮都提不起了，路上又、又尽是泥巴。"

两人一前一后、跌跌撞撞，东倒西歪，接近崩溃。

大柱望了望四周，发现一处田坎下有几个草垛。他领着二人来到草垛边，让他俩钻进去眯一会儿。两人钻进草垛，倒头就发出了轻微的鼾声。

尽管睡意浓浓，大柱还是不敢沉睡，这些年军旅生涯，他已经学会了睁着眼睛睡觉，即使眼睛不得已闭上了，全身各处依然保持着高度警惕，每个毛孔都像是一双小眼睛，随时感知附近的风吹草动。

蒙眬中，依稀感觉有两个黑影朝这边走过来，越来越近，大柱微微睁开眼睛，果然有两个身影出现在田埂上，越来越近。不知是听到赵福娃的鼾声还是别的什么响动，那两个影子突然不动了。

岑大柱轻轻拨了拨赵福娃的脸，止住了他的鼾声。

但是，那两个影子已经判断声音来自这边的草垛，只是不确定声源到底是什么。突然的静默，让影子失去了进一步确认的机会；突然的静默，同时意味着不明的危险已经降临。

是人是兽，是敌是友，一时难以判断。情况不明时，最好的办法是以静制动，静观其变。

双方就这样对峙着。

岑大柱决定打破眼前的沉寂，轻声学了两声蛙叫。

对方果然中招。一个声音响起：刚才是青蛙的声音，吓了我一跳。是人，北方的口音。

另一个声音答道：这两天哪来的蛤蟆，见鬼哒。

明显的本地口音。

一问一答，其实是为了投石问路、打草惊蛇。

一问一答，眼前的窒息被打破，两人的胆子似乎也壮了不少。一个石块从其中一人手里飞出来，砸在大柱脚边，大柱不为所动，轻轻摁住了刚刚醒来的顺子，决定继续沉默下去。

分把钟的时间，竟然无比漫长。估计两人最终确信刚才的响声是哪只弄错季节的青蛙发出的声音。站起身来，警惕地朝大柱藏身的地方观察一会，才一先一后朝前走去。

想到要回家，多一事不如少一事，大柱本来不打算惊动对方，可是两人起身，一个金属之类的东西发出"咣当"的响声。

难道是武器，大柱最终决定出手了。

两丈远的距离，大柱三两下就冲到两人面前："站住，你们是什么人？"

赵福娃和李桂顺也端着枪跟了过来。

夜里走路，黑咕隆咚，本来就心里发虚，冷不防从黑暗处突然蹿出人来，吓得两人一屁股坐在地上，像是遇见鬼一样，说话也不利索了："我们是老、老百姓，不是坏、坏人。"

大柱把枪收好，抓起地上的包："这是什么东西？"

一个胆大的站起来，打量了眼前的三个人，定了定神："哟呵呵，排长、岑排长，是你这个新兵蛋子啊！"

老万！说话的正是万年兵。

"真是请神不如撞神……你居然猫在这里，想把老子吓死是不。"另一个也跟着站起来，竟然是车轱辘。

车轱辘摁住胸脯，惊魂未定："这、这东西是鬼子的洋玩意儿，我们也不会用，拿回去看铁匠铺肯不肯给俩钱。"

"俩钱？你说得轻巧，这东西金贵得很。"万年兵把包亮出来。

"这是顺风耳、千里眼。"赵福娃认出了包里的东西，"又不是铁疙瘩，铁匠有个啥用。"

那伙鬼子已经死在马公渡了,而他们的发报机到了大柱的手里。

四

在垭门关,车轱辘没多想就跟张吉财走了。不久,他突然又掉转头往回走。

张吉财拦住他不让走,车轱辘说:"你凭什么不让走,你的兵都不跟你走,我刘三不是你的兵……团总,说心里话吧,我这辈子就喜欢她一个人,她落在鬼子手里了,我不能跟着你,我得赶紧回去救她,你就让我走吧。"

张吉财瞅着车轱辘,叹了一口气说:"柳老板认识你这个情种也算没有白活。你最好把小命留着,才有希望救人。"

万年兵从石门一路追过来,正遇上满腹惆怅的车轱辘。车轱辘本来不想搭理这个当兵的,但发现万年兵衣服上的符号、汉字,和岑大柱的一模一样。就问万年兵是不是想找一个姓岑的当兵的。万年兵也是个老江湖了,见车轱辘神情恍惚,一脸哀伤,确信对方不是糊弄。回答说:"是找岑排长,你见过?"

"岑大柱、你们的岑排长,跟我从小那是一把钱……一把钱,你也听不懂,就是穿开裆裤的兄弟……"

"我不得涮懒谈①,刚刚在垭门关见过,跟我走保证能找到排长。"车轱辘有些茫然的眼睛闪了一下,缓慢而又十分肯定地说。

车轱辘的遭遇勾起了万年兵的伤痛,两人一番长吁短叹,就走到了一起。没走多远,一伙鬼子急行军,突然到了眼前。两人躲避不及,被鬼子从草丛里逮着了。见到万年兵穿着军装,鬼子本来要杀了他。翻译凑过来说他背的东西太重了,不如让这两人挑着。鬼子决定暂时把两人都留着,给他们

---

① 涮懒谈:拉白话、骗人的意思。

挑担子。往象耳桥方向走了一会儿，突然又向左折向高峰。山高路险弯道多，想跑掉太容易了。两人瞅准机会，滚下一道山崖，鬼子追赶不上，又怕暴露队伍的动向，不敢放枪，眼看着两个人跑了。

"挑东西，挑的要是炸弹就好了。我炸死他们，喏，这么个家伙，鬼子翻译再三交代要好好保管——白出了一身汗，鬼子又不给工钱，就顺手拿走了。"车轱辘的话让大家一乐。

听着两人的讲述，岑大柱一阵紧张，一阵释然，最后拍拍两人的肩膀，问道："你们见过牛头寨的人吗？"

他想知道马公渡遇见的那个神秘女人的去向。

"牛头寨，牛头寨在西边，他们怎么会到这里来？你是不是撞到鬼打墙了。"

"他们刚刚从马公渡过河了，往这边走了。本来是可以追上的，结果……"赵福娃解释说。

"结果是我俩拉了后腿，"顺子接过话茬说，"有个女的排长认识，可那、那女的好像不认识排长。"

黑暗中，大柱瞪了一下顺子。顺子吐了一下舌头，突然想起什么，赶紧往怀里掏。

顺子在找吃的。

"饿了吧，找他要吃的。"大柱一指顺子。车轱辘一听有吃的，肚子里的馋虫立刻奔到了嗓子眼："快点，都饿得前胸贴后背了。"

"都拿来吧。"他一把抢过顺子刚刚从怀里拿出来的包，抓起一把红薯干就往嘴里塞。

万年兵接过一块饼慢悠悠地说："隔得远，天色又晚了。远远看见一队人进了一个庙里，是叫斗米观吧，"他侧身问车轱辘，"是你告诉我的。"

一语惊醒梦中人，他的话提醒了车轱辘。

"柱、柱子，我晓得你港的是哪个了，"他一拍大腿，"常家老三，你让我歇歇再跟你港。"

五个人回到草垛边坐下。

车辂辘吃下最后一块红薯干,咽了一口唾沫,把他知道的一些事说了出来。听得大柱眼睛忽愣忽愣的。

那个女子竟然是常家的!

常家明明只有两个丫头,几时又突然冒出来个老三呢?

"信不信由你,几时见面了你自己去问她。保证没、没涮你懒谈。"车辂辘把嘴里食物咽下,回答道。

斗米观是自然大侠练功的地方,常家老三是大侠的徒弟。大侠两年前去了长沙,烂葛藤派人捣乱,斗米观的人走的走、散的散。少数人跟着常老三去九渡溪牛头寨入了伙。如果刚才那队人是牛头寨的人,那么这常老三肯定进了斗米观。

经过下午和刚才的历险,车辂辘的脑子已经活泛了许多。他分析,常老三是去斗米观歇脚,下一步该去龙凤寨了。

解开了心里的疑团,岑大柱松了一口气。却多了一丝好奇,这常家老三到底是个什么样的人呢?

五

龙凤寨聚集了好多逃难的人。林子里支起了几口大锅,苏先生里里外外正忙着。安主任在常保长的带领下来了。

常保长大伙儿都认识,但是另外几个陌生面孔的出现破坏了现场的和谐。为首的那个中山装笔挺干净,胸前口袋里插着一支钢笔,蛤蟆眼镜背后藏着一双捉摸不透的眼睛,浑身透露着一股阴气。

在场的群众对他们并无好感,只是冲着常保长打了招呼。

安主任并不介意这些,他径直走到苏醒面前。"鄙人三青团安淮新,敢问您就是苏兴隆苏先生？"

安淮新一表明身份，苏先生就明白了他的来意。这些人无孔不入，没想到这时候找上了自己。但是安淮新只说是要配合调查，没明说调查什么事，更没直接指认自己是共产党。苏先生也拱拱手，给姓安的打了一个太极："敌人大举入侵，慈利父老蒙难，安主任体恤民情，不辞辛劳前来探望群众，实在叫人感激。"

安淮新心不在焉应付道："不敢不敢，"向四周环顾了一遍，慢条斯理地对苏醒说，"能否借一步说话，鄙人有事情请教。"话语里不显山不露水，但是实际上已经是磨刀霍霍，杀气腾腾。

苏醒整整棉大褂，又拍了几下灰尘，安淮新的几个手下立刻围了过来。

"苏先生是好人，常保长，你们不能抓他啊。"一位大爷看清了其中的蹊跷，对常保长央求道。

人们闻讯，立刻警觉起来，缓缓向安淮新这里凑了过来。

"安主任奉命来调查，你们想干什么，造反吗？"安淮新的一个手下见状，掏出了手枪挥舞着。

"乡亲们，没事的，大敌当前，安主任是来慈利帮助我们打鬼子的，不会打自己人。"苏先生对大伙儿说，"你们好好歇着，饭很快就好了，我去去就来。"

苏醒的话绵里藏针。安淮新听了，轻轻推了一下眼镜，面部并没有太多反应。

但他发现，手下的表现起到了震慑作用。在他看来，这帮泥腿子、乌合之众不会跟枪子儿过不去。

"请吧！"他对部下露出一个赞许的眼光，带头趾高气扬地跨出了林子，一副凯旋的模样。

苏醒对众人挥挥手，跟着走了。

常保长心情颇为复杂，"嘿嘿"干笑几声，对着众人说："没事的，没事的。"

刚过一道田埂，有人慌慌张张跑来报告：常保长，烂葛藤带人朝龙凤寨来了。

常保长连忙凑近安淮新说："烂葛藤杀人不眨眼，他肯定是来搜粮食的，多亏苏先生带着乡亲们把城里的粮食转移进来，粮食是全县人过冬的，千万丢不得。"

安淮新眯着眼睛沉吟片刻，问常保长："出山寨，可有别的路？"

"若是以前，倒是可以走水路，但是船都被部队征用或者被鬼子烧了，再说石门已经被鬼子占了，这水路走不得了。"

"你老常意思是说只有走原路返回了？"安淮新抬高了声音。

"嗯嗯。"常保长为难地望望苏醒，然后像做错了事似的，对安淮新点头回答。

安淮新来回走了几步，挠了几下头，他的头上并无多少头发。

"打吧。"一个手下说，"不就是土匪吗，灭了他们！"

安淮新盯着这个手下，一字一顿地说："打什么打，我看你活得不耐烦了。别忘了我们的正事，我们是干什么来了？"

他抬高声音说："经查：国民革命军新编第四军余部苏醒不听号令，潜入慈利，聚众生事，意图不轨，今验明正身，就地处决！"安淮新训斥完手下，在原地踱了几步，来到苏醒面前停住，像背书一样，突然念出这样一段话。

"姓苏的，你还有什么话说？"

苏醒平静地看着眼前这个人，徐徐问道："验明正身，处决，你就是这样草菅人命的？聚众生事，意图不轨，好大的帽子啊！"

"一个政党、一个主义、一个领袖！"安淮新一手背在背后，另一只手伴随着他的演讲来回上下左右挥舞着。

"今天，你的死期到了。"安淮新朝手下一努嘴，三支枪口一齐对准了苏醒。

"住手!"常含璐、常含瑾从远处赶过来。

"住手,你们谁敢动手。"树林里的群众也围了上来。

"哟呵,苏兴隆,你的煽动力不小啊,这伙人都被你迷惑了!"安淮新掏出手枪,抬高声音,"谁敢阻拦,视同共党对待,视同谋反对待,格杀勿论!"

"哪个这么大派头,跑到慈利地盘上当爷来了!"正在双方僵持不下时,河边一个粗嗓门嚷道。

不知什么时候,一条船靠近了河岸,张吉财从船上跳下来,大步向这边走来。

安淮新扭头问常保长,这人是谁?

"哎呀,他就是我那个不要命的女婿!"常保长说。

没想撞见真神。

"快把枪收起来。"安淮新把枪放进衣兜,忙不迭地吩咐手下。

"张将军啊,您在石门一战成名,堪称党国精英、中流砥柱,幸会幸会!"安淮新越过众人,迎了上去。

"你就是常德那个什么团的,姓安吧!"

"三青团,鄙人安淮新。没想到张将军听过鄙人的小名。"

"安淮新啊,如雷贯耳,你多牛气,在石门,大敌当前,咔嚓,就把我们十四团吴团长斩了,咔嚓、咔嚓,又把两个营长脑袋搬家了。暂五师的人哪个不知道你安主任啊。石门还战个啥,还不是拜你安主任所赐!"

"常德正在打仗,你不守着常德,支援慈利来了?!"张吉财鄙夷地说。

"这个,张将军言重了。"面对张吉财的不满和指责,安淮新有些为难,但是他迅速转移了话题,"安某食党国俸禄,职责所在,今天来到贵地,奉命查办一起案子,没来得及拜会张将军,海涵,海涵。"

向张吉财伸出右手。

张吉财没握安主任递过去的手，而是从口袋里掏出一个烟卷放进嘴里，副官赶紧点上。

张吉财吐出一个烟圈："拜什么拜，免了，免了，张某不敢当。既然安主任来慈利不是打仗，那如此兴师动众，舞刀弄枪的，难道是要咔嚓我张某来了！"

"张将军见笑了，岂敢岂敢！"安淮新脸上红一阵白一阵，额头微微出现了水珠。

"这人是新四军余部，他们意图叛乱，不仅过了长江，还窜到慈利，兴风作浪，我们奉命抓捕他归案。"

"他啊，我认识，就一个画画的、穷教书的，鬼子来了，没书教了。他要是新四军、共党，我早就让他脑袋搬家了，这个功劳还让你来抢啊。"

"这，这……"口似悬河的安淮新一时词穷，"我得回去交差，烦请张将军给个方便。"

"你给老张一个方便吧，去，把烂葛藤给我咔嚓了，把城里鬼子给我咔嚓了，到时候，你想抓哪个，就抓哪个，别说一个穷教书的，连我抓去也绝无二话！"

秀才遇到兵，见到这样的莽汉，安淮新没招了，再次语塞。

他擦擦额头，绝望地看着张吉财，这个坎儿他是过不去了。

张吉财见好就收，豪爽地拍拍安淮新的肩膀说："来的都是客，既来之，则安之，今天就在我龙凤寨住下，明天送你们出山。"

常有福保长长长吁了一口气。

六

偷袭龙凤寨不成，烂葛藤只好抬着几具尸体，悻悻退去。

烂葛藤刚离去，张吉财领着手下，背上弹药武器爬上了山头。他招呼着手下，东一指，西一划，枯叶下、树兜旁、岩罩后面居然出现了大小不一、形状不同的作战工事。如此庞大的掩体、暗堡，刚才摸爬滚打，竟然没有发现，惊得全子发和刘保华目瞪口呆。

张吉财来到全子发和刘保华面前。

"这是我老张的杰作，哈哈。不敢说龙凤寨固若金汤，但鬼子想要啃下这里，只怕他们撑不下。兄弟，辛苦你二位了。"张吉财伸出双手想搂住两人的肩膀。

刘保华一侧身，没让张吉财挨着。猛然返身，顺着山坡"噌噌噌"地滑出了老远。

"这个犟子瘟。"张吉财冲刘保华喊道，"到处是鬼子，赶快回来！"

"我去劝劝他。"全子发对张吉财说了一声，从地上拎着枪，跟在后面，也下了山。

"不想死就赶快回来。"

身后响起张吉财的声音。

杀父之仇，不共戴天。见到当年的仇人，任凭全子发怎么劝，刘保华就是不肯回寨子了。正在两个人拉拉扯扯时，烂葛藤带着鬼子出现了。

返回山头已经来不及了，东洋鬼的子弹会追随而来，把两人打成筛子。泥鳅朝龙凤寨看了一眼，果断地掉转头拉起穿山甲说："走，进城！"

刘保华虽然会使枪，但从来也没有真正上过战场，遇见这种阵仗，已是乱了方寸，一切都只有听泥鳅的了。

鬼子发现对面的人，立刻分成两部，一部继续前进，剩下五六个鬼子追赶着泥鳅和穿山甲，子弹从身后"嗖嗖"飞过来，打得水田水花、泥土直溅。

两人借着柳树的掩护，顺着河堤，边打边退，从北门口进了城，穿过房屋小巷，七拐八拐，躲进了福音堂。

城里其他的鬼子也被惊动了，二三十个鬼子从四周围过来。全子发打几枪换一个地方，一声枪响，就有一个鬼子倒地，看得刘保华热血沸腾，只恨手里少了一杆枪。

可是，由于自己一时负气，跑下山，连枪也没拿上一支，拖累泥鳅也陷入险境。面对步步逼近的鬼子，刘保华开始懊悔，忙乱中，摸摸口袋里，摸出了三个弹夹，把子弹递给了泥鳅。

鬼子！刘保华发现一个身影从侧面冒出来，一个鬼子从断墙翻越进来。刘保华抄起一根棒抢过去，立足未稳的鬼子一个趔趄。刘保华飞起一脚将他踹到，抢过三八大盖将鬼子脑袋砸成血葫芦，又搜出了两个四十八瓣手雷，侧身靠着断墙后，和全子发形成掎角之势。

对方如此精湛的枪法，压得鬼子不敢露头。他们放弃了活捉的念头，架起了小钢炮，朝福音堂猛轰。小楼里顿时灰尘弥漫，瓦砾四溅，一堵墙随之倒了下来。

全子发灰头灰脸钻出来，对刘保华说："快，冲出去，跳河。"

借着烟雾的掩护，刘保华跳了出来，鬼子紧跟着追了上来。刘保华侧身一躲，两个鬼子冲了上来。刘保华一个突刺，放倒了其中一个，返身一枪托，又打倒了另外一个。

第三个鬼子举起枪刺向刘保华，刘保华也做好了最坏的打算，迎着鬼子的刺刀挺了上去——哪怕自己倒下了，手中的刺刀也会刺中对方。

一声枪响，这个鬼子像中了立定身法，停了几秒，接着，像树桩一样扑倒在地。

一抬头，刘保华看见全子发在向他挥手，那意思是快跑。刘保华又跑出了一段距离，接近了河边，发现泥鳅并没有跟上来。再回头一看，福音堂四周已经被鬼子围住，泥鳅根本没有跑出来。

龙凤寨走了泥鳅和穿山甲，却有张吉财在排兵布阵，鬼子随烂葛藤闯到山前蹦跶了几次，照样没尝到什么甜头。正在鬼子打算发起又一轮攻击的时候，陈驴子气喘吁吁赶来，说："张吉财、张吉财，跑、跑了，还有王大疤和穿山甲也跟着,一起跑了。"

烂葛藤恼恨地一拍脑袋,后悔当时没宰了张吉财,如今放虎归山。有张吉财在,就凭这几十个人,攻入龙凤寨是莫想了。

鬼子命令烂葛藤带着手下冲锋,烂葛藤哭丧着脸说:"报告太君,这龙凤寨是攻不下了,张吉财跑了,进龙凤寨了。"

"张吉财什么的干活。"鬼子问。

"国军的将军,是个硬茬子!"

"八嘎!"鬼子一把揪住烂葛藤衣领,往后一推,烂葛藤哑巴吃黄连,一脸的懊悔和无奈。

由于三角眼想独吞龙凤寨里的粮食,误报军情,没有向鬼子报告张吉财在他手里,结果搬起石头砸了自己的脚。

而在此时,常家老三从斗米观出兵,王大疤带着象耳桥的一部人马,合兵袭击垭门关,全歼山头一个小队的守敌。鬼子担心城北有失,不得已,只好偃旗息鼓撤兵回城。

<h2 style="text-align:center">七</h2>

一夜下来,气温骤降。

经过鬼子炮火轰炸无数遍,七相坪村的房屋都被掀开了顶,只剩断壁残垣。大柱领着几人来到自家房子前,房子只剩一堆瓦砾,周围见不到人。

大柱里外找了两遍,颓丧地坐在地上。

"河边有人!"赵福娃站在远处冲大柱喊道。

河边的人是苏先生和刘保华,泥鳅却躺在地上。

苏先生正在给泥鳅整理遗容!刘保华双眼血红地站在旁边。

"先生,泥鳅,他……怎么了?"大柱抓住苏醒的双臂,"他的枪法那么好，谁都奈他不何……泥鳅，你怎么了？！"泥鳅脸色煞白，浑身没有一块好肉，一动不动。

"都怪我，柱子哥！"刘保华两眼无神，无比沮丧地坐在泥地里。

"到底哪门子事！你说……在石门，泥鳅跟着我在一起还好好的，在硝王洞还好好的，现在倒好，跟你在一起才两天，就死了。"大柱松开苏醒，转身一把拎起穿山甲。

刘保华浑身无力，任凭大柱扭扯，一脸的懊悔。

"我要宰了芳村！"直到大柱摇得双手酸痛，停了下来，刘保华嘴里蹦出来几个字。

"你说谁？"

"芳村正雄，就是他害了泥鳅哥！"

"二十一个枪眼、十几处刺刀口，泥鳅死得太惨了！"

"全子发同志是为了掩护龙凤寨几千百姓、保住粮食而牺牲的，是慈利人民的好儿子。"

苏醒起身，劝慰刘保华和大柱："人死不能复生，我们还有好多事要做，现在还不是难过的时候。"

"你老家伙、老门前①就在龙凤寨。看看你娘老子。"苏醒起身，提示大柱。

"全子发，泥鳅，我的兄弟。"岑大柱缓缓起身，脑子里出现了泥鳅向他敬礼告别时坚毅的模样，接着是在石门战场沉着射击、过澧水、穿杨家溪……

而如今，泥鳅再也听不见亲人的呼唤了，静静地躺在由几块木板钉成的棺木里，任由潮湿的泥土一寸寸覆盖。

一行人对着新坟鞠了个躬，过了河。

---

① 老家伙、老门前：慈利部分地方对父母的称呼。老家伙指父亲、老门前指母亲。

岑大柱第二次踏进常家大院。

常家大院虽然也遭受了轰炸，但是因为处在山边，树木参天，比较隐蔽，毁坏不大。

大柱突然出现在眼前，含瑾愣住了。

尽管大柱一身邋遢，一脸尘土，但是那眼睛、那英武、那神态还是那么熟悉。

诧异、惊喜、幽怨。

"你是、是柱子哥？"含瑾似乎是在确认，又仿佛是梦呓，喃喃自语。

"含瑾妹子。"眼前这个男人轻声喊。

他是柱子哥！

大柱一开口，含瑾彻底确认了眼前这人是谁。

她傻傻地望着柱子哥，竟不知道下一句该说什么。

大柱往前一步，含瑾却一甩辫子，径直跑了出去。

岑大伯和岑大娘被安置在靠近含瑾的房子里。

"老家伙、老门前。"一进门，大柱喊了一声，扑通就跪在了地上。

"爹、妈。"赵福娃和李桂顺也跟着跪下了。

"真是柱子回来了，我的天啊，我的儿啊……他俩是？"岑大妈还没来得及从突然的惊喜中反应过来，眼前又接着跪下了两个娃娃。

"是我的兄弟，他们家里没人了。"大柱说。

"好好，好阿尔①，快起来。"

"以后您二老就是我俩的爹娘，我和福娃哥就是您二老的儿。"

"哟哟，哈哈，你这个娃娃嘴巴才甜哦。"岑妈妈笑出了眼泪。岑大伯也起身把福娃扯了起来。

门外传来一阵歌声：

---

① 好阿尔：好孩子。阿尔，未成年的孩子。

那天一别在河边，

心如刀割日夜盼，

别人郎妹情意甜，

我是度日如过年。

落寞、惆怅、忧伤的歌声，像鞭子一阵紧似一阵，抽在人心上。

太阳落土刚刚麻，

妹妹出来收衣裳，

双手搭在衣槁上，

一收衣服二望郎。

"妈，唱歌的是我嫂子吧。"顺子拾掇屋子，其实屋里根本不用拾掇。顺子就是活泛，忙里忙外主要是活跃气氛。

顺子出门迎着了含瑾："嫂子，你歌唱得真好听！"顺子就是这么乖巧，一下就赢得了大家的好感。

"谁是你嫂子？"含瑾一脸的嗔怪。

"您几个一身会臭死，连屋里都滂臭①的，赶紧泡澡去吧。"含瑾递给顺子几套衣服。

"谢谢嫂子，今年我就还没洗过澡呢。"顺子接过衣服，扮了一个鬼脸。

"噢，泡澡嘞。"两个小孩子突然蹦出来。

"我弟弟和外甥。"含瑾把孩子往柱子面前一推，"他叫留根，他叫水生，好好带着。"

温泉还和当年一样热气腾腾，人泡在里面，身体暖和起来，心也暖和

---

① 滂臭：慈利方言，特别臭的意思。

起来。

"哥，以后我就在这里住下了，这是神仙过的日子呢!"顺子一边跟两个小孩打水仗，一边啧啧赞叹着。

"哥，如果不是打仗，咱们就能天天泡泡澡，干干活，多带劲哦!"福娃给柱子擦背。

"当初我当兵一去就是五六年，都忘了家乡的样子，也不记得这个泡澡的地方了……只要不放弃，再苦、再难也要活下来，活下来就有胜利的一天。"

"小时候，我读过一个神话故事，说的是有一个人推石头，从山脚往山顶推，一天到黑，终于把石头推到了山顶。夜里，石头又滚了下来，第二天，他又推，就这样天天推啊推啊……"

"他推石头搞吗呢?"顺子凑过来问。

"哈哈哈，你个傻帽。"福娃倒是有点明白神话的意思了。

"打仗就像推石头，要坚持到底!"

"你就是二姐夫吧，我在画上见过你。"那个大一点的孩子看了看大柱，洗洗刷刷，大柱肌肤发亮，英气逼人。

"你是二姐夫，你划船，大姐在画画。"那孩子进一步确认。

"你说什么划船，画画?"孩子冷不丁冒出来一句话，惊呆了大柱。

"你弄疼我了。"孩子没回答，却问了另外一个问题，"大姐为什么没嫁给你，是你没当官吧。二姐要嫁你，你干吗跑了?"

稚气的孩子。

"舅舅，我饿了，咱们回家吧。"小一点的小孩靠在顺子的怀里，对大孩子说。

这是含璐的孩子!

孩子这么一提醒，是真的饿了。

常保长和常大妈在正堂等着，饭菜已经都上桌了。

"你姐夫查哨去了,柱子,来来,今天没别人,让爹瞧瞧。"

"个头长高了,是个大男人了。"

"常叔叔——"

常保长进一步启发着:"叫爹,当年在保安团牢房里,咱爷儿俩不是港好了吗?"

常妈妈擦了擦眼睛:"瑾儿一个死心眼,一直等着你。听你姐夫都说起你好多次。现在回来了,也该给你俩把事办了。"

大柱心里已经把常有福当成爹了,今天却是因为含瑾的原因叫他爹,似乎有些叫不出口。但是面对一双老人饱含期待的眼神,也不忍心自己老家伙、老门前扫兴,大柱犹豫着、嗫嚅着,终于叫出了声:"爹、妈。"

大柱跪在二位老人面前。

看着大柱顺从、恭恭敬敬的样子,几位老人欣慰地相视笑了。含瑾看了一眼跪在地上的大柱,起身娇羞地走了。

不一会儿,外面传来了歌声:

妹妹恋哥五六载,
只港拢来莫港开。
莫像竹子朝天长,
要像牛角弯拢来。

八

"这些年哪,多亏了瑾瑾和璐璐,还有你常叔叔他们。"

火坑边,福娃和顺子给岑大伯点燃旱烟,看着烟斗火光一闪一闪,两个娃一脸的稀奇。岑大伯在烟斗里填满烟丝,递给福娃,福娃学着岑大伯的样子吸了一口,呛得泪水直流。

"烟都不会，那你还娶不得媳妇。"大伯打趣逗乐着两个孩子。

这边，母子俩唠起了家常。

"伢子啊，那时候，哥哥走了没音信，哥哥当兵是没办法，你中了邪似的受那个罪。常家妹子把我俩当爷老子伺候着，给你老家伙请郎中，你爹的病啊，好了不少，老门前也有个伴不是。你爹和你就是我的指望，你走了，没有你爹，我还有个什么活头？"

"含瑾这丫头孝心好，一根筋，认死理，你不能辜负她，上哪里找这么好的姑娘。"

岑大柱当兵走后，张吉财突然发善心，后河的人从此不再为难前河，总算有了收成。后来，张吉财上了前线，也一直在打听大柱的下落，可是一二八师已经不在了，上哪里打听去！

嘉善一战，整个湘西，家家举幡，岑大伯和岑大妈也把柱子的衣物清理，弄了土坑埋了，算是让柱子魂归故里。含瑾却说家里没收到阵亡通知，人就可能活着。柱子哥不在，她就是二老的儿子，柱子哥一天不回，她就等一天，一辈子不回，她就伺候老人一辈子，养老送终。

去石门慰问演出，含璐无意间见到大柱，回到慈利立刻把这个消息告诉了含瑾，老人才从含瑾嘴里得到大柱的消息……岑妈妈和岑大伯连忙摆开香案，拜起了祖人。哪晓得，柱子还没回来，红巴巴飞机扔下的炸弹先到了家门口。

岑妈妈篮子里篓子里说个没完，一会儿欢欣，一会儿沉痛，一会儿又叹息，刚刚垂泪，说着说着，又突然笑起来——估计这是老人一生中情绪最为复杂的一天。

她还没尽兴，儿子却靠着她的腿沉沉睡着了。

有亲人，家就在，有家的感觉真是好。

岑大柱醒来时已是第二天早晨，他发现自己躺在床上。福娃和顺子早已起床，两人争着挑水，挑完水，跑去外面和两个孩子嬉闹。

含璐和含瑾的弟弟,那个叫常留根的孩子跑进屋里,冰凉的手伸进大柱的被子里。

"二姐夫,快起来,我带你看画。"

留根拉着大柱七绕八绕,进了一个房。

"你快些看,大姐晓得我翻她东西了,会打人的!"

大柱铺开一个卷筒,一幅山水画呈现在桌面上。

"我没说错吧,看,二姐夫,这是不是你!"留根像是立了功一样。大柱摸了摸留根的头,目光却停留在画上。

春的旋律,苏先生龙飞凤舞的笔迹依然清晰。画面有些褪色,画上的人物有些模糊。大柱擦了擦眼睛,发现画作有了明显的差别:河水里两人影子已经无法分辨,龙凤寨顶一团乌云笼罩着,整个天空阴沉灰暗,已然不是早春的颜色。

在底端,有一段不起眼的小字:

> 你依然是你,我依然是我,
> 你已经不是你,我也不再是我。
> 曾经美好本是生命的恩赐,
> 让它变成一团持久的火,
> 在孤独的岁月里照亮彼此的生活。

这并不是自己先前的那幅画!

大柱有些诧异,看了几遍,他明白了,这的确是自己的那幅画:画已经被修改了,这文字是后来加上去的,添加的人是谁,已不言而喻。

发黄的画卷,是一段美好爱情的见证。

"留根,你又跑进屋里乱翻,还不去上课,二姐正到处找你!"门外传来一个熟悉的声音。大柱慌忙把画卷起来。

"糟了,大姐来了。"留根神色慌张,一溜烟跑了出去。

是含璐,身边跟着她的孩子。

含璐发现大柱站在屋里,手里拿着那幅画,已经明白刚才发生了什么。她没说什么,一时间,两人都不知所措,手也不知往哪里放。

"你、你回来了,这两天好多人,我去那边搭棚,还有人没地方住。"

"含璐!"大柱轻轻叫了一声,心跳加速。

"二姐夫,你在我妈房里搞嘛啊?"孩子突然发问,化解了眼前的窘境。

"谁让你这么叫的?他是岑叔叔。"含璐纠正道。

"舅舅叫他二姐夫啊。"

"你这个傻瓜,舅舅叫二姐夫,你也叫二姐夫吗,你晓得二姐夫是嘛意思吗?"

孩子摇摇头。

"你去忙吧,喏,我妹妹在祠堂里给孩子们上课!把水儿也带过去。"

"他叫水儿?"

"水生。"含璐点了点头,又纠正道。

她把孩子往大柱手里一送,轻轻看了一眼柱子,又低着头,走了。

九

"从来没见过这么多军队,山上都修碉堡。"

"你是没见过,几十门大炮,白竹水那边,老百姓都不准进去!"

"这仗要打多久呢?"

"宁做太平犬,不做乱世人。"

"嗨嗨,这世道。"

人们你一言他一语,话语里透露着无尽的担忧和焦虑。是啊,对他们来说,这种经历生平还是第一次碰上,也不知以后还有没有安生日子过,几时才能回家。回到家,不晓得房子还在不在,屋场还认不认得出来。

树林里,已经大大小小搭起一排窝棚,乡亲们围坐在一起,谈论着。苏先生提前把粮食转移,指挥大伙儿藏在这里,张吉财又带人防守着,这才让这群无家可归的人有了临时落脚之处,有睡有吃,大伙儿开始关心起战争来。

苏先生成天拨弄着柱子带回来的发报机,不是待在屋里,就是上屋顶架线。机器一会儿响起嘀嘀嗒嗒的声音,苏先生拿个笔写着,一会儿摇头,站起来沉思,又坐下,连饭也忘了吃。刘保华在大锅边添柴火,岑大柱招呼着乡亲们。忙完,两人坐下烤火。

"也不知道苏先生能捣鼓出什么名堂来。"

"你带回来的是个什么东西呢,苏先生稀罕得像个宝贝,都没空理你了。"

"是发报机,隔着百十公里都能对话。"

"这有那么神奇吗?"

"我也不懂,先生见多识广,应该有把握。"岑大柱收回目光,"不当土匪了吧。说说,有什么打算?"

"本来想跟着泥鳅,可是他不在了……还能怎样,我听苏先生的,你呢?还当大头兵啊。"

"当兵,不当兵哪门打鬼子,但是,要看这兵怎么当,我不会再像以前那么傻了。"岑大柱话音没落,只见苏先生激动地跨出门向两人招手:"找到了、找到了,走,找老张去!"那样子,像是打了一个大胜仗。

他胡乱扒几口饭,丢下碗,急匆匆往常家大院走去。

张吉财房间里传出大嗓门,整个院子都听得见。

"姓苏的,莫把子①老子是救你,我是替吴团长出一口气,这伙王八

---
① 莫把子:别以为,莫以为。

蛋,吴团长打仗的好手,白白送了命,要死在鬼子手里倒好,死在自己人手里。他要是在,也不至于如此惨败,彭师长就是这伙人给害的,暂五师就是这伙人害的。

"你天天带着我的老婆抛头露面,老子很不高兴。那个野种到底是谁的,总有一天我会搞明白。"

门外含璐、含瑾跨进来。

"张吉财,你这是港的畜生话,你可以污蔑我常含璐,但你不能给苏先生泼脏水。"含璐直视张吉财,"平时你怎么港,我都忍了,今天你太过分了,他是你姐夫,我的先生,以为都像你,人人都是畜生!"

"就是,你还是个男人吗?我姐姐都嫁给你了,是你老婆,脏你老婆就是脏你自己。脏水往外头泼,哪像你,偏往自家屋里人身上倒。"

平时含璐也不跟自己说几句话,今天姐妹俩像搂着机关枪,轮番扫射,竟让张吉财有点招架不住。面对姐妹俩的指责,张吉财额头青筋动了几下,嘴里嘟哝几声,却没说出个所以然来。

他转移了目标,扭头对苏醒说:"有么卵事,快点港,老子要睡了。"

"他舅,柱子拿回一个电台,鬼子的,我找到了频率,以前在上海摸过这东西,没想到派上了用场。"苏醒停了停,"你晓得我港的什么意思哈?"

"什么!你意思是你能接到鬼子的情报,你会翻译?"张吉财瞪大了眼睛。

"这是鬼子刚刚使用过的,他们的密码暂时不会更改。只要反复试,就能破译。"苏先生肯定地说,"我给你两个消息:一个是鬼子很快撤出县城,二个是他们要向赤松山发起进攻。不信,你派人打听打听,如果消息准确,我不要别的,你给我找些电池来,这机子没电池不行。"

"电池有的是。"张吉财半信半疑,对苏醒的反感减轻了不少,从屋角拿出一盒电池递给苏醒。

"你最好安分点,莫怪我没提醒你,别忘了皖南的事,蒋委员长一声令下，喊我逮你，我是不得客气的。"

"好说，好说，打完鬼子，咱们再议好不好！"

苏醒端起桌子上的茶杯一饮而尽，拿着电池出门了，含瑾也跟着出来了。

半夜时分，张吉财接到报告，城里的鬼子果然开始撤退了，仅剩下少部分人驻守。

他披上衣服，拖着鞋就往苏醒住处奔来。

"姓苏的，开门，快开门！"

苏醒还没睡，打开门，让张吉财进到屋子里。

咚咚咚咚，深夜，敲门声传出老远，刚刚入睡的人们都被惊动了。披起衣服，三三两两围了过来。

"没你们的事，都去睡吧。"

张吉财越是说没大伙儿的事，大家越是觉得有事，反而把苏醒住的房屋围得内三层、外三层。

"苏兴隆啊，我张吉财以前瞧你哪里都不顺眼，今天，我信你。你还是有些本事的。你说的都对了，鬼子撤了，往赤松山去了，进大庄峪了，五十八师呢，也退了，他们一进一退，互相咬着，我们龙凤寨就安全了。哈哈哈！"

"五十八师这是诱敌深入，给鬼子口袋钻。但是赤松山很危险，东边有一个师团，慈利方向有两个联队，"苏醒在桌子上比画着，"不把鬼子彻底打败、打退，慈利之围始终解不了。"

"哪门打退，凭你，凭我？你说，下一步我们该怎么做。"

张吉财干脆一屁股坐上了桌子。

"告诉大家一个好消息，鬼子很快就要滚出慈利，我们就能回家了。"苏醒兴奋地对大伙说，一拳砸在桌子上，"马上跟军部报告，出奇兵，从背后狠狠地捅鬼子一刀，打乱他们的阵脚！乘势夺回县城。"

"他舅，你看啊，敌人只注意前面的五十八师，根本没料到背后七十三军这么快就开始反扑，更绝的是，咱们一支生力军就藏在龙凤寨！只要……"

现场的气氛空前的振奋。

"夺回县城,说得轻巧,就我手里这点人枪,打住啊,这可是我最后的家底,我可不想拼光。出奇兵,那是更不可能了,你这是自己捉虱咬啊,躲都躲不赢,你主动迎上去,是不是想把大家伙暴露在鬼子眼前,不想活了?"

张吉财听明白苏醒的话,不待他把话说完,就从桌子上跳下来,打断了苏醒的话。

"夺回县城,你守得住?这个我不得听你的,夺县城是大战略,轮得上你操心,给你一点阳光,真把自己当个角色了。

"当初老子七十三军在石门,他七十四军在干吗,现在,哼,我也让他们尝尝挨打的滋味。

"我的人马是军队,不是乌合之众,要听军部的命令。眼下我的任务是待命,要保护龙凤寨,保护大家伙,你们说是不是啊?"张吉财抬出了在场的乡亲们,耍起了无赖。

"这……"

刚才还欢快的场面陷入了僵局。

"张将军,跟鬼子打了这些年仗,难道您还不清楚怎么捕捉战机,什么叫主动出击?虽然我们的兵器不如人家,但是,我们抗战过于消极,是什么原因?是惧战,保存实力,结果往往错失战机。眼下,鬼子与五十八师已成胶着状态,真是我们七十三军重振旗鼓、建功立业的时候。"

"不是跟你港了,你有一点说得对,下一步行动,要听军部的。"听到建功立业几个字,张吉财眉头稍稍动了一下,语气稍有缓和,"这样吧,我们派人侦察一下再议,把这里的情况报告军部,再决定下一步行动。"

"鬼子大部队明明撤退了,还侦察个啥,让我去吧,把县城里的鬼子灭了。"常家老三站了出来,身后还有两个孩子跟着。这些天,一男一女俩孩子成天跟在常莹莹身边,也不跟别的小孩玩。

"你凑什么热闹，一个姑儿嘎①的。"张吉财拦阻着。

"算我一个。"

"我去。"

"我。"

人群里不时有人回应道。

"先生，事不宜迟，城里还有被抓的妇女和乡亲们，得马上行动。"岑大柱和刘保华一先一后站了出来。

"是啊，我家闺女在出嫁时被鬼子抢去了，不晓得是死是活……"一个大妈声泪俱下，"三天了，也没个音信。"

"是啊，是啊。"

"是什么是，救人，你去救啊，我老张没拦着你……给你吃，给你住，不打紧，还管你拉，管你撒，蹬鼻子上脸了! 赖上我了!"

"这，嘿。"

张吉财横鼓鼻子竖瞪眼，连吓带骂，唬住了乡亲们。

见张吉财一副死猪不怕开水烫的样子，常莹莹早就气不打一处来。她一把推开张吉财，"噜噜噜"几步蹿出来："姓张的，亏你还是个爷们儿，大家伙儿莫指望他了，牛头寨的，跟我走。"

大当家的一发话，得到了众人的响应，她的身边呼啦啦一下子围了几十人。他们用这种行动抗议张吉财。

张吉财被常莹莹一顿抢白，又见乡亲们跟他对着干，脸上青一阵白一阵，很不自在。苏醒拍拍张吉财的肩膀："我们先把战略什么的通通放在一边，古人说，路见不平，拔刀相助，你看，今天——何况是乡里乡亲。"

"你三年六个月的猪娃子——就一张寡嘴。"张吉财转身把气撒在苏醒身上，"用的是我的人，使的是我的枪，你当然不心疼。"

---

① 姑儿嘎：姑娘家，指未婚女子。

"张将军，以前我们存在主义之争，如今，民族危亡，我们早该放下门户之见，团结对外，这也是委员长的意见。你看，这几年我们团结起来，合作得很好。抗战形势是不是越来越好。兄弟阋于墙，外御其侮嘛，是不是啊？"苏醒半是劝慰，半是说服，给张吉财送了几句好话。

张吉财不好再说什么，挥挥手说："也罢，你姓苏的厉害，你太会煽动了！我佩服，送你一个全人情，我出一个排，你、岑大柱负责，家伙赶好的拿，别舍不得！人哦，副官，你可都要好好给我带回来……莹莹就别去了。"

"岑大柱，你是我七十三军的兵，莫站错了队，我的命令是相机行事，别找死！听到了没？"

岑大柱瞅瞅苏先生，从苏先生眼睛里捕捉到了什么。他立刻向张吉财行了一个标准的军礼："是，将军。"

有了台阶，张吉财顺势接着，好歹挽回了一点面子，临走还不忘记教训苏醒。

"姓苏的，给足你脸面，莫得寸进尺啊，小心我反悔！"

第八章　赤松山遇险

一

分头准备。

天亮前，二三十人的队伍，整装待发。

清一色的汤姆生，捷克造，这装备，足足可以装备一个连。大柱精神抖擞，逐个检查了装备，进行作战动员。

"鬼子大部队已经开往赤松山了，目前要面对的是县城里的敌人。我们要实现两个目的：第一是摸清城里敌人的动向，及时把情报送到龙凤寨；第二是寻机消灭敌人，解救被抓走的群众。对了，还有，就是要保证龙凤寨的安全，决不能把龙凤寨暴露出来。"

苏先生对大柱的意见表示赞赏，又掉头叮嘱刘保华不要意气用事，不能蛮干，要多听大柱的。刘保华听出了苏先生话里的意思，脸上有几分愧疚。

见副官脸上有些不屑，苏先生走过来拍拍副官的肩膀，"兄弟，咱们是共过生死的人了，说说，你有什么看法。"

副官盯了一眼大柱，"正面突击县城肯定不行，既然要摸清鬼子的动向，要打也只能打鬼子的补给部队，关键是打了以后，我们怎么脱身……我想来想去，觉得最好不要轻举妄动，免得偷鸡不成蚀把米……"

"所以说，我们出手要快、准、狠，要奇袭，出奇制胜。"岑大柱打断副官的话，像是肯定，却机智地把话题引向另外一个方向，控制住了场面。

这时，张吉财和常莹莹也来了。两个人一路上争个没完。

"妹子，哥哥是心疼你，你就是一根筋！"

"什么哥啊妹的，姓张的，你还是心疼别的女人去吧，少在你姑奶奶面前港这些没脸没皮的鬼话。我的队伍不是你国军，凭什么听你的。"

"妹子，你这么港就不讲良心了，你说说看，武器、粮食、钱，哪一样不是哥哥我给的，你手下这帮人，就差穿我的军装了。"

"要打仗了,姑奶奶懒得跟你啰唆,一个老爷们儿,当缩头乌龟,港这么些话,你还起高腔了!"

"喂,姓岑的,我来了,够意思吧。"

"呵呵,常大当家的,巾帼不让须眉啊,勇气可嘉。"苏先生让开了路。

"我说了多少次了,爷们儿我姓王,谁说我姓常了,他常老头请我姓常,我还懒得答应。"常莹莹把枪往腰上一插,捋捋披风,闪身站在了队伍里,她的手下随后依次入队。

岑大柱朝常莹莹一拱手,接着陈述他的作战要领:"我们对地形熟,利用好地形,就能有效保护自己,不仅要救人,还要适时消灭敌人。我们是疑兵,主要是配合主力,这么跟你们说吧,前头有两只狮子在撕扯、对峙,一只狼偷偷来到其中一只狮子背后,狠狠地咬了狮子一口,结果会怎样……"岑大柱用生动的比方启发大家。

"对,一杆秤,只要再多一根稻草,一头就会失去平衡,我们就是压垮鬼子的最后一根稻草。"苏醒特意走到常莹莹跟前说,"大当家的,你和鬼子没多少交手经验,要多听听岑排长的。"

常莹莹看看岑大柱,又将目光收回去,送给苏醒两个字:知道!

常妈妈出现在送行的人群里,还抹着眼睛,被常莹莹瞅见了。莹莹绕过苏先生,从队伍里挤了出来。

常妈妈抹着眼睛:"一个姑儿嘎,打什么仗,还成天和大老爷们儿混在一起,都怪你妈……"

"妈,你一把眼泪、一把鼻涕,兆头不好,笑笑,哎哎,笑一个。"

"你这个鬼丫头!"常妈妈破涕为笑。

"那两个狼崽子哪个管?"常妈妈指着站在她身边的那两个小孩问。孩子怯怯地望着常妈妈,却不敢靠近。

常莹莹瞪了那两个孩子一眼:"有饭就给他俩吃点,不吃的话,饿死算了!"不愧是大当家的,语出惊人。

留根和水生两个娃娃也早早起床了。俩孩子跑到队伍里一左一右拉着顺子说："顺子哥，我不让你去，你陪我玩嘛！"这阵子，顺子一有空就把孩子顶在头上蹿上蹿下，和两个孩子成了好伙计。

如果换一个场合，顺子分明就是一个稚气的孩子，一个孩子王。

但是此刻，他笔挺地站着，是队伍里的战士。顺子看看福娃，福娃装作啥都不知道。顺子只好为难地看着两个孩子，手足无措。

含璐和含瑾把两个孩子拉了出来，抱在手里说："哥哥要去打鬼子，打完鬼子回来再陪你俩玩。"

"那二姐夫是将军吗？比爹爹还威风！"水生问妈妈。

"二姐夫是小将军，大姐夫才是大将军。"留根纠正他外甥的话。

"小孩子家家，你俩晓得啥！"含瑾呵斥说，"让你俩别来别来，偏不听话，罚你俩抄字一百遍。"

嘴里虽然这么说，含瑾自己根本挪不开脚步。直到队伍开出，柱子哥和苏醒、张吉财告别，她才慌忙让孩子对柱子说再见。

"二姐夫慢走！"

"二姐夫、二将军慢走！"

二

"姓岑的，我是看出来了，我二姐非你不嫁，对你爷老子比对自个儿爹妈都亲。大姐呢，听说以前你们俩也好过，但她嫁给张吉财了。你要是看着这山望着那山高，吃着碗里又打锅里的主意，老娘枪子儿可不认人。"

路上，常莹莹打开了话匣子，又是威胁，又是感叹。

"我大姐命苦，大姐夫别的都好，就是见到女人迈不动腿，到处是女人。大姐守着孩子，一个人伺候四个老人，大姐夫还怀疑水生不是他亲生的，不是亲生的，是鬼生的！"

"什么!"

"嘻,看我这嘴巴,跟你港这些搞吗的!"

大柱惊呆了,竟忘了迈开脚步。他意识到自己失态了,便假装弯腰系鞋带,等前面的人走远了,才站起来,摁住怦怦直跳的心。

瞅瞅前方,岑大柱深吸了一口气,缓缓追了上去,那个叫水生的孩子在脑子里晃来晃去,以至于常莹莹连叫几声,他都没听见。

"岑大柱!"常莹莹凑过来使劲喊他。

众人以为有了什么情况,都紧张地回头张望。

"我说你是不是中邪了。"常莹莹没好气。

"哎、哎,以前我怎么、怎么没见过你。"岑大柱答非所问,算是对上了话。

"又不是你妈,你见我干吗!"

常莹莹依然张口一朵奇葩。不过,岑大柱已经习惯了,他继续顺着刚才的话题往下问:"你爹姓常,你港自己姓王,是不是嫁出去,把姓改了。"

"胡说什么,老娘还是黄花闺女,嫁你个大脑壳。"

"那你哪来的两个孩子!"

"我说过那是我的孩子吗,他们哪一点长得像我!不是我的孩子,是俩日本狼崽子,他们爹妈死了,鬼子扔下他俩没人管。那天老百姓想把他们丢到天眼里摔死,我菩萨啊,把他们救下来了,你没看见他们两个斩脑壳滴成天不港话,鬼子哪会港中国话。嘻,狼崽子,怪造孽的!"

原来是这么回事。

这常莹莹!

按照出发前的方案,大柱的进军计划是沿着澧水河北岸而下,寻机消灭敌人的补给部队,伺机救人,彻底解除敌人对龙凤寨的威胁。

负责去前方打探消息的人回来报告说,有一股鬼子正经迎曦垭往赤松山运动。

打还是不打?

前方激战正酣,赤松山炮声隆隆,硝烟弥漫。这些天,五十八师给入侵慈利的鬼子造成了很大的杀伤,想起那天亲眼看见鬼子挨炮炸的样子,岑大柱就特别兴奋。

可此时,他要找到自己的位置,他是一名指挥官,不仅要对这支队伍负责,还要争取用极小的代价取得最大的战果。

除了用枪战斗,还要学会用脑子战斗。

大柱一盘算,这是鬼子的尖兵或者侦察部队,尽管人数相当,武器甚至优于对方,但是没有地形优势,打消耗战意义不大。和副官、常莹莹一碰头,意见一致,放过这队鬼子。常莹莹派一个叫棒子的手下带几个人跟在后面,监视鬼子的动向。大柱则吩咐赵福娃、李桂顺去县城方向侦察。

两拨人分头出发后,大伙儿在背风处坐下来休息。这个位置刚好在迎曦垭的侧面,如果有太阳,此时正是景色最美的时候。小时候,岑大柱时常望着迎曦垭出神,朝阳越过迎曦垭,万道霞光穿过林子射向大地,气象特别壮观,是慈利的外八景之一。

"以前好多次想登上去看看,一直没去成。今天如此近距离观察它,可是天老爷根本没有一点升起朝阳的意思。"

常莹莹走了几步,停下来说:"还朝阳呢,这风像打耳巴的。"她对大柱一点也不生分,大方挨着大柱坐下,说开了。

"我虽然恨我的老家伙,但是不恨我的两个姐姐,还有我妈。"

当年,常妈妈接连生了两个丫头,没想到第三个还是丫头。常保长没好气抓起孩子就往水盆里淹,常大妈挣扎着来抢,却迟了一步,孩子呛到了肺,吃药也不见好,几岁了都还没有个名字。

云朝山王道长路过,常妈妈含着泪把孩子送走了。王道长医术高明,很快治好了孩子,并取名莹莹。莹莹长到了十几岁,王道长一病不起,临终前把莹莹托付给自然门大侠。

莹莹就去了斗米观，因为隔得不远，常妈妈经常去看望孩子，母女俩这才熟络起来。但是这丫头记恨她爹，一直不肯回家。

张吉财好劝歹劝，这次才带人回来救急。

自然门大侠的名字，慈利人都知道。

大侠一身自然门武功独步天下，曾经东渡日本留学，回国后在政府任职。因为不满时局，淡然回故乡潜心习武，就住在垭门关对面的饭甑山。只要有志于健身习武，交上一斗米就能跟着他学武艺，他住的地方也被称为"斗米观"。

小时候，大柱看过大侠的武功表演。空坪里摆放着一个大簸箕，大侠如鸟儿一样纵身落在簸箕边缘，簸箕纹丝不动。大侠沿着边绕圈，慢慢加快速度，越转越快，场上的人只听得见风声，身影突然一晃，簸箕上不见了人。就在大家目瞪口呆时，大侠却从屋顶上跳了下来。就凭这一招，他就成了一个神话，门徒云集，连省里的高官也慕名前来拜会大侠。蒋委员长、薛岳等高层要员都敬他几分，薛将军还专程来慈利拜会过大侠。

大侠以武功名震海内外，苏先生以才艺享誉湘西北，张吉财财大势大，如今贵为将军，三人都出生在象耳桥，被当地人称为"象耳桥三杰"。

常莹莹能拜到大侠门下，功夫肯定不会差。

武功再好，却敌不过枪杆子。为了躲避烂葛藤，常莹莹只好带着大家去牛头寨扎寨，那里是王道长大徒弟，也就是常莹莹师兄的地盘。师兄为了替常莹莹出头，带人攻打硝王洞，却踩响了烂葛藤布下的地雷，常莹莹就成了大当家的。

"不晓得这仗要打多久，师父几时才回来。"

常莹莹狠狠地说："要是师父在，哪有烂葛藤，我师兄不会送命，斗米观也不会丢！"

"出来了，城里出来了。"赵福娃和李桂顺上气不接下气地跑回来报告。

"莫急，慢慢说。"大柱让他俩喘一会儿气。

"四五十人,有鬼子,有十几个挑担子的老百姓。"

"有土匪没?"常莹莹急切地问。

"有、有,还有十几个人穿着老百姓的衣服,拿着枪,肯定是土匪!"

"还有马,驮着几个大袋子。"

"烂葛藤,找你几年了,终于撞到老娘手里了。"常莹莹拔出枪,一挥手,她手下的十几个人就跟了上来。

"慢着。"大柱拦住莹莹的去路。

"妹子,我们先商量商量……关键是要救人。除了被抓来当挑夫的,对方大约有三十多人,这是负责鬼子后勤的,有伪军和土匪,真正能打仗的没多少。"

"你想哪门打?"常莹莹被大柱一提醒,冷静了下来。

"鬼子一个都不放过,伪军和土匪放下枪,让他们活命。"

"烂葛藤必须死!"

"依你!"

"作数!"

三

进入慈利县城,联队长伊藤伊彦立刻发觉自己陷入进退两难的境地,正在一筹莫展之际,得知自己援兵到来之后,决定实施重点突破,暂时放弃了羊角山和落马坡,两个联队合兵一处,集中突破赤松山,并请求石门一带的第三师团派兵从侧翼发起攻击,妄图一举将赤松山拿下。

敌人来了援兵,自然逃不过国军侦察兵的眼睛。敌人虽然气势汹汹猛攻阵地,但是五十八师已经看出了其中的端倪:这分明是佯攻,他们有更大的阴谋!

是什么阴谋呢?

"这里,还有这里。"张师长和蔡副师长盯着作战沙盘,不约而同地指向了七姑山和赤松山。

"老蔡,看来咱俩得挪挪窝了……既然敌人佯攻,我们就装作中计,主力迅速占领七姑山,准备下一场决战,只是苦了雷营长了。"

"要争取主动,我们就得想在鬼子前面,雷营长打得越凶,对敌人的迷惑越大,此战就看三营的了。"蔡副师长抓起望远镜,转身安排部队转移去了。

张师长望着沙盘,深知三营的处境十分危急,一个营,尽管占地形优势,但400人的兵力,抵御6000多敌军,困难可想而知。然而,师部机动部队已经悉数派出,手头也没有更多的兵可派去支援三营,唯一的希望就寄托在官兵的英勇斗志上了。

他沉思片刻,果断抓起电话,命令一七二团代团长明灿:"死守赤松山,没有师部命令不许撤退。"末了,他又抓起电话直接将这道命令下达到了三营长雷励群的营指挥所。

战场形势已然发生了变化,五十八师迅速做出了调整:主力迅速撤退至七姑山,羊角山、落马坡阵地上多插旗帜作为疑兵,仅在县城附近留少量人马与敌人周旋。

但处在突出部的赤松山、何家寨阵地却面临被敌人包围分割的危险。

防守赤松山阵地的是一七二团第三营,七、八、九连分别防守何家寨、祖师殿、扁担垭三个高地。雷营长是一个经历上高、武汉等战场的战斗老兵。他沉着指挥,成功打退了敌人多次冲锋。

清晨,何家寨、扁担垭、祖师殿三个阵地几乎同时受到了敌军的进攻,一开始战事比较顺利,官兵们居高临下打退了敌人一次又一次的进攻。到10时许,日军见正面攻击没有进展,便集中炮火猛轰三营阵地,飞机轮番低飞狂轰。虽受日军炮火和飞机的猛烈攻击以及反复冲锋,伤亡惨重,但三营官兵精神仍然十分旺盛,他们利用有利地形不断射击,发起逆袭,多次将敌人击退。

九连防守的扁担垭阵地几度出现危机，上尉连长谢绍安带伤跃出战壕，率领全连官兵与敌肉搏，多次击退了敌人，使阵地转危为安。

一七二团特务排协助七连防守何家寨阵地，眼看阵地即将落入敌手，上士排副苏德福、下士班长该新民首先冲入敌阵与敌拼刺，杀死日军20余名，使敌军胆战心惊，纷纷溃逃。二人的英勇拼杀鼓舞了七连官兵士气，七连很快夺回了阵地。

一天下来，反复争夺，几千鬼子被牢牢吸在山下。但是，部队减员严重，战斗力急速下降。

接完师长电话，雷营长缓缓放回话筒，嘴里喃喃道：没有援兵，哪怕战到最后一个人，没有接到命令，不许撤退！他来回走了几步，然后做了一个深呼吸，猛地转身抓起话筒。

他向各连传达了师部的命令，然后走出掩体，下到阵地。

士兵们气势如虹，纷纷表达了以死报国的决心。一个阵地响起了军歌。

"激扬、激扬，我们是国家的武力！"

开始是一个，接着是第二个，赤松山、何家寨、扁担垭，群山里传出了了嘹亮的军歌，惊呆了敌人，也惊动了群众。

这是拼命的架势！

说明国军处境已经相当危险。

四

天上下起了细雨，不时飘过几朵雪花，脸上冷得生疼。

从县城出来的这股鬼子三三两两走在泥泞的路上，走几步吆喝几声。领头的鬼子骑在马上，身穿崭新的军大衣。两个鬼子一左一右紧跟着洋马，后面是四五个土匪，中间是十来个挑夫，最后面是十几个鬼子断后。由于县城到赤松山就两小时路程，这一带已在掌控之内，并不担心中国人出现。马上的鬼子微闭着眼睛，昏昏欲睡。

"砰砰"两声，洋马左边的鬼子被子弹击中，突然一头蹿倒在地上。马上那鬼子居然一下没反应过来。见土匪纷纷趴下，挑夫们扔下担子四下逃窜，他才慌忙从马上滚下来，趴在泥坑里。

他已经顾不得崭新的棉大衣了。

常莹莹一声枪响，并没有打中领头的鬼子。她有些懊恼。枪声一响，前进的队伍像是一群受惊的蚂蚁，东奔西跑。土匪在鬼子的威逼下象征性地拿起手里的烧火棍，有的连枪栓都拉不开。

鬼子一转身，土匪枪一扔，人早就趴下了。

只有那十来个鬼子在抵抗。不过他们面对强大的火力，只能边打边退。

几分钟后，鬼子退到了撮箕口，迎接他们的是岑大柱和五支才开荤的汤姆生。

"哒哒哒"……枪声干净清脆，第一次使上汤姆生的赵福娃乐坏了："哈哈，哟呵呵，真带劲！"

此地不宜久留，必须尽快解决战斗。

岑大柱端起冲锋枪迎着敌人冲了上去。这种打法不用闭眼瞄准，往鬼子身上招呼就对了。

"乒勾儿、乒勾儿。"三八大盖接连射击，岑大柱突然觉得肩头被什么重重击了一下，接着一阵轻微的疼痛。他往一块土堆后一伏，示意后面的人赶紧蹲下。

这几个鬼子还是有实战经验的，面对突发情况，居然在短时间内组织起了有效的还击，三四个鬼子背靠背，鬼子两挺歪把子同时开火了，形成了交叉火力，掩护另外两个同伴进入自己这方火力覆盖的区域。

负责阻击的岑大柱和发起攻击的常莹莹一时被压制住了。

谁有手榴弹!

明知道问也没用,岑大柱很是恼火,张吉财积攒了那么多的家当,竟然没置备手榴弹。

鬼子喘息甫定,全神贯注地对付突然来临的危机,这伙人是从哪里冒出来的,说不是正规军,进攻又很有策略,武器精良,说不是土匪,他们又穿着老百姓服装。

不过他们眼下无暇询问身边的土匪,这伙人怕事胆小,枪声一响,立马躺在地上装死,问也没法问。几个挑夫慢慢绕过他们侧面,跑了出去。此时鬼子已经无暇顾忌太多,跑了就跑了。他们唯一的希望是坚持下去,等待附近的援兵解救。

突然,一个挑夫蹿了过来,他并没有逃跑,而是扬起扁担砸在鬼子的钢盔上。

"咣当"随着响亮的一声响,对着正前方的歪把子的枪声停了。鬼子们扭头一看,一个中国挑夫打死了自己的同伴,正拿着扁担朝他们扑来。

是车轱辘!

"冲!"岑大柱一声喊,"消灭鬼子!"

众人一跃而起,扑向鬼子。

剩下那个使歪把子的鬼子见势不妙,赶忙掉转枪口。

但是,后方的常莹莹不会给他架枪的机会,旋风一样就到了他身后,一个老鹰捕食,双膝稳稳地压在鬼子身上,鬼子往前一扑,枪已经脱手。常莹莹双手捂着鬼子脑袋一拧,咔嚓,脖子断了。

这边岑大柱、赵福娃和车轱辘三下五除二,解决了另外五个鬼子。

李桂顺跑过来连连跺脚:"可惜了,可惜了。"

岑大柱没有打算给鬼子留活口,以前这种情况见多了。在长沙一次押送鬼子俘虏途中,一个鬼子扑倒押送的士兵,拉响了手榴弹,白白死了四五名战士。

几十个大洋和几条性命是画不得等号的。

三匹东洋马,已经有两匹中弹,袋子里的东西散落一地。另外一匹跑到一个山窝窝里,被眼前的几株绿色植物吸引住,在那里啃起来。

那些土匪死了几个,剩下的被集中在一起,挑夫们也陆续从草丛后钻了出来。

土匪们有人认识常莹莹,见到牛头寨大当家的,他们赶紧拱手作揖,表示听从号令。

岑大柱和常莹莹一商量,决定把缴获的这些东西送回寨子里。挑夫们得知他们的亲人在龙凤寨等着,都主动答应去送东西。

李桂顺剥下鬼子的军大衣,指着上面的枪洞,一脸的惋惜:"谁的枪法这么烂,好好的脑袋不打,你打我的衣服干么子呢!"

赵福娃从鬼子身上解下一把匕首,说:"顺子,你答应给留根他们带的玩具噢。"

"知道,知道,早备下了。"

"就由他们俩带人送东西回去吧。"岑大柱征求常莹莹的意见。车轱辘拉着马走了过来,"这畜生犟得很,它还咬我。"

"三哥,你和他们一起回龙凤寨吧,也洗个澡,看你都不成人样哒。"岑大柱对车轱辘说。

"什么?"

"不不不。"

车轱辘连连摇头。

"我已经晓得烂葛藤去了哪里,不信,你问他。"

车轱辘指着一个土匪说。

听到烂葛藤这个名字,常莹莹一把抓过那个土匪:"告诉我,烂葛藤在哪里?"

"大当家的，烂爷，不，烂葛藤带鬼子去了七姑山，昨天走的。哎，大当家，您轻点。"那个土匪不敢隐瞒。

土匪证实了车轱辘的话，常莹莹松开了土匪。

"我要活剥了烂葛藤，我婆娘，她死得、死得好惨！"

"柳老板死了？"岑大柱一愣。

五

七姑山绵延三十公里，雄踞慈利县与桃源县之间，是慈利县城通往西南区域、进入桃源县的天然屏障。

五十八师向外围运动时，敌人也企图抢占七姑山。

在土匪的带领下，鬼子沿零溪河而上，突入大庄峪，匆匆往七姑山进发。但是，他们到达山下时，五十八师已经捷足先登，在山头摆开了阵势，桃源方向的五十一师也向五十八师靠拢。双方在七姑山再次形成对峙，大战一触即发。

兵团式的战斗，这点人马拉过去还不够鬼子塞牙缝。岑大柱决定去帮帮何家寨、赤松山的兄弟们。

飞机已经在赤松山上轰炸了几回，从枪声判断，鬼子冲锋了四五次，山上的国军兄弟肯定很吃力了。

刚打扫完战场，负责侦察的棒子带人回来了。那伙鬼子沿途进入老百姓家里，抢东西，纵火烧屋，牵牛赶羊。几十头牛羊被赶到了何家寨下面。

"这么多的牛羊，也不怕撑死这帮砍脑壳滴。"

"大当家的，他们不是杀来吃，你们猜鬼子干什么！"

"他们把牛羊尾巴上绑上棉花，浇上油、点火，往山上赶，好多牛啊，羊啊，就被活活烧死了。"

"那山上国军被烧着没？"岑大柱问道。

"这个不晓得,好多牛羊还没到山顶就死了,剩下的往四周跑,山上好多地方都起火了。"

该怎么办呢?

车轱辘和常莹莹一心想找烂葛藤,刘保华知道了烂葛藤的下落,猜想芳村正雄也可能在一起,他们三个人的目标一致。

但是岑大柱却命令大家抓紧休息。

刘保华自然不敢违抗,车轱辘一个人闷声不响,突然又起身,折腾了几下,见没人理他,只好跟着刘保华躲在一个破房子里烤火去了。

岑大柱沿着山路,到了一处高地。这里视野开阔,能瞧见赤松山和何家寨的大致轮廓。常莹莹不明白岑大柱葫芦里卖的什么药,但是凭刚才指挥伏击,她对这个老兵有了几分信任感,随后也跟了上来。

"姓岑的,你港我们在这里出现,万一龙凤寨暴露了怎么办?"

这个问题岑大柱早想过了。

"前几天垭门关一个小队,还有刚才这伙鬼子,都被消灭了,敌人肯定会得到消息。但是,敌人就是得到消息,暂时也顾不过来,他们的主要目标是夺取赤松山、何家寨,是对付眼前的五十八师。我们已经起到牵制敌人的作用,已经帮了赤松山的兄弟们……再说,龙凤寨有坚固的工事,张吉财才不会让鬼子占了那里。即使敌人想打龙凤寨的主意,溪口的七十七师已经得到休整,很快就会开过来,县城很快就要收复呢!"岑大柱说出了自己的判断。

常莹莹和副官先后点点头,表示认同。

岑大柱受到了鼓励,继续说:"一场战争,不是以消灭几个人为目标,对于这么大规模的战斗,我们是微不足道的力量,但是,我们可以朝敌人的软肋处狠狠捅上一刀……说不定可以扭转整个战局!"

"阿喀琉斯之踵知道不?"岑大柱说着说着,突然觉得思路清晰许多,忍不住卖弄起来。若在平时,哪个男人不愿意在莹莹面前显摆呢。

"你说清楚点，什么牛啊，肿啊。"

岑大柱望着常莹莹，心里发笑。

"哎呀，姓岑的，你肩膀有血，中枪了！"

岑大柱这才觉得右肩有点疼痛。

"把衣服解开，我给你弄弄。"常莹莹替大柱包扎起来。

副官见状识趣地离开了。

"还好，只是擦破一点皮，如果子弹再低一点，这条肩膀就要废了，我二姐也不得要你了。"

大柱任由莹莹给他擦伤口，铺上棉花，扎上布巾。

她安静时和含璐太像了，而说话的神态又像含瑾。

马公渡的巧遇，如今又并肩作战。常莹莹豪爽、善良、疾恶如仇，尤其是她的一身功夫更是让人叹服。

若在和平时期，像她这样的女孩子在干什么呢？

"喂，你在看啥，想啥呢？"

常莹莹推了一把大柱，喝问道。

"你要是像张吉财见到女人就走不动哒，老娘就突突你！"

岑大柱发觉自己走神了，赶紧把头转向远处。

看着大柱慌乱窘迫的神态，常莹莹忍俊不禁，话锋一转："你是不是觉得一个姑儿嘎舞刀弄枪，练武，不像样，好多人都这么说。我的两个姐姐，连鸡都不敢杀，我呢，杀人如麻，眼睛都不眨一下。

"这都是逼出来的，像我师父其实并不愿意过多关心政治，他只想潜心修炼，追求高修为、高境界。但是，他坐得住，练得成吗？"

"说说你师父吧，我真想跟他习武，可是没机会！"

这倒是真的。当年，大侠开馆收徒，岑大柱仅仅去过斗米观一次。

家里离不开他，哪有时间去练武呢？

"师父说，战争是一部分人为了自身利益挑起来的，受害的却是作战双方的无数家庭……战争狂人已经失去了人的本性,战争到底会结束,但是要结束战争,也只有靠战争。这不,师父最后还是去了长沙前线,临走前交代:功夫不可荒废,抗战不可逃避。"

"功夫不可荒废,抗战不可逃避,说得好!"岑大柱说,"一个人成长中遇上什么人真的很重要,大当家的,你很幸运,遇上了王道长,又认识了自然大侠。"

"还认识了你,你教我打仗。"常莹莹调皮地望着岑大柱,"那你遇上了谁?"

遇上了谁呢?含璐、含瑾、瓦当、吃沙子、二蛋、彭师长,最后大柱把思维定格在了苏先生身上。先生音乐、绘画、书法冠绝湘西北,为了天下苍生四处奔走,他就是自己最好的人生导师。

大柱若有所思,脑海里接连出现若干片段,常莹莹却说个不停,"你看那两个狼崽子,好造孽,还有我们刚刚打死的那十几个鬼子,有一个还是孩子,那眼神,我差点心软下不去手!"常莹莹说,"不过,该仁慈时才仁慈,对敌人仁慈是犯罪,这个我是分得清的。"

"打完鬼子,给你找个好人家嫁了,过正常人的日子。"岑大柱内心涌出几分怜爱,"你是个好姑娘!"

"啧啧啧,你比张吉财那没脸没皮的人强一点。"常莹莹站起身来。

六

"岑大柱,还打不打鬼子了。本来我跟着这伙鬼子就能找到烂葛藤,你跑出来把鬼子突突了,爽了,那我堂客的仇不报了。"车轱辘老远喊起来。

"三哥,等等我。"刘保华跟上来了。

车轱辘瞧见只有岑大柱和常莹莹,心里涌出几股酸楚。"我看指望你是指望不上了,你有妹子陪着,大妹子、二妹子,如今是三妹子……你命带桃花，我活该命苦，我可怜的堂客。"

"你是哪个牛栏里没关住啊，跑出来，嘴巴里胡说八道。"常莹莹冲到车轱辘面前，一把抓住肩膀。车轱辘正在气头上，想一把推开常莹莹的手。哪晓得这只手有千斤重，根本搬不动，他左边身子发麻，身子也抖了起来。

但是他嘴里不服输："常老三，你管老子、老子、老、老……哎哟、哎哟，是、是哪个啊？"

看着车轱辘难受的模样，岑大柱示意常莹莹放开。

"看你二回还乱说不，让你长点记性。"常莹莹一松手，车轱辘一屁股坐下。

"堂客死了，鬼子欺负我，这个娘们儿也欺负我，我一个老爷们儿，什么用没得，啊啊啊啊。"也许是思念柳老板，车轱辘竟然哭起来了。

"你就是柳老板那相好的啊。"常莹莹见一个男人如此模样，几分心软，一转念又安慰起车轱辘来，"刚才，你一扁担，英雄，配得上咱柳姐！"

"什么英雄，还不是被你个三丫头整趴下了！"

"哈哈哈。"

"莫出丑哒，回去，给你报仇！"岑大柱拉起车轱辘。

"怎么只你一个人，老万呢？"岑大柱突然想起万年兵。

"找他的寡妇去了。"车轱辘回答，"国军还有牛头寨他们，他们打垭门关，老万抢了鬼子罐头，抓起几盒就往石门去了，怕他的寡妇饿死呗。"

"什么寡妇、老万？"莹莹问。

"以后再慢慢给你说，三哥，你不肯跟我走，偏要进城，人没救到，怎么又被鬼子抓了。"

岑大柱问车轱辘。

常莹莹见大柱截断了自己的话，阴着脸，起身"哼"了一声，"爱说不说，老娘才懒得听。"又一步抢在大柱身前，"刘三哥，刚才对不住了，你和柳老板的事，整个澧水河两岸的人都晓得，你是个痴情的汉子，哪像有些人，寡情薄义、木脑壳、死心眼、蠢得死。"

"有什么用,嗨,有什么用,如今,人都不在了,不在了……"常莹莹款款几句话触动了车轱辘的伤痛,他费力地起身,"我就剩下一件事了,报仇!"

他甩开岑大柱,步履踉跄地往回走。

岑大柱瞪了常莹莹一眼:"搞点吃的,饿了,吃饱了,晚上行动。"

填饱了肚子,开始漫长的等待。

为了打发时间,刘保华撺掇大柱给大伙儿讲他当兵的一些经历。这个提议立刻得到了所有人的同意,连一直傻坐着的车轱辘的眉头也动了几动。

听故事,最容易驱走寂寞和无聊。小时候,每次村里来了唱三棒鼓的艺人,一阵锣声响起,人们就围了过来,沉浸在"话说瓦岗寨""杨八姐闯幽州""穆桂英挂帅"之类的漫谈海侃中去了。不知不觉就到了深夜,说书人一声"欲知后事如何,且待下回分解"。大伙儿这才收起被吊起来的胃口,打着哈欠回家睡觉。

为了不扫大家的兴,大柱想了想,脑子里闪过几个片段,眼睛几眨几翻,巴掌一拍,学着说书人那样起了开场白:"话说岑家姑娘岑花,芳龄十六,嫁入瓦家当媳妇。这岑花呢,勇比穆桂英,智超佘太君。可怜她,年纪轻轻,丈夫去世,独自抚养幼子。此时倭寇犯我海疆,黎民百姓遭受涂炭。瓦婆婆奉命前往浙江征讨,只杀得倭寇丢盔弃甲,鬼哭狼嚎,逃回了大海。"

"后来呢?"

"后来,岑花被朝廷封赏为二品妇人,后世称她为瓦婆婆。要问瓦婆婆岑花家住何处,她本是广西土官之后,家住靖州,如今她住在每个华夏儿女的心中,中华大地就是她老人家的家。"

"是不是你姓岑,就作出这么一个人物噢,柱子,你为啥不说花木兰呢?"车轱辘几分狐疑,给大柱丢了个坨,他已经被大柱的表演打动了。

"别打岔,岑花、瓦婆婆真了不起。"常莹莹一脸的神往。

"是了不起,湘西人抗倭也是很有名的,但她的名气盖过了咱湘西的彭土司。瓦婆婆的兵被称为狼兵,湘西兵被称为土兵,合称狼土兵。"岑大柱把瓦当当年说给自己的那段话翻了出来,"湘西的大山有狼土兵,有瓦婆婆的神灵保佑,我们是狼土兵的后代,决不能给瓦婆婆丢脸!"

"对,决不丢脸!"

"决不丢脸。"

七

经历了清晨漂亮的伏击,大伙儿鼓足了信心,摩拳擦掌,铆足了劲,只等岑大柱下命令了。岑大柱说了一阵故事,出门来来回回去前面观察,回来后就是三个字:再等等!

这一等就到了半夜。大柱终于决定出手了。

战时再次动员:"我们不是去决战,是疑兵,打得狠,撤得快,要发挥灵活机动的特点,不能让鬼子咬住,四个人一组,相互呼应。"

这种打法还是向洞庭湖沅江游击队学来的。那时候,部队患了寒热病,死了不少人,大柱也被感染,病恹恹的,掉队了。

大柱在一个湖边躺了一天,被一队人马发现,得到救治,好过来了。队伍里面也有不少当过兵的人,队长求才心切,让大柱留下来,训练那些队员。反正在哪里都是打鬼子,别人对自己又有救命之恩,大柱就答应留下了。队伍编制不称连排,而是叫作大队、中队和小队,服装不一致。他们有时候化装成老百姓,有时候化装成伪军,专门袭击敌人的补给部队或者小股人马,一个突击,拿着东西转眼就消失了,让鬼子防不胜防。

八个组,从不同方向突然发起攻击。一个小时后,八个组所有人都到齐了,没有一个人伤亡。大柱的法子很管用,敌人只注意前方,没想到后面突然响起了枪声,而且是此起彼伏,火力很猛。他们纳闷了:这伙人是从哪里冒出来的?鬼子仓促还击,目标却不见了。黑暗中,他们也不敢贸然追击。

岑大柱刚要安排下一步行动,张吉财的副官却不干了。他说从来没见过这种打法,再说自己人少,刚才已经惊动了鬼子,突袭没什么效果了,他执意要撤退,张吉财的那部分人自然跟着响应。

眼看着副官带人离去,岑大柱很是恼火。

"你们谁还要走滴,都他娘地滚。"

牛头寨的人刚迈出脚步,看到常莹莹没动,又退了回来。

"你们也走吧,子弹和枪留下。"岑大柱知道凭这几个人已经无法像刚才一样多处开花袭扰敌人了,擒贼先擒王,他决定自个儿行动。

常莹莹走近岑大柱:"看不起爷们儿是不,凭什么我们走,你不走,还把枪留下,你想干么!"

"我已经找到敌人的指挥部了,这次老子去端了他……既然只剩下这几个人,已经闹不出多大动静,干脆……三哥、穿山甲,你俩留下!"

明白了!

常莹莹让其他人返回了,自己带着棒子,跟随岑大柱进了破屋。五个人在里面眯了一会儿,鸡叫了第三遍,岑大柱叫起大家,出发。

仅仅半个时辰,枯草和树上竟然多了一层白色的东西。小冰粒子伴随着雪花从天而降,打得树枝"噗噗"直响。

每个人挎着两支枪,弹匣填得满满的。可是岑大柱还是想念着手榴弹,如果有一筐手榴弹,什么都解决了。

在长沙时,彭士量师长亲眼见识过大柱把手榴弹的效力发挥到极致。但是,一颗手榴弹对铁疙瘩来说是挠痒痒,能否把几颗绑在一起扔出去呢?就这样——集束手榴弹攻击装甲车在彭师长的启发下产生了。

工兵特意将战壕挖了一道纵向牵引壕,供岑大柱投弹用。牵引壕向前延伸了三十米，等于将手榴弹飞行路程缩短了三十米。装甲车一露头，岑大柱拖着一筐手榴弹，四颗一组，躲进牵引壕里。此时，不再是凌空爆炸，而是滚地雷，专炸履带。炸断一条履带，乌龟壳剩下一条履带，就只能原地转了。

这时，大柱就得撤回，或者转移到另一个地方。一场战斗下来，干掉一辆装甲车就是奇功一件。

可是，此时此地只有此货。

借着周围雪光的反射，大家清楚地看见，一片稻田里整齐排列着二十几个大小不一的帐篷，帐篷几米处就是老百姓的房子，房子上架着天线，大柱判断这就是鬼子的指挥部。

说来也怪，东洋鬼不在老百姓房里睡觉，走到哪都带着帐篷。

大柱摸着身上的捷克造，有了主意。他让其他人藏好，自己顺着一条溪沟，悄悄接近了鬼子的帐篷。

不一会儿，他又轻手轻脚返回，身上的枪却没了，手里多了两根藤子。

常莹莹问，你的枪呢？

岑大柱抓起她肩上的汤姆生，这不是吗？一脸的神秘。

岑大柱抓起常莹莹肩上的枪，又把刘保华的枪拿过来一支，说："我去对面山头，那儿，看到没，你们听见石头砸到屋顶上，马上拉这两根藤子，然后往回跑。"

常莹莹说："这里有他们就够了，我跟你去！"

岑大柱没反对，只是叮嘱三人："记住没，石头砸在瓦上，声音很大，这里听得到。"

"哪门不用炸弹，声音更大。"刘保华想起什么来，从身上摸出一个四十八瓣手雷，那还是在福音堂从鬼子身上搜出来的。

他这时想起来了！

"早没听你港，拿来！"岑大柱抓起手雷带着常莹莹消失了。

车轱辘蹲在地上,他已经看出来岑大柱的手段,打草惊蛇、引蛇出洞、声东击西,以前在山里套兔子、打野猪使的都是这招数。不过柱子高明的地方是随手就来,把一个平常的招式用得虚虚实实,变幻莫测。

柱子这家伙小时候就鬼精鬼精的,车轱辘自愧不如。

他开始涮起棒子来:"棒子,你信不信,你们大当家的迷上这姓岑的了。说不定出那边就弄出个娃娃来,哈哈哈。"

"轻点声,你老没正经样,一个骚打子,这都嘛时候了。"刘保华止住车轱辘,对棒子轻声说,"炸弹一响,你就负责拉藤子,藤子那头是两支枪。几十发子弹射出去,鬼子的注意力就到这里来了。"

"那你们呢?"

车轱辘和穿山甲齐声回答:"你记得拉藤子就是,莫管我们!"

棒子开始后悔没随当家的一起走,二对一,留在这里明显落单。他只有答应下来。等啊,等啊,炸弹并没有在帐篷那边爆炸,倒是有石头砸中屋顶,瓦片破碎的声音在夜里传出很远。

棒子不再等了,他一拉藤子,架在溪沟旁一棵柳树上的汤姆生和捷克枪响起来了。

"哒哒哒。"

"嗒嗒嗒。"

枪声撕破了黎明的宁静。

棒子起身,迈步,往回跑,一连贯完成这些动作。跑出几十米,却发现只有自己一个人了。车轱辘、穿山甲不知去了哪里。

岑大柱临时改变了主意,虽说鬼子的手雷威力比不过国军的手榴弹,在这种情形下却大有用途,他舍不得糟蹋这个手雷。

此时东边的天空已经破白,两支无人使的枪一先一后突然响起来,密集的子弹像一道火焰,把一间帐篷也掀翻了。帐篷里钻出来几个人,两侧山窝里也跳出来几个鬼子,看样子是哨兵。

大柱不由得倒吸了一口凉气，幸好天老爷发善心，撒下了雪米子。"噗噗"的响声掩盖住了自己的行动，再就是有条溪沟掩护，藏在暗处的哨兵没有发现自己，否则架枪时就报销掉了。

枪声停了，鬼子朝响枪的地方摸过来，却只发现枪，枪管还发烫，现场却没有人影，两支枪稳稳地绑在树干上，鬼子哨兵白白挨了几耳光。

"哥，你这人坏得很呢……刚才要是鬼子哨兵发现你了，就吃亏了。"

看着大柱的恶作剧把鬼子折腾得一头雾水，常莹莹心里乐坏了，不自觉地把称呼也变了。人与人相处，取决于性情、作为，还有特定的场合。一天一夜，特别是这天黎明，常莹莹经受着人生中最惊险、最刺激的体验，与眼前这个姓岑的人患难与共，无形中拉近了距离，亲近了许多。

人就是这么奇怪的动物！

"可惜的是，没带几挂鞭炮，可惜了两杆新枪。"

那几个货得豁事，没用，要不然，这天早上就是没给鬼子送上西瓜大餐，也能给他们吃一盘爆炒花生米。要是泥鳅在，该多好！大柱想起全子发来。

山沟里的雾慢慢上升，天已经完全亮了。

敌众我寡，面对强敌，枪是使不上了，孤立的一个火力点，一旦暴露，两杆枪，即使子弹打光，人也走不脱了。

岑大柱紧紧盯着那个正中间的帐篷。不断有人窜进去，就是不见人出来。

"妹子，这次出来，能不能干一票大的，就看这个炸弹了。"

刚才受到袭扰，却连个人影都没发现。鬼子加强了警戒，朝响枪那一片山坡进行了火力侦察。却没料到大柱已经潜行到了另一侧，静静地注视着帐篷的动静。

终于，鬼子确信没有异常情况，那个帐篷里的人出来了。

都是敌人的头头脑脑，这伙人走到宽敞的地方，对着赤松山指指点点，好像是在商量什么。从大柱的角度观察，鬼子刚好背对着大柱和常莹莹藏身的地方。

是时候了，大柱站起身，右手往树上一磕，一个黑乎乎的东西翻滚着飞向前方。接着大柱又一扬手，另一个东西也飞了出去。

"跑！"做完这两个动作，大柱一把抓住常莹莹就往山坳里奔去。

"砰！"身后响起一声爆炸，像是一个鞭炮的声音。

"还有一个没炸！"

常莹莹等待着第二声爆炸。

"不会炸了，岩头哪会炸呢！"大柱喘着气，"别停下！"

说起跑路，常莹莹比大柱强多了。一阵奔跑，气不喘，心不跳。

鬼子也等着第二声爆炸，等他们发现随后落地的只是一块石头时，也发现第一声爆炸造成了几个后果：当场炸死两人，受伤三人，太阳旗被炸掉一块。

听到爆炸，棒子停下来，正遇上赶回来的大柱和常莹莹。

见只有棒子一个人，大柱问："他俩呢？"

"鬼晓得，他两个把我丢在那里扯藤子，不晓得么时候就跑了。"

"棒子，你是个猪啊，人跑了都不晓得，鬼子摸到面前割掉你脑壳哒也不晓得是不是啊。你啊，你。"常莹莹教训起棒子来。

棒子一脸的困窘，突然想起什么来，"喏喏，哎，想起来了，他两个人路上嘀嘀咕咕，说什么烂葛藤，还有七姑山。"

"哎呀，他们肯定去找烂葛藤报仇了！"常莹莹说。

"必须追回来，他俩是我兄弟……你们先回吧！"大柱丢下这句话就转身，小跑着追车轱辘和刘保华去了。

八

赤松山阵地上,三营做好了最后的准备,弹药不多了,他们在壕沟前堆满了石头、滚木,壕沟里摆放着一排棍棒,棍棒两头尖尖的,形似刺刀。阵地上,到处是爆炸过的痕迹,工事被毁坏了一半,几棵松树被劈倒,还冒着烟。斜坡上,遍地是尸体,有国军的也有鬼子的。一个国军战士手握木棒①刺中了对面的鬼子,背后却插着一杆三八大盖。

一夜下来,山下传来几阵短暂的枪声,敌人并没有发起新的进攻。官兵们忙着用早餐,烧肉——是鬼子昨天送上山的。火攻没奏效,倒让官兵们吃上了现成的牛肉、羊肉。

"乒勾儿。"

"嗒嗒嗒。"

山下在交火。正在打扫清理战场的士兵们立刻返回了战壕。

"营长,山下有枪声,还有人往山上来了,鬼子在后面放枪!"观察哨报告。

"走,去看看。"营长刚要起身,又一声:"报告,团部电话。"

营长只好去接电话了。

出现在官兵眼前的是两个男的,一个腿上中了枪,由另外一个搀扶着,艰难地往山上爬。

中枪的是车轱辘,另一个是穿山甲。

"你去帮帮柱子,我自己行。"车轱辘抓起地上一根棍,咬牙单足往上挣了几步,推开了穿山甲。

"真行啊,你!"

"去吧,柱子要是有危险,我也没脸活了!"车轱辘话语里透露着悔恨。

---

①木棒:据健在的抗战老兵介绍,在慈利作战时,他们经常在枪尖上绑一截木棒,或用尖木棒作为武器与鬼子拼刺刀。

　　山顶上，营长对着电话给各连下达完命令，精神抖擞走出大殿。参谋一声集合，官兵们立刻从各个战壕里钻了出来。

　　"团部命令马上撤退，赶往星德山，伤员和医务兵先撤。"

　　"报告营长，山下的人，是不是接应一下！"

　　"长官，救救我兄弟吧，昨晚可是我兄弟、兄弟指挥我们袭击鬼子，帮了你们啊！"车轱辘接近了战壕，他几乎是爬着上来的，手指都抠出了血。

　　"一排派出一个班去接应，剩下的人布置炸弹，二排、三排、营部和其他人随同伤员撤离，快！"命令简洁明了。

　　士兵们纵身跃过的时候，车轱辘一泄气，瘫软在地。

　　果然不出大柱所料，车轱辘想着要灭了烂葛藤，刘保华想着杀芳村，两个人一合计，扔下棒子就往七姑山方向去了。

　　大柱追了几个弯，没有看到两人的影子，常莹莹却从旁边的山上跳出来了，挡在前面。

　　"姓岑的，他们是你兄弟，那我是你什么人，也不问问我，掉头就跑，当老娘是树桩、木头啊！"

　　"不是，你是我妹子，我不能让鬼子伤了你，真心话！"岑大柱为难地看着常莹莹。虽然自己有一把蛮力，但是常莹莹一身的功夫，推开、摆脱她显然不可能。

　　"带上我，你到哪儿，我就到哪儿，要不……"常莹莹后面的话还没说完，前面突然响起了枪声。

　　"走，你跟在我身后，千万别离开我！"大柱侧身闪过常莹莹，两人一前一后朝响枪的地方跑过去。

　　穿山甲和车轱辘已经陷入了敌人的夹击中。两个愣货只顾往前走，没料到被鬼子的暗哨发现了。一声枪响，鬼子突然从左侧包抄上来，右边接着也出现了一队土黄色身影。

　　此时，两人正处在一个峡谷里，两面是山，前后显然突不出去了，只有上山，左边是赤松山，右边是何家寨。可是一上山，人就暴露在鬼子的枪口下。

顿时，两人傻眼了，一筹莫展。

突然，左侧鬼子的身后响起了枪声。

岑大柱的声音随后传了过来："快，赤松山、赤松山，上祖师殿！"

像是大海里迷航的船突然看见了远方的灯塔，两人这下抓到了救命稻草，撒开两腿，拼命往赤松山跑。

背后突然响枪了，鬼子慌忙寻找朝他们射击的人，自然无法专注对付前方两个爬山的人了。

眼见穿山甲、车轱辘钻进了树林，大柱嘴朝赤松山一努，示意常莹莹也朝那边撤退。

两股鬼子很快会合在一起，朝大柱这边压过来。

大柱放出一梭子弹，压制住敌人，将空枪一扔，起身去追赶常莹莹。

子弹"嗖嗖"钻进树林，打中石头，火星四溅，树枝上的冰和雪随着被打断的枝条纷纷落下。大柱借着树木的掩护，左闪右躲，却跑偏了方向。

赤松山成片都是红砂岩，特别是半山腰，巨型的红砂岩比房屋还要大，三面插入山体，另一面突兀挺拔，形似屋檐，当地人上山，如果遇到下雨，经常就在"屋檐下"避雨，猎人甚至还在这里过夜。岑大柱恰好跑到了一处绝壁下，往上是溜光而且突出的石壁，向左是一处断崖，往回跑，鬼子越来越近，已经退不回去了。

旁边几块石头，大柱把石头滚过来，接连往下推，滚动的石头带动山体松动的石头往下滚，山坡上立刻出现一道"泥石流"，暂时止住了敌人的脚步。

刚才往右边走就对了。虽然那边是一段斜坡，比较陡，但是穿过去就能进入杉树林。偏偏被这块平坦的小路迷惑，走过平地，却进了绝地。

他开始后悔错过了脱险的机会。

子弹打在石壁上，"咣咣"直响。

能推动的石头都已经推完砸向山下了。大柱伏在一块巨石后面，端起枪瞄准山下，几个点射——这已经是最后一杆枪了，而且子弹不多了，得省着点用。

前头出不去，得找其他的出路。岑大柱像一头困兽，在这块十米见方的石屋来回蹿了几回，最后靠着巨石喘气。莫非要葬身崖下，这么快就要给泥鳅做伴去了！他脑子里现出泥鳅血肉模糊的样子，额头渗出了豆大的汗珠。

一个硕大的冰柱倒垂下来，顺着冰柱望去，那里有一根树枝探出，如果抓住斜出的树枝就能离开"石屋"。可是这冰柱光滑不能攀爬，只能起到一点支撑作用，而且受力不能太大，一切只有靠脚上力量了。

不管行不行，只有这么一个法子！岑大柱先用一根树枝把枪送过去，回身一个助跑，左手抓住冰柱一撑，右脚蹬着崖边一块石头，人就像一只麂子，越过悬崖，往前方飞跃过去。

在空中，大柱抓到了树枝，借助树枝把身子荡向崖壁，攀住一块石头，接着再往上蹭几下，身体就完全搁在了地上。背后叮叮、叮叮、扑通、扑通，几声，大冰柱断落，小冰柱跟着掉下来，脚一蹬撼动了石头，石头滚落，刚才蹬脚处变成刀削一样平滑。

好险！

左边、前、后都是悬崖，大柱前后左右一望，倒吸了一口气，闭着眼睛深呼吸。这次惊险牢牢印在了他的脑海里，直到以后还多次出现在记忆里。那种后怕和少年时代身体急剧下沉的感觉相似，却有明显的不同。

大柱停在一处突出的山体上，这块山体并不大，却有几棵树深深扎根在此。

"把手伸上来！"是常莹莹。

常莹莹出现在上面，向他伸出了手。

"哎、哎。"大柱望望莹莹，又咬了一下嘴唇，确信自己得救了。取下挂在树兜上的枪，拉住常莹莹递来的手，攀了上去。

鬼子已经爬上了"石屋"，却没有发现猎物，明明有人跑进来了，难道突然长翅膀飞了！他们一无所获，掉头回去。

"砸死你们，砸死你们！"穿山甲抓起石头就往下面砸。似乎是在用这种方式减轻自己莽撞造成的过错。大柱站起身，拍拍身上的泥土，"就差一点，给泥鳅搭伴去了！"说得穿山甲恨不得扇自己几下耳光。

快上来！

三营的士兵冲他们喊，在国军的掩护下，三人连滚带爬进入了战壕。

九

常莹莹老远看着大柱一人进入"石屋"，陷入绝境，返身来接应，却只能站在"石屋"上面干着急。眼见大柱近乎自杀式的飞跃，她的心也跟着飞了出去，大柱终于停在了一个凸起处。她发觉自己眼泪都流出来了，擦了一把脸，欣喜地跑下来，把大柱拉了上来。

"你要是死了，我就跟鬼子拼命。"

她紧紧跟着大柱，生怕再走失，似乎是在安慰大柱。

"是我自己跑错了方向，你拼命搞么得！"岑大柱抬头发现了躺在庙门外的车轱辘，快步走过去。

"你伤在哪里了？"

"手也受伤了？"车轱辘十指都被缠上了，左腿有明显的血痕，不过人还清醒。他见到大柱，挣扎着想坐起来。

"歇着，莫动！"大柱把车轱辘按住，他朝四周望望，希望有个担架什么的。可是国军都在忙碌着，根本没人关心他们几个。

常莹莹突然"哇哇"呕吐起来。

　　一个国军士兵被刺刀划破了肚子，里面的七脏八肺流出来，撒了一地，而他手里的尖木棍却从鬼子的喉咙穿了个透，鬼子脑袋被木棒顶着，嘴张得老大，眼睛瞪得像牛眼珠子。

　　常莹莹见过许多杀人的场面，可是如此血腥的还是第一次见到。刚才在阵地上，囫囵吃了几块牛肉，这下全吐了出来。

　　"要紧急转移，来不及掩埋兄弟们了。"一个中校走过来，对岑大柱说。大柱一看符号，下意识双脚并拢，手刚刚抬起，发觉自己并没有穿军装，又装作整理衣服放下了。他这个动作却没有逃过对方的眼睛，不过上尉没有揭穿大柱，而是转向常莹莹："昨晚山下响枪，是你们？"

　　常莹莹明白这位军官问的是昨晚日军遭袭击的事情，看了一眼大柱，说："是我们，哪门的，帮你们还有错啊！"

　　"哪里、哪里，敢跟鬼子干就是好样的，就你们四个？"中校有些疑问，哪怕能量再大，仅靠四个人也不可能弄出那么大的动静来。

　　"不是，还有其他人，都是常大当家手下，牛头寨的。"岑大柱没有提张吉财，但也没打算继续隐瞒自己的身份，"报告雷营长，我是七十三军暂五师师部特务连少尉岑大柱。"再次双脚一靠，把右手举至额前。

　　中校还了一个礼。"你们出手太及时了，如果不是你们迟滞了鬼子的行动，天亮前三营只怕都要报销在这冰天雪地里了。"

　　"我说呢，特务连的，是你指挥的，很有一套嘛。"

　　"哟，挂彩了！"雷营长刚想拍拍岑大柱，发现大柱右肩棉絮露出来，上面还有血迹。

　　"只擦破一点皮，不碍事。"岑大柱轻松地甩甩右胳膊。

　　"轰隆隆。"几声炮响，敌人发起进攻了。

　　"报告营长，七连、九连已经全部撤离，敌人占领了扁担垭、何家寨，正向祖师殿扑来。"

　　"命令七连、九连加速前进，防止敌人追击。"

"是。"传令兵快速离去。

雷营长对身后一名军官说:"一排长,这里交给你们了。"快步往前追赶部队去了。

大柱让刘保华搅着车辘辘,自己扶着常莹莹,准备跟着部队撤退。刚一迈步,常莹莹又开始呕吐,大柱轻轻拍拍常莹莹的背部,接过她的枪扛在自己身上。他努力让莹莹从血腥中转出来,说起了尖木棒。"你晓得国军为什么用尖木棒跟鬼子拼刺刀吗?"

常莹莹摇摇头。

"鬼子的三八大盖带刺刀加起来,比国军中正式步枪要长一些,拼刺刀时,我们在武器上吃亏,所以兄弟们想出一个办法,往枪上绑一截尖尖的木棒,就比三八大盖长出很多,或者干脆削一根长木棒背上,当刺刀用。"

是这么一回事啊。把生理上的不适引向生死存亡的争斗,血腥味果然减轻了许多,常莹莹的不适也随之缓解了。

岑大柱示意刘保华、常莹莹出发。常莹莹却被眼前的景色打动,不忍错过了眼前的冰雕世界。虽然不是第一次登上赤松山山顶,但是在这样冰天雪地却战火纷飞的时节来到最高峰,三个人都是第一回。

站在祖师殿举目远望,晨雾中,群山一片冰砌玉雕,晶莹剔透,澧水河波光粼粼,像一段绵延的镜子躺在薄雾下面,大柱指向龙凤寨,看,炊烟升起来了。

"你煽鬼①啵,你硬是看得到烟哒!"

"哈哈哈,这里看到滴。"大柱顽皮地指指心窝,脑子里却浮现出炊烟的样子,苏先生和乡亲们该用早餐了吧。

"噢,噢。"常莹莹终于止住了呕吐。

---

① 煽鬼:胡诌、鬼扯的意思。

"吱呀,吱呀。"士兵们踩着冰凌,发出整齐的脆响。队伍是在往星德山方向转移,而阵地上,不时有炸弹的爆炸声响起,鬼子离山头越来越近了。

十

战争能打垮人,也能教育人。十多年来,虽然中国的国土一点点被蚕食,也出现了溥仪、汪精卫这等人物,出现了不少的"皇协军"。但是,更多的中国人抗战的决心却越来越坚决,中国军队的作战能力也越来越强。就拿慈利来说,一个小小的山头都能阻挡日军半天、一天,甚至更长时间。为了夺取赤松山,六十五联队使用毒气、火攻等招数,山头依然在国军手里。进入慈利,他们发觉,眼前的情形和上半年湖北的石碑一样:地形上,早已失了先机,不能久陷在慈利。当务之急,是迅速肃清慈利的国军,脱离慈利战场,确保常德西线。

他们越想速战速决,脱离慈利,五十八师偏不让他们如意,自从两军交火以来,双方就如橡皮糖一样黏着,撕扯不断。

在三营的有力牵制下,五十八师各部顺利到达新的阵地。

到了放弃赤松山的时候了。

此时,敌人石门方向第三师团一部也正在向星德山运动,他们企图与第十三师团两面夹击,吃掉三营。三营在几股敌人形成合围之前,跳出了包围圈,抢先敌人一步到达星德山。

第九章　重逢

一

这天清晨，龙凤寨常家大院里，孩子们端坐在临时教室里，跟着含瑾在朗诵。

逃难的人越来越多，周围十里八乡上千群众滞留在龙凤寨，院子里的孩子也增加了不少。含瑾一个人忙不过来，含璐不时前来搭把手。

姐妹俩使出浑身解数，竭力把这些亲历了轰炸、直面血腥的孩子们从恐惧中拉出来。慈母般的爱抚，山一样的庇护，孩子们终于露出笑脸，纯真烂漫重新回到了他们身上。两个日本孩子看到别的孩子，也想跟他们一起玩，但是语言不通，只好怯怯地站在一边，露出羡慕的眼神。

王大疤和副官先后向张吉财汇报，张吉财听完他俩的话，很不高兴，连连挥手，两人退了出来，差点撞到正要进门的含璐。含璐手里端着一碗药，小心避开两人。王大疤和副官连连讪笑：“夫人好！”

含璐进得门来，把碗递给张吉财。

“他爹，该吃药了！”

王大疤和副官相互看了对方一眼，识趣地离去了。

最近，含璐对自己的态度明显地有了改变，问寒问暖，体贴有加，张吉财很是受用。看到含璐进来，他的脸色由阴转晴。接过碗，一饮而尽。

“这两个没用的东西，让他们弄点人当兵，他们一通得豁事，上头下令七十三军收复县城，夺取螳螂岗，我这点家伙什赔光了都不管用，到时候委员长不高兴，撤掉了七十三军，我这个团长、少将就是个光杆了。”

含璐说：“事情得有个轻重缓急，慢慢来，再说你胃不好，着急上火有什么用呢？”

“哎哎，我问你，这些人我天天好吃好喝供着，要他们当兵就为什么不肯，他们还懂不懂知恩图报呢？你说说。”

“他爹，你也不看看他们都是一些什么人，老的老，小的小，能上战场吗？再说哪一家没死人，他们也得缓缓不是！"

"什么缓缓，那些身强力壮的汉子，来到老子龙凤寨，天天和苏兴隆搅在一起，苏兴隆打个屁都是香滴，对我呢，尿都不尿我，你的苏先生不让我缓缓啊，到我家里跟我抢地盘，养虎为患，养虎为患，他死了，我姐也能嫁个安分的人家……如今，老子搬起岩头砸自己的脚，嗨！"

含璐明白，张吉财是指当年苏先生被秘密抓起来，学生们游行，张吉财顶不住压力，只好放了苏先生的事。

其实，她根本不知道，苏先生被抓时，张吉财并没有真正坐实他是共产党的罪名。还在犹疑徘徊之时，张家老爷子和姐姐已经几次给他施加压力了。老爷子说，树砍了能发芽，脑壳掉了就难以装上去了，人先留着，容日后慢慢教育过来。唯一的姐姐已经临盆，虽然楚楚可怜，话却说得很明白，只要苏先生有个三长两短，她决不独活。

这可是一身两命。

也许用苏兴隆的鲜血可以染红头顶的官帽，可是如此一来会逼死姐姐，全家上下都不会原谅他。就是学生不游行，含璐不去保安团，张吉财也扛不了几天。含璐一出面，加重了张吉财天平的砝码，不如送个顺水人情，一举几得。

苏先生这才走出保安团牢房。

临去上海前，张吉财找到苏先生，两人还有一番对话。大意是张吉财原本要以共产党的罪名杀了苏先生，这次放了他老苏是看在大家的面子上。希望老苏以后皮子紧点绷，踏实过安稳日子，少折腾，否则，即使他老张能放过他，上头也不会放过他。苏先生说，不管国民党、共产党，都是炎黄子孙，就像是一个家里的两兄弟，以前打打闹闹，现在需要面对的是共同的敌人——鬼子。抗战无罪，救亡无罪，自己是不是共产党不重要，还请老张以大局为重，不要赶尽杀绝。

老苏的话不卑不亢，却透露出一股子倔劲。张吉财十分清楚，两郎舅这辈子是走不到一条道上了。果然，苏先生安静了几天，孩子一出生，就告别家人去了上海，几个有共产党嫌疑的人也一同去了。这下，张吉财百分之百确定苏先生是共产党了。

不过，他已经无暇去顾及太多了，因为大战已全面爆发，县保安团被编成一个正规团，也要开到前线了。

苏先生没有在含璐姐妹俩面前否认自己的身份。在含璐看来，共产党人并不像张吉财说的那样，共产共妻，杀人如麻。相反，共产党人以苍生为重，胸怀天下，主张人人平等，特别是坚持全民抗战这一点，姐妹俩是十分赞同的。

苏先生回到慈利，需要人手，含璐就主动加入了进来，随团去前线慰问。前两天苏先生还叮嘱她，慈利抗战需要各方面配合，要支持五十八师，也离不开张吉财，这些人是真打鬼子的。特别是张吉财多年在前线，九死一生。刚进入慈利，就面对一家人死亡的惨状，哪怕再铁石心肠，也一时难以承受……

言下之意，就是让含璐多关心照顾张吉财。

毕竟人心是肉长的，正视眼前这个男人，含璐心里十分复杂。

也许是国仇家恨萌生了共同的患难之情，也许是出于对张吉财家破人亡的怜悯，常含璐身上女人固有的母性占了上风，她试着接纳张吉财，给他一些温存和柔情，这些日子，两人相处得还算融洽。

含璐安静地坐在椅子上，若有所思。

张吉财打着哈欠，最近，他心情郁闷，开始背地里抽大烟，这是烟瘾犯了。不过，他不敢当着含璐的面抽，打算溜出去偷偷抽几口，刚迈步，却被孩子们的歌声惊扰了。他冲含璐嚷道："你听听，你妹子给小孩教一些什么歌，这还了得，龙凤寨都变成了共产党的天下了！"

含璐一听，孩子们正在唱："我们都是神枪手，每一颗子弹消灭一个敌人，我们都是飞行军，哪怕那山高水又深……"

这是八路军队伍里的歌曲。

张吉财说完，走出了房间，直奔临时教室。

"谁让你们唱的！这是共产党的歌曲。"

张吉财一出现，孩子们都被吓着了，噤若寒蝉。

留根和水生却不怕他。"没有吃，没有穿，自有那敌人送上前。"

别的孩子胆子也壮了，跟着唱起来："没有枪，没有炮，敌人给我们造！"

"姓张的，你哪里看到共产党了！不就是一首歌吗，你至于这么较真吗？"含瑾没好气，对张吉财一点都不客气。

"不准唱，要唱这个！"张吉财咳咳两声，算是清清嗓子，开口道，"向前走，别退后，牺牲、牺、牺牺已到最后关头……"公鸭般的嗓子，调跑老远，引得孩子们哈哈大笑。

"你来教教。"张吉财看到含璐随后出来，像是找到一个救星，让含璐接着唱。

大姐夫——

爹——

留根和水生却不理会，仰起头唱着："我们就是神枪手，每一颗子弹消灭一个敌人。"

"你两个玩意儿，都给你带坏了。"他知道指责小孩没用，把矛头转向了含瑾。

"我说你一个将军，老爷们儿，不考虑打仗的事，跟孩子较什么劲。"含璐过来解围了，"苏先生到处找你，好像有重要的事商量。"

"走，你两个皮子绷紧点。"张吉财挥舞着双手，做了一个吓唬他们的动作。

"哇……耶！"留根和水生分别对着张吉财做了一个鬼脸。

二

赵福娃、李桂顺带着战利品还有一匹东洋马回到龙凤寨,十来个挑夫,在这里见到家人,悲喜交加;有的没见到家人,看着别人团聚,一番长吁短叹。天亮前,副官带着人也回来了,接着是牛头寨的,最后一个是棒子,唯独不见了岑大柱、刘保华和常莹莹。

就三个人,能干什么呢?

"不是,还有一个车轱辘,叫刘三。"棒子说起了五个人最后在一起的情形。

"这刘三比岑大柱还犟,钻天入地找烂葛藤。"张吉财说,突然他神情大变,眼珠倏地瞪得老大,一把揽过棒子的肩膀问,"他人呢,柳、柳老板有消息没?"

"这,刘三跟着大当家的,那个姓岑的要他跟我们一起回来,他不肯。"棒子被张吉财的表情吓着了,急忙回答,"不信,你问他俩。"

福娃和顺子先后点头称是。

"这可怎么得了,会坏了我的大事。"张吉财两手一拍,接连说道,"这个短命鬼,背时鬼。"

然而,苏先生此刻正担心另外一件事,敌人在电台里提到龙潭河,还提到什么斩首行动。他反复念着龙潭河,斩首行动,分析了好久,没得出什么结论,这才找张吉财一起商量。

"你就别烦我了,我光复慈利的计划都让那个娘们儿耽搁了,我的弹药……咳咳……"他欲言又止。

张吉财的反应证实了烂葛藤的猜测,柳老板果然帮张吉财藏着一批武器,而且数量比龙凤寨的多得多。苏先生见张吉财如此模样,端起桌上的茶杯递了过去。

张吉财接过茶杯刚要往嘴边送,又突然停住,盯着苏先生说:"龙潭河，斩首行动。"张吉财说："苏兴隆，你说说，五十八师的师部会不会设在龙潭河？"

联想到五十八师师部，苏先生突然恍然大悟，一拍大腿："不好，敌人将对五十八师师部展开偷袭，张师长有危险！"

"按照国军规定，团部、师部和一线阵地的距离计算，五十八师师部的位置应该就在龙潭河附近。是不是这样？"张吉财进一步确认苏先生的判断。

张吉财抬头正好与苏先生的目光相遇。

若是以前，张吉财肯定会避开与苏先生对视，但是这一次，他主动迎着苏先生的目光，从对方的眸子里看到了与自己同样的焦虑——那是经过交锋碰撞之后产生的共鸣。

几秒钟的目光交流，两人脑子里却浮现出无数个画面和念头。还是张吉财率先打破了眼前的沉默。

他将眼睛从苏先生脸上移开，对在场的人说："敌人将对龙潭河展开偷袭，那里是五十八师的师部，你们说说看，我们该怎么办？"

"张师长抗战多年，是一个坚定的抗战派，对于一个有着重大影响的人物，他的存在，不仅仅是一个师长，他是抗战的中坚力量的代表。"

苏先生接着张吉财的话说。

张吉财的副官探询着说："团座，眼下，我们还是自保吧，管他中坚还是上坚、下坚，当初在石门，他见死不救，如今要我救他，这……"他的话还没说完，见张吉财的脸色阴了下来，吓得不作声了。

赵福娃、李桂顺相互看了一眼对方，一先一后说：

"张师长可是连工兵都派上了前线，师部力量肯定空虚。"

"是啊，我们和柱子哥亲眼见到的，张师长身边就几个人，要赶紧去救啊！"

战争已经让两个孩子明显成熟起来。

"副官，你听听，两个士兵都比你有见识，"张吉财趁势指责他的副官道，"我们不仅要把敌人偷袭龙潭河的消息通知五十八师，还要去救张师长。"

副官讨了个没趣，很尴尬地扯扯衣角，不作声了。

张吉财为何有了这么大的转变，苏先生一时有些不解，他抬头看了看张吉财身边的含璐。

张吉财却没有给含璐说话的机会，说要把这里的情况报告军部，听候上级指示，回去商量一下再做决定。一挥手，王大疤和副官跟在后面，含璐抬眼看了看苏先生，也跟着走了。

原地剩下苏先生、赵福娃和李桂顺。

岑大柱对苏先生特别恭敬，这两个兵自然也十分敬重他们大哥敬重的人。"张团长那里要继续做工作，但是我们不能困死在一棵树上，得想其他的办法，福娃、顺子，柱子不在，得靠咱们完成这项任务了。"

苏先生招呼赵福娃和李桂顺，果断地做了决定。

三

张吉财果然打着自己的小算盘，他带着王大疤、副官回到他的临时指挥部，点燃烟枪，惬意地抽了一大口，伸了伸腰："这东西还真提神……咳咳，你们看啊，五十八师有危险，正是我们跟张师长建立关系的好时机，师长是什么人，黄埔系、委员长的亲信……但是我不能让你俩冒险，要让姓苏的出人，功劳记在我们身上，根据情报，共产党在慈利，就是当年谢玉杰闹腾的地方，广福桥，有一支武装力量……"

"团座，您的意思是让姓苏的把他们的人拉出来，既可以削弱他们的力量，保全我们，又可以在张师长那里讨个人情。"

不待张吉财默认，副官搭话了："高，实在是高，一举两得的事。"

王大疤和副官一唱一和。

几个人在合计，含璐不露声色地从外面走了进来。张吉财发现了含璐，一声干咳，众人立刻安静下来。

常含璐递给张吉财一个水杯，说："危难之际，男子汉顶天立地，就是女人和孩子的天，关键时候靠不住，会寒了家人的心。"王大疤和副官想说什么，却支支吾吾，插不上话。

"我这不是要保护你和水生吗？莲花母子不在了，我只有你和水生了。"张吉财有几分讨好地说。

"我常含璐喜欢有担当、豁得出去的男人。水儿——水儿他指望有个英雄的爹。"

含璐的话里有几分柔情，又有几分激将，张吉财脸上刚露出一丝喜悦，却很快被犹疑取代了。他玩味着含璐的话，试探着，慢悠悠地问："娃他娘，你晓得广福桥游击队吗，苏兴隆跟你提起过没有？"

"这个——"常含璐沉吟一会，抬高声音回答道，"都这个时候了，我把我知道的都告诉你，详细的，你要问苏先生。"

"我听说过广福桥有一支队伍，人数不多，但是从没见过。"含璐接着说。

"这就对了，两口子过日子，就不能藏着掖着，像防贼一样。"

张吉财对常含璐的回答很满意，顺手去拿烟枪，刚放到嘴边要抽，发现含璐瞪大眼睛看着自己，才意识到自己忘乎所以之中做了什么。他讪讪地放下烟枪："这不是苦闷吗，石门，一败涂地，慈利，莲花母子也没了……你对我又爱答不理，我真的苦闷啊，这个可以提神，真的。"

"我看你是想死，鬼子都打到家里了，你还醉生梦死，沾上了鸦片，好多人抽鸦片家破人亡，你啊你，这日子没法过了！"含璐声色俱厉，毫不留情，"你看看，多少人指望着你，你倒好，抱着烟枪，真是叫人失望。这事没商量，两条路你自己选，要烟枪，还是要我们母子。"

"好好，不抽，不抽了。疤子，你记着，以后你再给我鸦片，我就剁了你的手。"张吉财把烟枪往地上一扔，冲王大疤嚷嚷道。

"什么人，自己做坏事还赖别人，是大疤逼着你抽的？"含璐对张吉财毫无诚意的态度很是恼火，转身而去。

苏先生房间里，赵福娃、李桂顺欣然领命。李桂顺抓起纸条揣在兜里，两人奔河边树林里去了。望着俩孩子的背影，苏先生像是完成了一项重大使命，轻松地拍拍手，进屋继续监听电台。电台处于静默中，苏先生听了一会儿，起身去看桌上的地图，张吉财却走了进来。

"张将军来了，正好，我们一起商量商量。"苏先生招呼张吉财。

"鬼子进犯常德，和进攻石碑投入的兵力相当，但是一改那种气势汹汹的架势，第三师团和第十三师团各部相互呼应，推进的速度也不快，看起来是步步为营，稳扎稳打……

"但是他们和进攻石碑一样，劳师远征，漫长的运输线，弹药、粮食、后勤给养很快会出问题……你看第六战区已经从这里出兵，只要拦腰将鬼子截断，他们就没了退路，第九战区已经从长沙、益阳方向驰援常德，前方是沅陵、大庸，不利于敌人机械化部队作战。鄂西会战，鬼子就是在地形上吃了亏，这点他们自己十分清楚……这次进犯常德，城区防守压力很大，而慈利方面可以凭借地形取胜，显而易见。只要在慈利有所作为，就可以牵制常德方面的敌人！"

"苏兴隆，想不到你居然把我龙凤寨当成了指挥部，把我这间房屋当成了作战室，你是真能啊……什么六战区、九战区，那不是我想的事，我只是想快点收复慈利，完成军部、完成委员长交代的事！"

对于张吉财的鲁莽和短视，苏先生有些惋惜，他希望能进一步开导张吉财，凝神看着张吉财，希望能从对方眼睛里找到共鸣的东西。可是，张吉财一脸的无辜，摊开双手，那意思是苏先生太强人所难了。

"将军啊，不谋全局者，不足以谋一隅，不谋大势者，不足以谋一时。

蒋委员长正在和罗斯福、丘吉尔会晤,全世界都在关注这里——常德!"苏先生指着地图上一处标有红色圈的地方,进一步启发道。

张吉财看了看地图,上面标满了箭头、圆圈之类的符号,看来苏兴隆在图上下过很多功夫。他凝神望着地图,片刻,悠悠腾腾地抬起头:"你天生是个不错的参谋人才,比我手下那些人强多了,你不能为我所用,必定成为我的敌人,我留着你,这是养虎为患啊!"

"哈哈,将军过奖了,刚才你不是说只想收复慈利,只想完成蒋委员长的命令吗?其实,你不仅想得多,看得更远啊!"

"不能不想啊,当年两党血流成河,我记得,你们也不会忘记,这个仇恨……如今,嗨,你的可怕,你们的能量,超过了我的想象。"张吉财感慨道,"你们真是能闹腾,今后我们能和平相处吗?就如你和我,一山难容二虎啊!"张吉财深有感触地说。

"民主,团结,只要民主和团结,不搞独裁,一切都好办。这些年,你也看到了,内战纷争,我们的国家已经落后成什么样子了,我们要建设国家,不能让别人把我们落得太远,要不然,以前列强瓜分中国,今天日本妄图吞并我泱泱华夏,大片河山沦入敌手……我们不能让子孙后代再受人欺负。"

"切,姓苏的,你的脑子转得快,口才也好,大道理,说得比唱的还好听,哎,我们是不是扯太远了,不是张将军有危险吗……"

"是啊,要赶紧去报信啊,难道你要亲自带兵去龙潭河?"

"必须去!张将军可是委员长眼前的红人,再说沾亲带故的,都是张飞张翼德他老人家的后代——

"你看,我没有分身术啊,我这实在脱不了身,龙凤寨不要了,县城不要了?!"

"张将军更是打败鬼子的重要力量,收复慈利,赶走鬼子,离不开五十八师,离不开七十四军!"

"这我都知道，那你有什么想法呢？咦，你刚才明明急着去救人，现在却有工夫跟我在这里磨洋工，你这葫芦里卖的什么药？"

"吉人自有天相，天机不可泄露。"苏先生见张吉财一脸狐疑，决定再跟他摆摆龙门阵，"张将军，那你港港什么计划，你带着几百号人就窝在龙凤寨这旮旯里，瞄着县城，看着五十八师和鬼子血拼？"

"你这是吗的话，打鬼子，我老张含糊过吗？老子在武汉打鬼子，在石门血拼，你苏兴隆在哪里？你看看老子身上的伤疤，十几处呢，老子是怕死的人吗！"张吉财有些激动。

"晓得，晓得，伢儿他舅舅是条汉子，勇冠三军，"苏先生停了停，"打仗除了不怕死，还要多动脑子。"

"又开始上课了，好像你很懂打仗啊，你们除了游击，还会什么？游击游击，游而不击。"

"偏题了，偏题了啊，他舅，今天我们不要争论这个了吧。"

"你是不是已有安排了，你们的人出动了！"张吉财终于说到了点子上。苏先生意味深长地看了张吉财一眼，拍拍旁边的王大疤的肩膀："你啊，抽不开身，龙潭河呢，不得不救，咦，王兄弟熟门熟路，可以跑一趟啊。"

副官以为苏先生下一个还要点自己的名，下意识往后退了退。

没想到苏先生拿王大疤将了自己一军。张吉财瞪了王大疤一样，眼珠一骨碌："我的人，你尽管用，但是仅仅限于这件事啊。"

"他张将军到了慈利地界上，我也该尽尽地主之谊，如今他有危险，我要是不出手，怎么也说不过去，说不定哪天就见着了，面子上也不好看。"

张吉财基本上亮了底牌，苏先生见好就收。

"已经有人往龙潭河去了，而且是暂五师的。"

苏先生直言，跟柱子一起回到龙凤寨的那两个兵已经出发了，穿的老百姓衣服，打的张吉财的名号，因为慈利地界上只能用国军的名号。

"我说呢，你还是很会来事，我有点喜欢你了。这个顺水人情，你得给吧。哎……不对啊，这两个娃娃我见过，他俩，机灵倒是机灵，但人生地不熟，能完成这么大的任务？"

"这个啊，呵呵，你甭管，反正有一条，信我一定会送到，而且是以你老张的名义送的。"

"老奸巨猾，滑头，你姓苏的就是个鬼。"

"哈哈，这是夸奖呢，还是表扬呢？"

"夸你呢。"

两人心照不宣。

"其实，我真想亲自去会会老张，总不能老是猫在这里，县城都打不下，求他帮忙派点人马，好配合我收复县城啊。"

张吉财看看自己的部下，似乎心有不甘。

四

人在迷茫，特别是绝望时，需要一种力量让人走出低谷。如果说家乡的土地重新唤回了大柱的血性，那么和瓦当副营长的对话就算是拨开了大柱眼前的迷雾。

前几天黎明，瓦副营长说，全民抗战已经取得辉煌胜利，种种迹象表明，鬼子最终要失败，而且会败在湖南，败在大山中。

这两天的经历，让他更加相信湘西的大山定能成为压垮鬼子的最后一根稻草！

只要有这一天，什么时候来临都不算晚！

大小山峰迎着寒风精神抖擞，摆出一副战斗的姿势。站在山顶，放眼四望，岑大柱的脑子灵光了不少，身体也随之轻快了许多。部队沿着山脊疾进，大柱快步跟上去。群山在后退，大柱仿佛回到了河上——木排顺水而下，群山被扔在了身后。初冬的寒风、彻骨的寒冷，反而能激发人的豪情，毕竟等待这样的时刻太久了。尽管当年当兵是为了逃离,身体某处却涌动着血性,骨子里,还是期待着冲锋陷阵、过关斩将;在垭门关拜神,寻求的是神灵庇佑、旗开得胜!

但那是最原始、最直接的动机。如今,瓦当叔已经不是当年那个求神拜神的瓦当叔了,而自己眼前一下子豁然开朗起来。

真有吼几声号子的冲动。

部队里不吼号子,唱的军歌。从先天晚上到次日黎明,祖师殿一带军歌不断。进行曲旋律简单却雄壮有力。毕竟是有点艺术天赋的人,又常年在河上吼着号子,岑大柱对歌曲的感知力也强。远远地听过一两遍,大柱竟能哼出一段来:"激扬、激扬,我们是国家的武力、革命的先锋。"

此刻,岑大柱太需要一种刚性的东西,这首歌曲恰好迎合了他的心理。大柱打着节拍,追赶着前面的队伍,快速在山岭间奔走。

到底是女人,没经过如此大强度的奔袭,再加上刚才的呕吐,常莹莹明显跟不上了。岑大柱却健步如飞,把常莹莹他们三个甩开了好远。穿山甲搀扶着车轱辘,望着前面只顾赶路的岑大柱,张口要喊,常莹莹止住了穿山甲。

她发现,此时的岑大柱已经是一条回归大海的蛟龙,腾挪跳跃,浑身释放出怒吼的信号。

"你看,这个人只怕癫哒,见到打仗的就像打了鸡血似的,我还怕他看到姑儿迈不动脚耶。"车轱辘点评加感慨,后半句是对常莹莹说的。

一个岔路口,莹莹、刘保华和车轱辘却被一名上士拦住:"非战斗人员,不得跟随部队行动。"

"哪门的?"刘保华瞪大了眼睛。

上士不耐烦了:"我们长官有令,你们三个,不得跟着我们,听明白了吗?!"

"到、到处都是鬼子,你、你让我们去哪里,你们这是过河撤桥、忘恩负义啊!"车轱辘挣扎着说。

"喂,你个小兵,非战斗人员,你姑奶奶打枪的时候,你还穿着开裆裤吧,"常莹莹爆粗口了,挥挥手里的枪,"一个蠢宝,老娘还不乐意跟着你们。"

"你一个姑娘……怎么骂人呢?"

后面发生了争执,岑大柱这才意识到自己已经离他们几个太远了。他返回来,听了军官的话,明白了对方的意思。

上士对岑大柱说:"我们长官也是考虑到部队安全问题,再说是为了他们好。"

这七十四军真的是傲气得很。

刘保华特别愤怒,刚打算冲那名军官责问,见大柱来了,觉得此情此景是一个教育岑大柱的绝好机会,扭头说道:"柱子哥,反正我是看明白了,国民党和咱们老百姓从来就不是一条心。你说吧,你到底跟我们还是跟他们?"

谁跟谁走?当年逃出张吉财牢房在南门外,岑大柱要去当兵,刘保华却要当土匪;前几天在垭门关,岑大柱当了五十八师的向导,刘保华跟了苏先生——这些年除了拉纤,在关键时候,两人总是走不到一条道上。

今天又是同样的问题!

大柱瞅瞅常莹莹,又望望车轱辘,最后将目光停在刘保华身上,那意思是,这还用问吗?

刘保华心里有点小激动,他明白,柱子哥这次终于跟自己走在一起了。他胸有成竹地说:"那好,我小时候在这里长大,这一带很熟,跟我走吧。"

岑大柱对远处瞅了瞅,星德山诸峰被一层晶莹的东西包裹着,依次排开的庙宇像冰雕整齐地立在寒风里,而国军接应部队已经预先到达了作战位置,士兵们已经在山头检修工事,看样子,一场大战就要在冰雕玉砌的世界打响了。

他们到底是怎么想的,都这个时候了,多一个人就多一份力……

这五十八师！尤其是想起陈铁牛，心里依然有些不畅快，这雷营长似乎也是不怎么待见自己，也罢，你们能，就让你们打吧，反正不少我一个。他默默地掉过头，搀着车辘辘跟在刘保华后面，顺着岔道缓缓往山下走去。

"哎、哎，岑长官，我们营长说了，你可以跟随部队行动。"上士在背后喊道。

"我不是长官，谢了。"岑大柱一挥手，简短地丢下这句话，继续往下走去。

"我知道你心里痒痒，错过这么一次机会，怪舍不得吧。"车辘辘揣测道。常莹莹也有同感："在这里打鬼子，肯定很带劲，可是人家瞧不上咱，有什么办法呢？"

"打打打，都饿得前胸贴后背哒，不想活了啵，你看我这手还能拿枪……棍子都拿不动。"车辘辘似乎是为自己开脱。

"你几个快点，山下有人家，很快就有吃的了，吃饱了再说。"前面的刘保华催促道。

五

> 还是那条小溪，流过我的童年……
> 还是那片竹海，摇曳我的梦幻……
> 嘟呜——
> 峰林幽幽，白云悠悠。奶奶告诉我，那里住着神仙。

离开了五十八师，很快转入另外的天地。下了一道坡，进入一片楠竹林，迎面出现一排山峰，山顶满是冰挂，半山腰是苍劲的松树，小路边则是一条潺潺的溪流，一地绿色的植物布满了溪沟两旁，与山上冰霜覆盖、满目肃杀的情形形成了明显的对比。

真是一地一风景，十里不同天。

"这是一条朝圣的路，湖北、澧县、临澧、石门的香客就是沿着这条路上五雷山拜菩萨进香的，人来人往，特别热闹。自从鬼子来了之后，也就没有人进香了。"

故地重游，穿山甲刘保华掩饰不住内心的澎湃，努力寻找童年的欢乐。他轻快地行走在蜿蜒山道上，拉起嗓门唱起歌来。轻快的旋律，优美的意境，暂时驱走了身上的疲劳。车轱辘也振作起来："哎呀，真是神仙住的地方，想不到慈利还有这么美的地方。"

穿山甲在前头走走停停，一边介绍周围的情况。

"这菩萨到底灵不灵，为啥不保佑中国人打胜仗，不保佑我堂客，要是菩萨能让我堂客活过来，我天天烧香磕头。"车轱辘又浮想起来。

"我堂客勇敢，给你们说说我堂客吧。"

这正是大柱想知道的话题，他用手势止住了常莹莹和刘保华，示意两人听车轱辘说下去。

"她是躺在我怀里睡着的，她身上好香，身子好软，像水一样，我就希望这么一直抱着她。"车轱辘居然一脸的幸福。

几句话，常莹莹看了岑大柱一下，脸上居然一阵发烫。

车轱辘混进城后，左闪右躲，掌灯前，终于找到了柳如风。她躺在一栋破房子里奄奄一息。不过，昔日娇艳如花的柳老板已经面目全非，为了防止被鬼子侮辱，她把自己的脸划破了几道口子，整张脸已经血肉模糊。

鬼子只好叫人把她扔出去。柳如风爬啊爬，最后进到了一间屋子里。

"她连我走路的声音都能听得出来，嗨，这婆娘。"车轱辘说刚经过那间屋，就听见屋里有人喊"三哥"。

"我婆娘没被鬼子糟蹋，她说她是中国的窑姐，死也不给畜生碰，我敬重她，她睡着了，我就这么抱着一夜、整整一夜。有怨报怨、有仇报仇，天亮了。我想了想，我不能这么死了，就烧了那栋房子。

"我是专门给鬼子当挑夫的，就是想找到烂葛藤这个狗杂种。今天在金殿，我当着菩萨的面许愿，不宰了烂葛藤，我就不是男人！"

"刘三哥，你真是有情有义的人，柳姐遇上你真值了。"常莹莹已经彻底改变对车轱辘的看法，并且有些触动了。

"我婆娘说她死了也好断了我的念想，找别的女人生孩子过日子……我哪有心思想别的女人啊，这娘们儿，那时候我想着跟她一起去了，也有个伴……可是，如今我又不能死了、不想死了，我死了谁给她上坟，谁怀念她呢？再说，你们看，这里是神仙住的地方，谁舍得死……"

没想到车轱辘终于打开了心结。大柱心情也轻松起来，他搂着刘三，顺着他的话说："弃恶扬善，恶有恶报，菩萨一直这么教育世人。但是我们自己心里要有个谱，比如这打仗，菩萨能管？还不得靠我们自己。父亲死了，儿子接着上，哥哥死了，弟弟上，为什么，我们民族要繁衍，要强大，就是希望天下跟你和柳姐一样的人能幸福生活在一起。只要有决心，终有赶跑鬼子的那一天。"

"这道理，我开始明白了。可是，这要等多少年呢？"车轱辘有点茫然。

"不是傻等，是要主动出击，鬼子作恶，菩萨也饶恕不了他们，"常莹莹说，"我妈那时候十六岁就出嫁了，我二姐都这么大年纪了，也不结婚，都是这可恨的鬼子害得我们不得安生。"

"菩萨不管打仗，也不能救人，只能教育人，你信菩萨，就会向善，不做坏事。你想想看，如果人人都不做坏事，还会不会有战争，还有没有土匪？"穿山甲接着说，"我舅舅以前说的话，我慢慢才想明白，只要天下人都信了共产主义，没有地主，没有保安团，人人有土地，日子才会好过，难怪他到死都不肯放弃信仰。"

"这么说，共产主义是个大菩萨啊。"车轱辘问岑大柱，大柱说这么打比方很不恰当，他觉得苏先生能解答这个问题。几个人一路说着，很快就下到了半山腰。

说着说着,穿山甲脚下突然一滑,车轱辘伸手去拉,没拉着,穿山甲从一个陡坎滚了下去,岑大柱急忙去追。又湿又滑的小路上,得用小碎步,岑大柱像兔子一样跳跃着往下奔走。

这一滑,滑下了一丈多远,岑大柱来到他身边时,穿山甲已经停住了,满身的污泥,躺在地上起不来:"哎呀,我的腰,我的屁股。"岑大柱伸手把穿山甲拉起来:"还好,没破皮。"

"想不到大名鼎鼎的穿山甲就是这么穿山越岭的,哈哈哈,真是让人长见识。常大当家的,这功夫你见过没?"车轱辘没正形,调侃起来。

"什么人,不许动!"突然,从林子里跳出来四五个人,把岑大柱几个人围住了。

刚才几个人只顾着穿山甲,都忽略了周围的情况。

穿山甲一边"哎哟、哎哟"着,也斜着眼睛看清了对方,说道:"你港老子是什么人!老子是广福桥三王村的人,回家。"

"你哄鬼啊,还三王村的人……说,到底是土匪还是汉奸?"

这些人庄稼人打扮,手里拿着火铳、砍刀,还有一杆汉阳棒。是本地人,岑大柱心里有了底。

不待岑大柱开口,穿山甲却又唱起了歌。

> 崖壁上的记忆,是先辈的咏叹。
> 崖下山座寨前,战马犹在嘶喊。
> 嘟呜——
> 峰林幽幽,白云悠悠。
> 奶奶告诉我,那是她永远的眷恋。

唱完一段,众人脸上敌意明显减轻了不少。岑大柱明白,这些人听懂了穿山甲的歌声。

哦，永远的眷恋。杜鹃红满山，大雁飞向南。

回家的声音在呼唤。四十八寨啊，梦中的家园。

你让远游的人儿醉在心里边，

醉在心里边。

远处一座竹楼里也传出了歌声。

刘保华听到了熟悉却又久违的声音，他愣住了。突然，他想起了什么。

"姐姐，刘兴华——"刘保华激动地喊道，忘情地朝竹楼奔过去。

六

广福桥三王村背靠星德山，东望石门蒙泉湖，南面是桃源，属于石门、桃源、慈利三县交界地带，也是"三不管"地区。传说李闯王曾在此经营十九年，三个大将的指挥部都以庙宇为掩护进行军事活动。后来，他们突然撤走了，当地人继续进庙进香，但是庙里供奉的不是常见的菩萨，而是三位将军的形象，以此称为大王庙、二王庙、三王庙，三王村因此得名。以三王村为中心，方圆二十公里都是崇山峻岭，古木参天，这片区域又被称为四十八寨。从石门、桃源进入三王村，就像走进了另外一块天地。淙淙流水、房舍炊烟、鸡犬相闻，完全是另外一个世界。

当年，谢玉杰领导的慈利县第一个共产党支部就成立在这片如诗如画的地方。谢玉杰牺牲后，火种却留了下来，广福桥一带有一支几十人的队伍。贺胡子在湖北闹革命，这支队伍辗转到了洪湖、鹤峰等地。后来红二、六军团从桑植出发长征，少数人继续留在当地，其中，广福桥就留下了一股力量，领头的是谢玉杰的外甥女刘兴华，这刘兴华就是穿山甲刘保华的姐姐。她被红军从人贩子手中救出来以后，参加了红军。

红军奉命北上，刘兴华有孕待产，行动不便，只好回到舅舅谢玉杰战斗过的地方，带着孩子继续从事革命工作。对这支队伍，张吉财还是嗅到了蛛丝马迹，带人前去绞杀。但是山高林密，保安团到了三王村转悠几天，连游击队的影子都没摸到，只好抓了几只鸡，撤走了。

新四军成立以后，苏先生来到广福桥开展工作，游击队像是与母亲失散的孩子，终于找到了组织。但是，他们不肯将红五星帽徽换成青天白日，特别是刘兴华怎么也想不通。僵持不下，刘兴华拉着苏先生来到谢玉杰坟前，对苏先生说，你当着我舅舅、外公的面说说，是不是有这个理。你是特派员，我舅舅是怎么死的，你知道不？保安团把我舅舅还有我的外公脑壳砍下来，用撮箕挑到县城、挂在城楼上示众，最后扔到澧水河里，还有我的爹妈……你让我跟仇人合作，我办不到……

其他游击队员更是愤怒，本来苏先生跟张吉财就是亲戚，非说苏先生是奸细。任凭苏先生口吐莲花，游击队员就是思想上过不了坎儿。

过了两天，刘兴华冷静了下来，她决定自己出山寻找组织，证实苏先生所说的是不是真的。苏先生被羁押在山里，他无奈地等着刘兴华，利用一切机会跟队员们讲形势。大字不识的队员们却不管你什么西安事变、统一战线，根本油盐不进，他们只认谢玉杰，只认刘兴华。

刘兴华这一走就是一个多月，回到广福桥，她告诉队员们，国共合作，贺老总都当了国民革命军的师长，看来苏先生说的是真的，让队员们放了苏先生。苏先生并没有立即离开广福桥、离开三王村，而是因势利导，反复开导。刘兴华虽然答应不再与国民党为敌，却怎么也不肯出山，苏先生最后只好作罢。

国民党限制新四军力量发展，特别是"皖南事件"以后，刘兴华和游击队对国军的防范心理又加重了，虽然没和当地驻军发生直接冲突，但是，越发不肯公开露面了。1942年，苏先生随新四军南下支队沿途动员抗战力量，再次与刘兴华取得了联系。这一回，刘兴华听从了苏先生的意见。

一年多来，根据苏先生指示，刘兴华和游击队收容逃难群众，动员抗战力量，四周逃难的群众来到广福桥，藏进了四十八寨的深山里。敌人进入慈利，刘兴华带着游击队机智周旋，适时捕捉战机。

七

刘兴华与弟弟刘保华在故地意外重逢，还来不及欣喜，就接到报告：一千多敌人从石门出发，直奔三王村而来。

紧接着，赵福娃和李桂顺也到了。见到刘兴华，说是苏先生让他俩来的，并把写有指示的字条递上来。刘兴华接过字条一看：敌人实施斩首行动，意欲偷袭龙潭河，张师长有危险，请务必防范。落款是：七十三军暂编第五师张吉财。

刘兴华看到"张吉财"三个字，气不打一处来，把纸条往桌子上一扔。赵福娃和李桂顺连忙解释，说苏先生担心刘队长会想不通，特地派两人来，一定要见到刘队长本人。

赵福娃十分着急：苏先生说了，这个事很重要，耽搁不得。

李桂顺连连点头，一脸严峻的表情。刘兴华看着两人，犹疑片刻，还是拿不定主意。李桂顺眼尖，突然发现一个熟悉的身影："岑大哥，喂，排长！"

"你说梦话了吧，大哥在哪呢？"赵福娃根本没想到岑大柱会在这里出现。当他顺着李桂顺的视线望去，真的看到了岑大柱，还有常莹莹、刘保华、车轱辘。几分意外，旋即变成欣喜，急忙迎上去。

岑大柱走上前，明白了事情的原委，对刘兴华说："刘队长，这个事交给我，你不用管了。"

"你？从这里到龙潭河几十里，不用港，雷雨垭过不去，桃源也是鬼子，你哪门去……要是躲开鬼子，绕路那得多出一天的路程，等你赶到时，黄花菜都凉了。"情急之下，刘兴华还是厘清了思路，她做出了最后的选择。

"电话!"岑大柱指指星子宫。

"对,姐姐,五十八师的部队就在上面,把情报告诉他们就行了。"刘保华特别有把握地说。

听了两人的话,刘兴华并没有应允:"这个事是苏指导员交给广福桥游击队的,得由游击队来办。"她转身叫来一个队员,指着远处的星子宫如此这般说了一通。队员点了点头,又叫上另一名队员打算出发。

岑大柱拦住两人,扭头对刘兴华说:"刘队长,这个事真的还是我去最合适。第一,我是国军;第二,我认识他们营长;第三,我们昨天帮了他们……再说我们几个刚刚从山上下来。"

"对,姐姐,他们不让非战斗人员靠近,这个情报就是送上去了,人家也不一定相信,再说他们一问你是什么人,你真得说是张吉财的人!"

"谁是张吉财的人,我们是广福桥游击队,"两个队员马上不乐意了,"鬼子就要进村了,我们自己都忙不过来,哪有闲心管他们的鸟事,不去了!"

"对,不去了。"

看到两名队员的样子,刘兴华皱起了眉头,批评起这两个队员:"谢二佬、陈小天,你们俩也是老队员了。不听指挥了,是不是?"

岑大柱却没耽搁,望望星子宫的方位。把枪递给赵福娃。赵福娃接过枪,反问道:"你不拿着枪?"

"又不是去打仗,"岑大柱顺手抓起一把砍刀,"有这个就够了。"

岑大柱说完,迈开了脚步。刘保华和常莹莹正要跟上,却被岑大柱拦住了:"我一个人行动更方便,说了又不是去打仗,人多了碍事。"

刘兴华见状也只好作罢,从屋里拿出几个红薯递给常莹莹。

"大哥"李桂顺挠着头皮问岑大柱:"你带上我们俩吧。"赵福娃也用祈求的眼神望着岑大柱。岑大柱拍拍李桂顺的肩膀,对赵福娃说:"苏先生交给你们的任务,你们已经完成了。敌人快来了,你们俩帮刘队长他们转移乡亲们。"

"柱子哥,都差不多了,我们上城门寨,敌人一个人毛都见不到。"刘保华说。常莹莹接过红薯往岑大柱衣兜里一塞:"去吧,注意点鬼子,我们在山下等你回来。"

"好呢,鬼子要来了,你们抓紧转移。"

"苏指导员的指令。"刘队长扬起纸条,冲岑大柱喊道。

"不用了,我都记下了。"岑大柱往回摆摆手。

八

星德山有十几个突出的山峰,每个山头上都有一座庙宇,供着几十尊形态表情各异的菩萨。庙宇根据山头大小形状而建,最大的庙当数主峰星子宫。所有的建筑材料都是石头,没用一根木头、一块砖瓦、一个铁钉,从台阶、柱子到屋顶,清一色的红砂岩,堪称一绝。

山下山上完全两重天,下到山沟里,流水叮咚,温和湿润,而半山腰就是冰砌玉雕,山顶诸庙则像一个个冰雕生长在冰冻的世界里。星德山主峰星子宫遥遥在望,山里行走起来就是这样,九曲回肠,喊得答应看不见,望得见却走不到。

星子宫主峰下面一处"岩屋"里,雷营长、五十一师一营的周营长还有其他几位指挥官在听一位长官的训话:"这是我们两个师在慈利战场的第一次联手作战。第三师团,他们是想偷袭赤松山,越过赤松山和十三师团会合,攻击五十八师主力……没想到我们主动迎上来在此等着他们。我们只有一个目标:不惜弹药,要把敌人打痛,给敌人造成我们打算在此坚守的错觉,决不能让第三师团与第十三师团合在一起,为七姑山决战赢得时间。不仅要打得凶,而且要撤得快。"雷营长和周营长互相看了看,给对方一个坚决的眼神。有充足的给养,优越的地理位置,还有经验丰富的伙伴,他们很有信心。

鬼子的速度一点也不比岑大柱慢，岑大柱刚爬到半山腰，敌人前锋已经到了山下，正在往山上攀爬，而侧面一队鬼子斜刺里冒出来，就要超到自己前头。

回头往山下一望，村子里冒出了几股浓烟。那是敌人地面部队给飞机发信号，指示方位。

岑大柱不敢丝毫耽搁，他弓着背，尽量躲避着敌人的视线。不一会儿，敌人搜索部队开始火力侦察，"乒勾儿，乒勾儿"，三八大盖的子弹不断从身旁和头顶飞过。九架飞机穿过云层，出现在北边的天幕上。

仅仅几十秒工夫，飞机就到了头顶，炸弹像下蛋一样接二连三落在山坡上，爆炸声起，石块、冰块四处飞溅，空气中很快弥漫着刺鼻的味道。

老兵怕机枪，新兵怕大炮。

躲子弹的技巧是：就近寻找掩体，进入射击死角，利用对方扣动扳机时飞快移动。而躲炮弹就简单多了，大炮后坐力会让弹道轨迹发生改变，第二发炮弹同样不会落在前一发炮弹爆炸的位置，专门找弹坑就能躲开炮弹。飞机飞行的路线是一定的，几架飞机之间也有一定的距离，躲飞机炸弹也可以沿用这个招数。和其他老兵一样，岑大柱怕的还是机枪，尤其飞机上的机枪没法躲，基本上是无死角，全覆盖。彭师长在石门突围时，随行人员挤在一起，目标太大，被飞机发现目标，飞机俯冲下来一阵扫射，掉过头来又是一遍，特务连、侦察连三百多人，仅仅跑出来几个人。

突如其来的爆炸响彻山谷，几头野猪吓得四处乱窜，其中一头就从岑大柱身旁跑了过去。还有一只麂子立在石头旁边，看样子是被吓傻了。岑大柱靠近一看，原来石头下面还藏着三只小的。母麂子用自己的身体护着自己的孩子。

动物习惯了四季更替，此时正是觅食和冬藏时节，哪里遭遇过这种惊天动地的变故，更不懂得躲避。战争，不仅让人们失去了家园，连山野中的生灵都不得安生。若是以前,岑大柱肯定不会错过这个绝妙的猎捕时机。但此刻,岑大柱丝毫没有猎捕的意思,反而有一种祈愿,但愿它们能躲过这一劫。

没走多远,身后又一声爆炸,岑大柱心里一紧,回头望去,希望能看到那只麂子。可是他看到的景象是:烟雾后面,石头裂开一块,砸了下来,母麂子已经不见了踪影。

岑大柱一阵伤感,默默地走向林子深处。

穿过一片林子,是一片开阔地。刚出林子,迎面就出现三个鬼子的尖兵,想躲开已经来不及了。岑大柱手里唯一的武器是砍刀,他举起砍刀扔向鬼子,前面那个鬼子头一偏,砍刀飞了过去。鬼子叽里哇啦喊叫着,招呼后面的同伴,紧追过来,子弹"嗖嗖嗖"飞过。空手拼三个鬼子没有把握,但是要论逃跑,岑大柱心里太有底了。他返身退回树林,借着树枝的遮挡,左窜右跳,跑出了老远。吸取了先天的经验,脑子里闪出几个方向,既不往上跑,也不往下跑,而是沿着山腰横着跑。

跑出几十米,眼前出现一个高坎,岑大柱纵身跳下去。跑在最前面的鬼子紧跟着跳下来。但是这东洋鬼子没经验,一落地就崴了脚,疼得他咧开嘴,下意识弯腰去揉脚。岑大柱见状返身一脚踹中对方屁股,那个鬼子就扑倒在地,枪也扔出了老远。岑大柱刚要去捡枪,后面两个鬼子赶到了,站在坎上拉动了枪栓,岑大柱只好舍弃了抢枪的念头,一个翻滚,躲开了子弹。

后面这两个鬼子冲坎下喊话,瞅瞅下边,不敢冒失。左右瞧瞧,没有直接往下跳,而是攀着树枝爬下来。等他们再去寻找,岑大柱早就跑得不见影了。

岑大柱甩脱了鬼子,进入国军阵地,居然看见了胡虎威。

胡虎威是随运输队来到三营的,这时他正在给战士们分发弹药和食品。

"岑排长,果然是你!"胡虎威老远就咋呼起来,"怎么到处都有你,垭门关、羊角山、赤松山,星德山你也来了。莫不是孙猴子变的?"

"这里是我的家,在家里打强盗,我怎么也得卖力点,"岑大柱也十分欣喜,"走,我要去见雷营长,有重要事情报告!"

"我听见枪声,隔老远就看到几个鬼子追赶你。"胡虎威说。

"那你不下来帮忙?"岑大柱擂了胡虎威一拳。

"这不是不确定吗?再说,你身手那么好,几个鬼子不在话下,嘿嘿。"

"见死不救,我记着你了。"

"别别,来,吃个馒头,算是我赔不是了。"刚好吃了红薯,一种酸味反胃,岑大柱接过馒头咬了一口,反胃的感觉减轻了不少。

还是馒头对胃口!他想起了李桂顺,这小子天生是个勤务兵,可惜不在身边。

"他是谁,你们看起来好熟。"一名中士凑过来问胡虎威。

"他就是岑大柱,打马公渡,就是他的功劳!"胡虎威介绍道,突然下意识地扭头,周围的人都没注意,陈铁牛也不在场。他这才放心大胆继续说:"老熟人了,是不?"后面这句话明显带着卖弄,但也表明了他想亲近岑大柱的心理。

"哎呀,原来您就是岑长官,你今朝没穿军装啊,"那名中士刚一开口,就意识到自己的话欠妥,急忙改口,"岑长官,在下莫退,家住桃源县漆河镇。老乡,老乡。"

浓重的桃源腔,漆河镇是听明白了,莫退是吗意思呢?

什么莫退,我退了吗?岑大柱愣了一会儿。

胡虎威急忙解释说:"他以前叫莫荣凯,莫就是没有,意思是没有立功和凯旋的意思,他自己觉得名字不好,改成莫退了。"

"对对,是这么回事。莫退和莫跑,这两个名字,我还是觉得莫退更好点,打仗追击敌人肯定要攒劲跑,不跑就落后了……嘿嘿。这次团部挑选人手护送给养,我就主动来了,嗨,名字改过来还真来劲,胆子大多了,见到鬼子，腿子也不颤抖了，每次子弹都绕着飞。"

"莫退啊，好名字。"岑大柱给莫退逗乐了。看了看莫退的军服，上面果然写着：莫退。

九

见到专程赶回阵地的岑大柱，雷营长意识到事情的严重性，马上报告给了那位到现场指挥和督战的副团长。可是副团长有太多疑问，情报来自哪里，是否真实，送情报的又是什么人，等等。雷营长耐心地回答着副团长的疑问。

副团长还是犹疑不决："这事非同小可，把这个岑什么、七十三军的人叫来，我要当面问问，必须弄清楚。"虽然都是中校，但是副团长就是副团长，是长官。

刚刚完成了任务，正一身轻松，打算上阵地瞧瞧的岑大柱又被雷营长叫住了。不待副团长问话，岑大柱着急地说："长官，您还是赶紧打电话吧，张师长有危险！"

"正因为事关重大，我才要了解仔细，不能误传情报，扰乱军心。"

"好吧，我就给你讲讲情报从哪里来的。"

岑大柱简单说了日军电台如何落在他的手里，七十三军张吉财团长从电台里得知敌人的电文，他又是如何决定把情报送到山上来的经过。他隐去了苏先生，也跳过了游击队这一节，只说是七十三军的两个兵奉了张吉财之命来找五十八师的部队，半途相遇，剩下的事就归他代劳了。副团长仍然像听神话故事一样，满脸疑惑，岑大柱感到特别恼火："长官，您就说师部是不是在龙潭河，张师长是不是在师部，赶紧打电话吧……您就说，是七十三军彭师长手下一个姓岑的少尉送的情报，他一定记得我！"

"你认识张师长！"副团长瞪大了眼睛。他见到师长的次数都不多，没想到眼前这个一身老百姓打扮的人跟师长有交往, 自己刚才有些门缝里看人了。由半信半疑转为十分相信了, 看着岑大柱坚定而又焦急的表情, 他的手伸向了电话机。

打完电话, 副团长握住岑大柱的手: "你的情报太及时了, 感激、感谢……我们师长会给你记功的。怎么样, 留下来一起打鬼子?"

"只要张师长没事就好, 功不功的, 那没什么, 是中国人都会这么做的。"岑大柱忽略了对方提的第二个话题, 没有回答自己是否愿意留下来, 一拱手, 低头走出了指挥所。

这时, 敌人第二次进攻也被国军打退了。阵地上增加了不少的伤员, 战士也分批下来吃晚饭, 休整。一天下来, 连续的奔跑, 也没正经吃过一餐饭, 肚子里早就空空如也。囫囵吃过几碗饭, 肚子终于安静了。

不晓得刘兴华、刘保华, 还有群众怎么样了, 前面山坡上到处都是鬼子, 从原路肯定走不通了, 岑大柱开始思考怎么下山。

鬼子尖兵, 岑大柱突然想起追赶自己的那几个鬼子, 千万不能让他们从背后突袭过来。刚这么想, 侧面跑出来一个满脸是血的医务兵: "鬼子, 鬼子从下面来了。"

弹药就存放在附近, 还有炊事班, 决不能让鬼子上来。

"快, 你去报告营长。"岑大柱闪身让过医务兵, 朝医务兵上来的方向迎过去。刚跑几步, 才发觉手边并没有武器, 而十几个鬼子正猫着腰向上摸来, 双方不到二十米。

岑大柱前后左右看了看, 发现了几个石块, 他捡起一个石块朝鬼子扔过去。"叮当", 石块正砸中一个鬼子的钢盔, 鬼子身子向后仰了仰, 抓住一根树枝才站稳了。其他鬼子听到响动, 慌忙伏在地上, 向山上开火。岑大柱低着头, 尽量让身子和地面在一个平面上。不过, 光凭石块抵挡不住鬼子。

岑大柱抬眼一望, 发现石壁旁放着一捆尖木棒, 就是在赤松山见过的那种用来和鬼子拼刺刀的木棒, 一头削得十分锋利。他接二连三扔出石块，瞅准时机，纵身扑向那个石壁，抓起木棒，像掷标枪一样朝一个鬼子投去。刚好鬼子往前一步，"标枪"刺中了身后那个鬼子的脚。中枪的鬼子扔掉枪，躺在地上"哎哟哎哟"。其他鬼子见状，迅速找到掩体，一个鬼子试图去救他的同伴，又一支标枪飞来，正中后背，地上躺下了两个鬼子。

鬼子放弃了救人的想法，纷纷摸出手雷朝上面扔过来。这一招把岑大柱逼到了绝境：跑，躲不过子弹，不跑，躲不过手雷。他一脚踢开落在脚边的一颗手雷，身子一蹲钻进了木棒后面。背后是石壁，前面的一捆木棒并不能遮掩，他的额头还是被飞来的弹片划得鲜血直流，生疼。几声爆炸后，鬼子见上面没动静，朝上面摸来。

岑大柱忍着疼痛，推开堆在前面的木棒。刚要站起来，却发觉腿上压着一块石头，那条腿已经疼得失去了知觉。他只好靠着石壁坐起来，抄起一根木棒，准备最后一搏。

敌人的脚步声越来越近，两个鬼子刚露头，却像树桩一样向后倒下。枪声从头顶传来，岑大柱知道，是山上的人来救自己了。山上的国军往下冲的时候，鬼子并没有做太多抵抗，拖起受伤的同伴，快速退了下去。

胡虎威和莫退带着人找到石壁下血肉模糊的岑大柱，愣住了。胡虎威竟然抽泣起来："岑长官，还指望跟你一起打鬼子呢，呜呜。"

"是我们来迟了，他真是一条好汉。"莫退把那堆木棒掩盖在岑大柱身上，算是让大柱入土为安。

"哎哟，疼死我了，"木棒被推开，岑大柱用微弱的声音问道，"是谁往我身上堆这么些棒，想压死我啊。"

"咦，还活着，快。"胡虎威惊喜地瞪了莫退一眼，两人手忙脚乱地搬开木棒和石头，把岑大柱搀起来。

抬眼一看，不仅眼前这股鬼子退了，就连正前方的鬼子也退了，刚才还炮火不断的山谷一下子安静下来。

经过简单包扎，除了左腿还在疼以外，没有大碍，岑大柱一拐一瘸，在火堆旁坐下了。星德山和赤松山一脉相承,地貌一模一样。清一色的红砂岩,好几处天然的"石屋"藏在石壁下,成了避风和伤员休整的好地方。眼睛皮一合上,岑大柱就打起鼾来。多年的军旅生活养成了这个特别的本事,爆炸声、枪声就是摇篮曲、催眠曲,伴随着声响,反而更能入睡,睡得也更加踏实。

岑大柱是被嘈杂的脚步声惊醒的。刚醒过来,就感到寒气加重了不少,竟然到了黄昏时分。看样子,部队是要撤退了。难道这么好的地形也抵挡不住敌人的进攻?岑大柱想去看个究竟。

"长官,您醒了,刚打算来叫你的,"那个叫莫退的中士进了"石屋","鬼子撤退了,我们也要撤了,我们长官有事找你。"

莫退的话简洁明了,三言两语就解答了岑大柱想要知道的事情。但是对于五十八师的长官要找他这事,他并没怎么听进去,因为要尽快和刘保华等人会合,已经不能再耽搁了。

"哪个长官?我要走了,天都要黑了,几个兄弟还在等我呢⋯⋯"岑大柱以为是长官要感谢、表扬,要么是留下来参加五十八师之类的事,伸了个懒腰,并没有打算去见什么长官。

"哎,岑长官,你真不能走,雷营长专门来看过你,说等你醒了告诉他,有事情,蛮重要的好像。"莫退重申,一脸的严肃。

这时,胡虎威也从外面进来了,紧接着是雷营长,还有那个副团长。

十

敌人来得太快了,说是三公里,不到十分钟就拥进了村里。他们焚烧了几间房屋,把一间大院子作为指挥部。十几个老百姓,都是外地来的,不认得路,误打误撞,碰上了鬼子,被抓住了。

游击队员手里只有鸟铳、大刀,根本派不上用场,只能眼睁睁地看着敌人对群众施暴，常莹莹和刘保华也想解救群众，但是被刘兴华拦住了。山里还有更多的群众，不能暴露行踪。好在鬼子的目标不是这些没有武装的群众，而是星德山。

一下午，星德山炮火连天，杀声震天，国军居高临下，接连打退了敌人几次进攻，敌人丢下两三百具尸体，突然撤退了。

岑大柱拄着拐杖从山上下到三王村，已经是深夜。一路上，他啃着馒头，一边听着山那边的枪声和爆炸声，光亮撕破夜空，就像一道道闪电。但是三王村除了燃烧的房屋，并无异常。进入村子，游击队员正带着群众灭火，十几个老百姓躺在冰凉的地上，一摸，他们的身体早已僵硬了。

东洋鬼子临走前，把被抓的群众统统杀死，并纵火焚烧了路边的房屋，几个妇女被赤身裸体地挂在茶树上。

敌人兵力占绝对优势，突然撤得这么快，有些让人意外。一定有什么阴谋，这个疑问在岑大柱脑子里停留了一个晚上，直到第二天早晨才被解开。

一处石洞里，那个叫作谢二佬的队员在向刘兴华汇报他侦察到的情况。

"鬼子匆匆忙忙的，抢的东西都没带走，我们一路跟到白鹤山，他们往桃源那边走了，我对着他们打了两枪，他们都没反应……"

"我喊你莫打枪，莫打枪，你就是不听。要是鬼子又转身了，看你怎么办！"同行的队员抢白谢二佬。

"你以为人人都跟你一样蠢啊，看到鬼子追来了，我不晓得往星德山跑啊，他们明明是急着赶路。早知道这样，我们就应该追上去，砍死他们几个。"谢二佬一副胸有成竹的样子。

见岑大柱出现了，刘保华和常莹莹站了起来。

"没伤着哪里？"常莹莹关切地问道。

"还能伤到哪儿就怪了，这些年兵白当了，"角落里一个熟悉的声音响起来，"排长，我回来了。"

老万！

就着火光，岑大柱眯着眼，有些不确定。

"是老万回来了，如假包换。"车轱辘起身把一个人拉起来。

"老万，你是哪门找到这里的？"

"跟在鬼子屁股后面啊。"

那天晚上，几个人在斗米观相遇后，车轱辘非要进城找柳如风，万年兵也陪着车轱辘到了垭门关下。张吉财的人马和常家老三刚刚攻下垭门关，万年兵见到满地的罐头，装了一袋子撇下车轱辘就匆匆走了。

"哎，你不是去找那个寡妇过日子踢哒吗，哪门又回来了耶？"车轱辘询问道。

"什么寡妇，一个瞎子，都快饿死了的瞎子。这帮畜生，连一个瞎子都不肯放过。"万年兵脑子里浮现出悲惨的那一幕。

他拿着牛肉罐头，兴冲冲地赶到那个寡妇藏身的茅屋边，却发现茅屋烧得只剩下一半，几根木棒还冒着烟。

"一开始我还以为是瞎子自己不小心烧到房屋了，钻进去才发现瞎子身上有血，肚子上有一条……"

刘兴华下意识地把身边的孩子往身边一拢。

"死了，不是鬼子还能是谁？"万年兵咬咬牙，"我就跟着这队鬼子，弄死一个算一个。"

"一直追到这里，鬼子进村了，我遇到这个货了，才知道你在这里，见见你。"万年兵推了一下车轱辘，无比感慨地对岑大柱说，"这么大的中国，我走得差不多了，竟没有我的片瓦之地，我如今才知道什么是倾巢之下无完卵……"

"嘿嘿，是我替你留下他了。"车轱辘一拍万年兵，"别灰心，打完鬼子，慈利乖媳妇多的是，黄花闺女也有。"

车轱辘貌似没心没肺的话其实并没有起到活跃气氛的作用，就连他本人也掩饰不住内心的伤痛。

"万大哥,特务连就剩咱俩了。"岑大柱也有些动情地说,"留下吧,以后慈利就是你的家。"

"对,我们就留在慈利打鬼子了。"李桂顺附和着说。

晚上,两个暂五师的兵聊了很久。

下一步有什么打算呢?两人最后的话题停在了这个上面。岑大柱说,天亮后回龙凤寨再说。

十一

不待岑大柱启程回龙凤寨,苏先生自己就来了。

第二天早上,常莹莹追问岑大柱是不是受伤了。尽管岑大柱进村前扔掉了拐杖,常莹莹还是看到了他走路时别扭的样子。

岑大柱说没事,真没事。

"还港没事,你脸上的纱布哪里来的?你蹦一下看看。"常莹莹不依不饶,一把抓住岑大柱的伤腿。岑大柱疼得"哎哟哎哟"起来。

"你看你的腿,都淤血了,青了,还肿这么高。"常莹莹十分心疼,母性的特质尽情流露出来,"这么冷的天,才穿一条裤子,也不晓得冷!"

常莹莹拿来一条热毛巾,捂在大柱的伤腿上,又出门摘来几味草药捶烂贴上。刚刚收拾完,刘保华就进来了告诉大柱,苏先生到三王村了。

岑大柱听说苏先生来了,急忙起身,却被常莹莹按住了,"要想好得快,就不能动,刚贴药。"

岑大柱只好顺从地坐下,却示意常莹莹不要声张,别让苏先生发现自己受伤了。

赶了一晚的路,苏先生脸上有些憔悴,刘保华把他的叉口接过来放在桌子上,刘兴华递上一杯茶,苏先生一口喝干,然后靠着桌子坐下。

从苏先生的讲述中,岑大柱这下明白鬼子为何突然从星德山撤走了。

这两天,慈利战场作战态势发生重大变化。七十三军只是惦记收复慈利县城,可是螳螂岗却丢了。守住螳螂岗就能把桃源方向的敌人挡在外面,完成对敌第十三师团的合围,形成关门打狗之势。如今不仅螳螂岗没守住,还让敌第三师团突入慈利,与敌第十三师团合兵一处,给七姑山造成了更大的压力。

七十三军,又犯下了一个致命的错误。

远在欧洲开会的蒋委员长面子上挂不住,发火了,汪之斌军长都差点被枪毙,幸好省主席王东源求情,汪军长最后被免职,永不录用。七十三军新任军长接到命令:24小时之内收复螳螂岗。军长带着七十七师余部和张吉财带领的暂五师会合,在县城动员,那个安淮新也在场,苏先生在龙凤寨待不下去了,只好带着电台赶往三王村。

“没想到整整一个团,还占地形优势,一天不到,就丢了阵地,如果螳螂岗还在,一切将会是另外一番景象。如今,嗨……”苏先生特别惋惜地说。

两军对垒就是这样,某段防线一旦被突破,整条防线崩溃,就如多米诺骨牌接连倒塌。前一阶段的成果在更加严峻的形势面前,已经显得微不足道了,而更大的危险还在后头。

虽然前一天晚上,五十一、五十八两个师第二次联手,在七姑山向敌人发起突袭,歼敌数百,取得一次小小的胜利,可是随着第三师团的到来,形势急转直下。

“七十三军混账,这姓张的该枪毙,要是他出兵救援螳螂岗,星德山这里再拖住鬼子,这两股鬼子就合不到一起,先灭了慈利的鬼子,回头可以收拾三师团,常德的压力也就减轻了,错失良机!”万年兵果然老辣,一语中的。

岑大柱向苏先生报告了另外一个情况: 五十八师、五十一师要分别派出一支队伍钻袭救援常德，师长点名岑大柱参加救援常德的行动，第二天天黑前赶到两溪书院会合。

苏先生抬眼看了看这个和自己年纪相当的老兵，充满感叹地说："抗战以来，这样的事情已经不止发生一次了，现在说什么都晚了。柱子，你答应张师长了？"

"这……本来打算回龙凤寨跟你商量的。"因为事先没有征求苏先生意见，岑大柱不敢说自己已经答应了。

"答什么应哈，你看看他的脸，还有这腿，能参加吗？姓岑的，从这里到常德一百多里路，到处都是鬼子，我看你是不想活了。"常莹莹埋怨着。

"哪有门娇气！"岑大柱上前一步，"先生，螳螂岗已失，七姑山、龙潭河，还有常德都很危险，我们不能在这里干等着。"

"是啊，我们夺回螳螂岗，把敌人的重武器挡在外面。"

刘兴华说："地形我们熟，大半天就能赶到螳螂岗，就是弹药……"

"弹药——"岑大柱眉头紧皱，沉吟一会儿答道，"我来想想办法！"

第十章　碧血丹心

一

"你到哪里想办法？"常莹莹问大柱。

"对啊，哪个有弹药可以借给我们呢？"所有人都表示困惑。岑大柱很轻松地指指外面，大家顺着大柱指的方向望去，那里是星德山。

大柱自信地走到苏先生跟前，如此这般低声跟苏先生交流了一会儿。苏先生问："这可行吗？"

岑大柱很有信心地说："行不行，都得试试……娃子、顺子，跟我走。"

"哎哎……"两个兵兴奋地答道。

常莹莹喊住岑大柱："你硬是要逞能，也可以，但是你得答应我跟你在一起。"

"这……"岑大柱为难地看着苏先生。

苏先生会意，胸有成竹地拦住了常莹莹说："大当家的，让他去吧，你得回龙凤寨看看。"

经苏先生提醒，常莹莹突然想起来："哎呀，多一个人多一份力，我还有几十个兄弟呢，我要回龙凤寨招呼兄弟们，找姓张的再要点弹药……是得赶紧回去一趟。"

"要得。"刘兴华说。

"我也跟大当家一起去吧，这么远的路，有个照应。"刘保华说。

"对对，还有我。"车轱辘急忙站出来。

"那我呢，新兵蛋子瞧不上俺，你刘三哥也不要俺？"刚走了岑大柱，眼见车轱辘又要离去，万年兵显得有些落寞。

"还早着呢，这就急着找媳妇啊，再急也要等打完鬼子。"车轱辘嬉皮笑脸地说，"相信我，不得涮你懒谈，慈利漂亮堂客多得是，黄花闺女都管够。"

"你一会儿说涮一盘懒谈，一会儿说不涮懒谈，你说的涮懒谈，到底是拉白话，还是蒙人呢？"

"哈哈哈。"

"呵呵呵。"

看到万年兵困窘的样子,大家忍不住笑了起来。

"万兄弟啊,你哪里都别去了,这里需要人手,就留在这里帮帮大家,"苏先生说,"一个地方有一个地方的方言,慈利话,够你学,时间久了也就懂了。"

"就这样吧,大家分头准备。"

常莹莹把手里的一包草药递给李桂顺,瞪了岑大柱一眼,喊一声"走",起身出去了,刘保华和车轱辘一先一后跟着走了。

二

岑大柱再次向星德山攀爬的时候,已是晌午,他心里已经有了一个完整的行动方案。如果事情顺利,既能弄到弹药,还不影响参加救援常德。阵阵凉风拂来,让人格外清爽,放眼四野,又像是回到了澧水河上,岑大柱的思绪也随之开阔起来,一股豪情油然而生。

肩负纤绳,绳子把肩膀勒出了深深的印痕,皮脱了一层又一层。赤足在河上跋涉、奔波,脚板踩在锋利的石块、刺条、荆棘上,鲜血直流,身子和大地几乎成了平行线,可是,陡坡、险滩、急流过后,会有一个平缓地带;流汗、流血后,东家会给一顿酒肉。最主要的是大伙儿对沿途情况熟悉,又特别齐心,什么时候会遇上难过的坎儿心中都有数,一阵号子吼起,就过了一道坡。

拉纤的日子很苦、很难,但是有希望,有奔头。哪像这行军打仗,往往吃了上顿没下顿,晚上睡着了也不晓得能不能见到第二天的太阳。当官的只顾自己,当兵的只顾活命,根本不是一条心。更教人灰心的是,这仗究竟要打到什么时候,谁也说不清。这些年,当兵打鬼子,鲜有胜利的喜悦,更多的是被鬼子撵着打,随着部队一溃千里。岑大柱的军旅生涯,就是在黑暗无边的大海上航行。

太久的压抑，太多的失望，没有方向，没有未来，岑大柱积攒的都是灰色、迷茫、冷漠和麻木……有时像是一头负重的黄牛在喘息，只待拼完最后一点力气就轰然倒下；有时又像一个患有心口疼的病人，四肢僵硬，目光呆滞，形同木偶。

每每沮丧时，家乡的澧水河与大山就成为岑大柱最向往的处所，最多的怀念。大山里有自己美好的童年，澧水河记录着太多的欢笑。大山是自己出生的地方、出发的地方，在大山里才能找到生命的律动和安全感。千里大山千层障，十万山峦十万兵。在山里打鬼子，那才是自己的天下……面对敌人强大的炮火，总幻想着有一天在大山里和鬼子一决高下，扳回本。没想到一念成谶，退退打打，如今，鬼子真的闯进了家乡的大山。

大柱是属于大山的，拉纤、赶山打猎、采集山货、躲壮丁，哪一样离得了大山！回到大山，就如安泰踩着了大地。

自从进入薛家铺、垭门关，再踏上澧水南岸、马公渡，逢山开路、遇水架桥，竟有了呼风唤雨般的酣畅淋漓。几天来，在山里和鬼子战斗，那感觉就是浪里白条和旱鸭子在大河里搏斗。特别是在"石屋"下惊魂一跃，和当年刘皇叔马跃檀溪一样，如有神助。都是在当兵打鬼子，以前从没这么得心应手过。

山就是山里人的根，山里人的魂。大山有灵，毛菩萨、瓦婆婆诸神有灵，有了大山，就有了庇佑。这么大、这么宽的山，山里人走了许多年都没走完，鬼子如何占得完，这么大个中国，鬼子哪能降得住、吞得下！

一阵风爬到半山腰，两个兵被扔下了一大截。岑大柱冲着山野放声喊：

"哦，哟呵呵，放排汉啊，骨头硬啊，伙计们啰，向前奔哦，喔吼。"

受到岑大柱的感染，两个兵加快了脚步，追了上来。

"顺子、娃子。"

"哎。"

"嗯。"

"喜欢慈利吗？"

"喜欢，这里有山有水，还可以打猎，有肉吃。"

"还有温泉水，洗澡忒带劲了。"

"大哥答应你们，打完鬼子，给你们成个家，就住在慈利。"

"好嘞，大哥到哪儿，我们就到哪儿。"

"哥，你能保证找到弹药？"

"保证不敢说，起码不会跑空路。"

三

配合七十三军顺利夺回县城，打了一个胜仗，张吉财兴冲冲回到龙凤寨，招呼寨子里所有男丁都换上国军服装，牛头寨的兄弟也被悉数带到空地上。近两百人的队伍，在寨前集合，人手一把崭新的冲锋枪，常保长穿上长马褂，痛心疾首地在训话："慈利的男人们，日本矮子侵入了我们的家乡，亲人遭受凌辱，自古以来，从来没有外族人这么嚣张地杀我族人、辱我姐妹、烧我房屋，凡是爷们儿的，都要拿出拼命的劲，不赶跑鬼子决不回家。"

"不赶跑鬼子，决不回家！"

"放排汉啰——"

"骨头硬喔——"

"打鬼子啊，往前冲噢。"

岑大伯拄着棍也出来了，带头吼起了号子。

"放排汉啰——"

"骨头硬喔——"

"打鬼子啊,往前冲噢。"

队伍里吼起了号子。

张吉财满意地回到屋里,常含璐递上整理好的包裹。

"这次要打哪里?"

"不灭鬼子,蒋委员长就要灭我……还能去哪里,螳螂岗!"

"鬼子一天不赶走,你们娘儿俩一天不得安生,还有这些娃娃们。这次,我只差抬上棺木上阵了。委员长就是想灭我,也要等我灭了鬼子再说。"

含璐看看眼前这个穿戴整齐的男人,又望着开出寨门的队伍,若有所思,突然"噔噔噔"快步走下了寨门。

张吉财却来到常保长面前告别:"老常,不,爹,老张我上阵杀敌了。您老在家好好的。感谢您对龙凤寨子弟们的一餐教导。"平日里凶神恶煞的张吉财第一次这么客气,居然把常有福激动得颤抖起来。

"哎哎,张将军慢走,哎,慢走,保重,哎,保重。"

"什么张将军,人家喊你爹。"常妈妈也有一些不知所措。

"这不是不习惯吗!"

张吉财打马跟着队伍刚出寨子,身后跟来了常含璐和寨子里的女人,有的还带着孩子。

"你们出来搞吗呢?"张吉财问。

"张将军,你们上战场,我们女人也能送饭,照顾伤员什么的。"

"这……"张吉财十分感动,以前没少欺负这些乡亲们,没想到他们不仅不记恨,到了关键时候,都出手了,连女人也没落下。

"龙凤寨的媳妇、婶子们,你们都是穆桂英、杨排风,我老张没什么说的,打完鬼子,我请你们看戏,看《佘太君挂帅》《薛仁贵征西》,三天三夜……哇呀呀,里格隆咚锵。"

四

常莹莹一行三人一路上没有遇到麻烦，顺利地到达了龙凤寨。

见到女儿平安回来，常妈妈欢欣得笑出了眼泪。两个一直沉默着的"狼崽子"也表现得异常高兴。常莹莹走到含瑾面前："二姐，在找你男人吧，呵呵。这么好的男人真的难找呢，勇敢，心细，还会心疼人，不怕妹子我跟你抢啊。"

"你这鬼丫头，快说说，柱子怎么样了，哪门还没回来？"常妈妈化解了含瑾的困境。

"你这个死丫头，真是找打！"含瑾作势要动手，手高高扬起，却轻轻落下，最后拉住莹莹的手问，"对，你大柱哥是不是跟苏先生一起执行别的任务去了！"

"哎，冲你这份痴情，我也不跟你抢了，还是你懂你男人啊，好好滴，他是有别的事，暂时回不来。"常莹莹拍拍姐姐的肩膀，让含瑾放心。但是她环顾四周，又细看了一遍人群，居然没有看到牛头寨的众兄弟们。

"哎，我的人呢，棒子、棒子，死哪里去哒！"

常保长有几分为难地站了出来。

"莹、莹、莹莹……不、大、大当家的，牛头寨的兄弟都跟你姐夫走了，进城去了。"

"对，莹莹，今天清早，七十三军都进城了，你的兄弟都穿上了军装，听说要开到螳螂岗去。"常妈妈又出来解围了。

"张吉财这个混蛋，斩脑壳的，真的对我的人下手了。老常，我问你，这是不是你的主意。"常莹莹急了，冲着常保长发难了。

"这，莹……大当家的，我哪敢呢，你姐夫为人你不是不清楚啊，他啊，多带点人去才说得上话，就当是帮帮他吧。"常保长口头稍微利落了一些。

"姓常的，我不管你怎么帮他，就是不能打我的主意，跟你港啊，我的人要是不回来，新账老账，哼，我跟你一块儿算。"常莹莹冲常有福发了一通脾气，顿顿脚，无奈地坐在门槛上。

回到住处，众兄弟住的地方已经空空如也，就剩下那两个日本崽。

车轱辘一拐一瘸走进来，凑近常莹莹，神秘地说："大当家的，有个消息不知道你想不想听。"

"快说，没看到姑奶奶心里烦着呢吗？"常莹莹刚刚看着"狼崽子"吃完饭，生气的样子又吓得两个孩子紧紧缩在一起。

"有人在城里看到烂葛藤了。"

"什么！"常莹莹拉住车轱辘，"烂葛藤在哪儿？"

"千真万确，国军前脚刚走，烂葛藤就进城了，就几个人，看样子刚从硝王洞转身，想溜了。"车轱辘很有把握地说。

"正要找张吉财要回我的兄弟，没想到烂葛藤来了。刘三，你想不想给你婆娘报仇！"常莹莹瞪大眼睛直视车轱辘。

"老子做梦都想宰了姓烂的，这不，我跟你回来搞么，又跑来给你报信搞么，不杀了烂葛藤，我死不瞑目。"

"有恩报恩，有怨报怨，爷们儿，有种。"

"还有个消息，你想知道不？"

"快快快，老娘没时间跟你磨洋工。"

"弹药，好大一批弹药，我婆娘手里，我晓得地方，本来想告诉柱子的，但是一想，这可是一大笔钱啊！"

车轱辘连说带比划，说得常莹莹愣住了。

常莹莹眼睛盯着车轱辘，眼珠子都快瞪出来了，看得车轱辘心里发怵。

她突然一巴掌拍过去，车轱辘吓得往后一躲，避开了手掌。

常莹莹一手叉腰，一手指着车轱辘："你来，你跟畜生一样的。啊，你这是想害死柱子啊，还生死兄弟，一起放排这么多年，你不晓得他们正需要弹药啊。"

"嗨，我也是在路上反复想了很久，这张吉财的东西，再说，张吉财还欠我婆娘好大一笔钱，我想一手交钱一手交货。"

"钱重要，还是命重要，啊，都什么时候了，哎，哎，我明白了，难怪张吉财这么关心柳老板，柳老板把这么重要的事又交给了你。商人、军阀，商人和军阀之间的交易，你就是个拉皮条的，大战当前，你说这叫什么事嘛！那你武器究竟交不交。"

"连你都这么说了，我也想明白了。交，肯定交。就藏在两溪书院后面的山洞里，而今只有我一个人晓得，对了，再就是你，你也晓得了。"车轱辘肯定地回答。

"这还差不多，不然老娘让你活不到明天。"常莹莹对车轱辘的表现很满意，但又不忘吓唬他。

"等灭了烂葛藤，咱们就去取武器。你看好吗？"车轱辘投其所好。

"事情一桩桩来，只能这么办了。哎，穿山甲呢？"常莹莹问。

此时，穿山甲刘保华正在泥鳅的坟前。

"哥，我来看你了。

"哥，我一定练好枪法，跟着苏先生、柱子哥，还有我姐姐。对了，告诉你一个好消息，我找到我的姐姐了，她还是游击队长。

"哥，我会给你报仇的，你就放心吧。"

刘保华站起身，正遇上常莹莹和车轱辘。

两人闪过刘保华，径直走到坟前。

"泥鳅，我们来看你了，没想到你一身的本事，却惨遭鬼子毒手。"

"全英雄，虽然我们没见过面，但你是慈利人的英雄，慈利人都记得你，我常莹莹也记得你。"

五

蓝郭生——烂葛藤绕过国军，偷偷进城，躲进一间屋子里。

这些天，鬼子并不待见他。自从得知他隐瞒了龙凤寨藏有粮食、张吉财被他抓住又逃脱的事情后，鬼子彻底对他失去了信任，不仅不提让他当师长、给武器弹药的事，反而重用陈驴子和向豁拉子。自己的手下成了鬼子的红人，吆五喝六的，这让他很不是滋味，整日如坐针毡。好不容易逮着机会，逃回硝王洞收拾一番，打算走人。

不管是国军还是鬼子，对他来说，慈利是待不下去了。

刘保华本想赶回三王村和苏先生、姐姐刘兴华他们会合，但是经不住车轱辘和常莹莹的软硬兼施，软磨硬泡，转念一想，也参加了他们的行动。

乘着夜色，三人摸到了烂葛藤藏身的房间里，车轱辘纵身跳进房里，摸到窗前，掏出刀子就往被窝上捅。

鲜血溅了车轱辘一脸。

不对，他不是烂葛藤！

常莹莹擦亮火折子翻过尸体一看，发现死者眼睛瞪得圆鼓鼓的，根本不是三角眼。

突然，一个黑影从屋角蹿出来，扒开窗户就跳了出去。

"追！"常莹莹一挥手。

三人一先一后下到院子里，黑影已经不知去向。追了一阵，没有动静，三个人一先一后气喘吁吁，只好停下来。

"他肯定要回沅陵，我们在半路上截住他。"此时，车轱辘脑子变得特别活泛，第一时间做出了反应。

"他就是上天，姑奶奶也要逮着他。"常莹莹已经红了眼。

刘保华却不干了，"苏先生说，明天下午会合，我们还是先去三王村吧。"

"哪门去，你说，我的人让张吉财带走了，我一个光杆，回去有什么用！"

"是啊，打螳螂岗有国军粮子，广福桥游击队，岑大柱他们，也不差咱们三个，是吧？"车轱辘附和着，"差点就逮到姓烂的了，再也不能让他跑了。"

"三哥,你的话也对,也不对,"常莹莹并不领情,"打鬼子,多一个人多一份力,只要是中国人,就该出力,强盗进屋哒,你港不差你一个,这不是屁话吗?"

"那,不杀烂葛藤了?"

"这不是在商量吗?等老娘喘口气。"常莹莹捶捶胸,眼睛眨巴几下,"要不,咱们先追上张吉财,要回咱们的人再说。"

"我看行。"

"就这么办。"

车轱辘应承下来,但是刘保华执意要回三王村跟游击队会合。

见刘保华如此急着回三王村,两人也没办法。临走前,常莹莹背着车轱辘,如此这般说了一通。

刘保华兴奋地连连点头,往三王村飞奔而去。

六

岑大柱不仅借来了弹药,还把胡虎威、莫退的运输队带进了游击队驻地。

苏先生带着刘兴华和队员们刚出三王村不远,就遇上岑大柱和莫退、胡虎威。三十多个人荷枪实弹,背着弹药,正赶来和他们会合。

"他们这些人?"刘兴华刚要询问。岑大柱"嘘"了一声,刘兴华赶忙止住了话头。

岑大柱说想办法,其实是找三营去了。他再次来到星子宫,部队已经撤了,只剩下五十一师一个排的人留在阵地观察。岑大柱说明来意,对方虽然相信岑大柱的身份,但是对借武器的事是一毛不拔。

"那五十八师的人撤到哪里去了?"岑大柱问道。

"从这里下山了,喏,那里,没走多远,应该还赶得上。"

那名热心的排长指着山下。

"快，追上他们。"

岑大柱扔下这句话，人已经跃下一道岩坎。

大约跑出三里路，岑大柱远远看见了负责转移弹药的胡虎威、莫退一行人。

如果对他们说同样的话，估计会得到同样的结果——借武器，那得长官同意。岑大柱在原地停住，皱眉想了几秒钟，快步跟了上去，叫住了他们。

"你们知道的，我和张师长熟，师长命令我，参加你们、你们的行动，去、去救常德。可我、我手里连杆枪都没得，再就是、就是，我还有几个兄弟都要去，他们也没有武器。"岑大柱并不擅长撒谎，前言不搭后语的。

确实，岑大柱这个理由根本不成立。既然是师部的行动，那装备肯定早就备下了，哪里还需要自己张罗！

"我们也去常德呢，运回武器就出发，你要武器啊，不如跟我们一起去找长官？"莫退丢了一个坨，把事情处理得稳稳妥妥的。

岑大柱却觉得机会来了，马上有了主意："你们是不是去两溪书院，我知道有一条近路，我跟你走。"

莫退还在犹豫，胡虎威却连说"行行"。在他眼中，岑大柱已经是神一样的人物，说什么是什么。莫退见胡虎威已经这么说了，不好再说什么。

连诓带骗，人和武器都来了。

岑大柱悄声对苏先生说："武器留下，人让他们回去。"

岑大柱转身对胡虎威说："事到如今，我跟你们说实话吧，说走近路是骗了你们，两溪书院在那个方向。向你们借武器是真的，你们把武器留下来，人，回去。"

"什么？"

士兵们十分愤怒，有的还拉动了枪栓。

"什么什么，还想动武咋的，把武器放下。"万年兵和刘兴华一前一后堵住了去路，亮出了家伙。

"别，别。"眼见游击队的气势压住了这伙被骗的人，岑大柱站出来说，"都是为了打鬼子，自己人别伤了和气。胡兄弟，莫兄弟，我跟你们回去见你们长官，要罚也是罚我，这总行了吧。"

有一个上士不服，刚想动家伙，早被游击队员谢二佬、陈小天缴了枪。

"都是打鬼子，到哪里打不是打？你看，我七十三军的不是帮了你们七十四军吗？我跟你们走，上头怪罪下来，我担着，要怪也怪不上你们。"岑大柱不再给胡虎威和莫退任何犹豫的时间。

"好吧，冲着你岑长官，我们就吃了这个哑巴亏，"莫退说，"放下，放下。"众人极不情愿地把扛在肩上的武器放下，只留下了一杆枪。

七

螳螂岗东领慈利、石门、临澧，南望桃源，西扼七姑山，地理位置特别重要，占一地而得先机。第三师团在竭力突破星德山的同时，又向螳螂岗高地发起猛攻。驻守螳螂岗的是七十三军另一部，尽管地形上有优势，但是七十三军石门溃退后，弹尽粮绝，后援不济，被日军第三师团攻陷。

第三师团最终打通了与第十三师团的联系通道，眼看重型武器就要进入慈利七姑山下。

两溪书院距离螳螂岗不到五公里，是张吉财置下的另外一份家业。前些年，张吉财把附近的张姓子弟都集中在两溪书院读书，姓张的人都因为能在此读书而感到脸上有光彩。因为打仗，学校才停办了。用他自己的话说，为了打鬼子，他已经是倾家荡产了。

临时指挥部里，张吉财正在给手下打气："你们是我老张的嫡系、王牌，暂五师要翻本，就指望着你们了，拿下螳螂岗，每人官升一级。你们瞧瞧手上的家伙，再不是汉阳棒，比中正式高级，再说螳螂岗、高粱洞，你们哪个不晓得，地形熟……"

"要是有炮就好了。"一个军官说。

"是，是。"其他人跟着呼应道。

"炮啊，鬼子就要送上门来，石门的第三师团带着炮正往这边赶。"苏先生跨进屋来，身后跟着刘保华。

见到刘保华，张吉财有些意外："你行啊，终于把这小子收归门下了，我就说嘛，狼终归是狼，狗也改不了吃屎。"

刘保华转身就走。

"站住。"苏先生低声喝道。

"我不想留在这里。"刘保华不为所动，又往前走了一步。

"别忘了我们的任务，你姐姐还等着。"

刘保华一愣，只好原地停住了。

张吉财见状，把矛头指向了苏先生："我们在开作战会议，你来凑什么热闹，你们广福桥那点人，我一个早工就给你突突了，你信不信？"

"大战在即，给你送武器啊，重炮，你要吗？"

"哎，武器不能给他，他一直欠我堂客的钱，我堂客一半家当都给他买武器了，至今一个子儿都没见到。"

是车轱辘，他快步进到院子里嚷嚷道。

原来，天亮前，常莹莹和车轱辘两人被从后面赶来的棒子追上。

棒子说，张吉财连哄带逼，让牛头寨的人穿上了国军衣服，又把他们带到距离螳螂岗不到二十里路的两溪书院了。他发觉事情有些不对劲，偷偷跑回来找常莹莹，从三王村追到龙凤寨，又追到这里，跑了一天一夜，又绕到了原地，这才追上大当家的。

听了棒子的话，常莹莹毛发竖立，牙根咬得咯咯直响，身上都快要喷出火来，噔噔噔就往前走了。棒子和车轱辘吓得对视了一眼，一句话也不敢说，小心跟着常莹莹。

来到两溪书院外，常莹莹在水井边看到正在洗菜的大姐含璐，更让她意外的是，寨子里别的女人也都来了，帮着洗菜，忙忙碌碌。

"大姐，你怎么也来了，你又不会打仗，还有她们……这张吉财也真是混账！走，找他去。"

"三妹，莫急，你先听我说。我晓得你要找姐夫要人，这次打螳螂岗是关系慈利抗战的关键一仗，夺回螳螂岗。只有夺回螳螂岗，赶跑鬼子，慈利才得安宁。听你姐夫说，是蒋委员长亲自下的命令。"

含璐对莹莹的出现并不奇怪。

"见着姐夫可要好好说话啊。"

八

"刘三，你傻啊，你晓得啥武器，多嘴！"常莹莹出现了，她一把拉住车轱辘，示意他不要再往下说。但是，张吉财何等人物，他已经从车轱辘的话里听出了端倪，他横了常莹莹一眼，目光转向车轱辘，决定趁势而入："刘三啊，你这人做事不地道啊，把我的武器藏着掖着，难道想吞了。柳老板呢，她来了吗？"

反手打人，果然是老辣。

车轱辘虽然是个老江湖，但是经不住张吉财的激将和敲诈式的探询，居然来气了，指着张吉财骂道："我就晓得你是吃人不吐骨头，武器是我堂客的，一手交钱一手交货。这些年你欠了我家多少钱，你心里清楚！"

"呵呵，还你家的，你经手了，出过一个子儿？柳老板承认是你家的？是我跟柳老板之间的生意，几时轮到你掺和了。"张吉财抬高了声音。

"这……"车轱辘一时语塞。

常莹莹眼看拦也拦不住，只好扭头看苏先生。在苏先生示意下，她一屁股坐在板凳上，眼看车轱辘处在下风，又忍不住站起来："姓张的，有什么话跟老娘我港吧，就算武器是你的，人不是你的吧，你把我的人带到这里，问过我吗,你还好意思港别人。人呢,还给我!"

常莹莹往前两步,算是替车轱辘解了围。

见常莹莹满脸怒火,张吉财气势顿时消了不少,他讪笑着:"人嘛,都在呢,但是他们现在是国军,要参加战斗,国家兴亡,匹夫有责,是他们自愿的,再说保卫慈利,你也有份,是不是?啊,你放心,只要有足够的弹药,人就没事。"

"大当家的,都是中国人,咱们先别提人不人的了,抗战都有责任。咱们还是先研究研究怎么打好这一仗吧。"苏先生出来说话了。

"你们看啊,强盗已经到了家门口,我们都是一个家里的,到底是先赶跑强盗还是咱们先掐个你死我活。"苏先生连比带画,启发比方着。眼见众人平静下来,他继续说道:"打强盗得有个章法,张将军,咱们看这里,七姑山,山上是七十四军,这是螳螂岗,这是两溪书院,石门敌人正往慈利运动。"

车轱辘却没心思听他们说,一个人悄悄退了出来,很快消失在房屋的后面。他一边张望一边往前走,在一棵大樟树下停下了。

"站住,举起手来。"背后突然有人喝问。

冷不丁的一声,吓得车轱辘一哆嗦,回头一看,刘保华不知什么时候跟上来了,接着,常莹莹也从樟树背后现身了。

"我后悔啊,三丫头,我刘三算是栽到你手里了,告诉你武器的事,这不等于送肉上砧板啊。还有你穿山甲,好歹你也姓刘,一个刘字掰不破,也来打我的主意。"

"三哥,按江湖上的规矩,我有点对不住你;但是论打鬼子,我没做错,反倒是你,你一个人瞒着大伙儿,悄悄跑到这里来,想干吗呢。"

"轱辘、三哥,你平时脑子灵光,这时候成糨糊了。这么大的事,你打算瞒到什么时候?"刘保华说,"红薯洞里的武器,苏先生都知道了。"

"你们……嗨,我这是搬块岩头往自己脚上砸。"

这边张吉财听着苏先生的叙述，已经很不耐烦了，他的手下更是出言不逊："你算老几，我们听张将军，不，师座的。"

"听到没，打完这一仗，我老张就是师长了。"

"那我提前恭喜你了，张师长，既然你们已经有了成熟的作战方案，我就不多嘴了，两件事必须跟你港明白：第一，必须把石门的敌人挡在白鹤山，决不能让他们踏进慈利。第二，攻打螳螂岗，要得到七十四军的配合，我们赶紧去找张师长，同时，我还有个重要情报要带给张师长。"

"这个，你说得有些道理，可是，我的人……"

"我已经有了安排，"苏先生对门外招呼，"保华。"

"到!"门外刘保华进门，紧跟着常莹莹和垂头丧气的车辘辘。

"明白了，你的意思是他们几个去联系张师长，"张吉财指着刘保华几个，急于表现自己，干咳两声，替下了苏先生："你是穿山甲，走山路快，带着莹莹一起去龙潭河找到张师长，联系上，此战胜利就看你们几个了。"

"凭么听你的?"刘保华头扭向另一边。

"刘保华，你还匪性不改，害死一个泥鳅不算，想要更多人死吗?"

"就不听你的，咋的呢。"刘保华眼睛瞪得像铜铃。

苏先生见张吉财的话不好使，走上前，对刘保华说："这次真的是事关重大，我们要见到五十八师张师长，敌人有空降部队，张师长有危险……还要夺回螳螂岗，将鬼子关门打狗。"

"去龙潭河啊，算我一个。"车辘辘眼睛眨了眨，突然想起什么，主动请战。

"你不能去，你先把武器交出来。"张吉财说。

"我哪里晓得武器，你去问我堂客吧。人的死活你不管，现在要武器，哼。"

"为什么他不能去，也行，你把我的人给我，他给你留下。"常莹莹将了张吉财一军。

"这……"张吉财为难地看着苏先生。

苏先生拍拍车轱辘："打鬼子,寨子里的女人都上了,你说你是不是也该有所表示啊,武器的事?武器比人命重要,你是有功的人。"

"你就别卖关子了,武器你都晓得了,还问我?"车轱辘气哼哼地蹲在地上。

"我是问你,武器该不该拿出来打鬼子。"

"拿、打,现在还轮得到我刘三拿主意吗,不都听你们的!"车轱辘又站了起来,两手一摊。

见穿山甲态度有所转变,张吉财松了一口气。突然又明白什么,瞪大眼睛:"姓苏的,啊,你老奸巨猾,算盘果然打到我的头上来了,啊,你把武器拿走了?"

"好说好说,咱们的事先放放,让他们先出发吧,赶时间。"苏先生如此这般叮嘱穿山甲。张吉财乘势对常莹莹说:"三妹,一定要找到张师长,告诉我们发起进攻的时间,合力把螳螂岗拿下来,关门打狗,把七姑山这伙鬼子消灭在慈利。"

"到时候,本师长请你喝酒。咱俩好好乐呵乐呵。"

"打鬼子,人人有份,又不是帮你打的,酒就免了,姑奶奶自己有,以后啊,再不要到我面前港些没脸没皮的鬼话就烧高香了,再就是老娘牛头寨的兄弟要是少了一根汗毛,老娘跟你没完……"。

常莹莹一招手,棒子和牛头寨另外一个兄弟跟了上来。

不用说,所有人当中,刘三对烂葛藤最上心,一听说要去龙潭河,浑身就有了劲。他拉上刘保华,撺掇着说:"你不是要找芳什么村吗,给泥鳅报仇吧,说不定还真能遇上。"

"你就记着你那点仇,能不能长点出息,"刘保华心里突然掠过一种不祥的感觉,"你们说,张吉财这狗东西会不会对苏先生下手?"

"你想多了吧,没看到张吉财把他当神一样,他们还是亲戚呢!"

"想多了。"常莹莹和车轱辘一先一后越过刘保华。

九

穿山甲带着常莹莹一行五人,使出翻山越岭的本事,攀岩过岭,不到半天时间就接近了龙潭河。

龙潭河,五十八师指挥部。

十几名军官端坐着,一名参谋简单介绍完各部战斗进展情况,回到了座位上。军官们交头接耳,相互交换自己的看法。众人说了一通不得要领,先后将目光转移到师长、副师长身上。师长向副师长简短示意,副师长站起身,拿起小竹竿,走到地图前:

"诸位,敌人两个联队八千人已经会聚到七姑山下,还有石门第三师团也在向慈利运动,决战在即。根据情报,敌人同时实施什么斩首计划,有一股敌人正在向龙潭河渗透,寻找师部。

"眼下,我师的任务是将敌人压制在七姑山下,五十八师是主力,五十一师配合我们……同时防止敌人越过防线,进入龙潭河。命令……一七二团一部继续在零阳山迂回,监视县城周边的敌人,一七三团接防七姑山,一七四团扩大警戒范围,主力部署到云朝山、白果庙一线,特务营负责师部周围警戒。"

各位军官齐刷刷起立,异口同声回答:"是!"

师长满意地站起来:"各位,两万多鬼子啊,只要能吸引住这股敌人,确保常德外围,就能减轻常德方面的压力,为我军赢得时间。这是常德会战关键之战,也是我七十四军五十八师生死存亡之战,望诸位精诚团结,打好这一仗,扬我军威。"

他的话算是这场作战会议的总结。

军官们纷纷戴上军帽，离开座位。现场就剩下师长、副师长和几个参谋。

"师长，七十三军送来的情报跟我们掌握的情况一致，是有一股鬼子进入慈利后突然消失了，他们去了哪里？"

"慈利山高林密，哪个山旮旯都能藏人，几千人藏个十天半月根本不是问题。再说鬼子有土匪引路，随时都有可能出现……斩首行动，我倒希望这伙鬼子到龙潭河来，这样可以减轻一线的压力。"

"师长，几天过去了，没有发现他们的踪影，不是有这种可能，而是百分之九十就是冲师部来了。"

"蔡师长，通知各部队严密防范，一有风吹草动，迅速报告，通知师部直属机关做好随时往高桥方向撤退的准备。"

"是。"蔡副师长转身走了出去。

车轱辘判断得没错，烂葛藤正带着几个土匪抄近路往高桥逃窜。烂葛藤为匪二十多年，最初从沅陵窜到高桥一带，后来才扩展将势力发展到县城附近。除了硝王洞，高桥是烂葛藤的另一处巢穴。

那天在县城，他让手下睡在床上，自己躺在屋角，侥幸逃过了车轱辘的一刀，惊慌失措，逃了出来。好在他对这一带熟悉，七绕八绕就跑得远远的。

常莹莹等人到达龙潭河附近的时候，烂葛藤也到一户人家门前停住了。屋子里一男一女两个老人，另一个年轻妇女，还一个小孩。他们刚刚背上包从屋里出来，迎面撞上了烂葛藤。

"田老二，匆匆忙忙到哪里去啊？"毕竟是亡命途中，烂葛藤一改往日的嚣张气焰，口气变得谦和多了。

可是他臭名远扬，当地人多年一直遭受他的祸害，都认得他。

老汉一见到烂葛藤，连忙作揖："逃难啊，鬼子就要来了。"

"田老二，当初让你儿子跟了我，你生死不肯，好了，如今当兵成了孤魂野鬼，尸都没收到，留下这孤儿寡母，怪造孽滴。"烂葛藤走到女人面前，伸手去摸女人的脸。女人连连退后几步，但还是没能躲开烂葛藤的脏手。

"鬼子就要来了，鬼子见到花姑娘可是不要命哦，这么乖的娘子，不如今天就跟了我吧。"见几个人唯唯诺诺的样子，烂葛藤有些得意，邪恶的嘴脸又暴露出来。他吩咐手下："找点吃的，大爷先开开荤。"一把将女人抱起来就往屋里走。

见到土匪如此放肆，小孩跑过来一口咬住烂葛藤的屁股。烂葛藤返身一脚，把小孩踢倒了。

"畜生，老子跟你拼了。"

见孙子倒地，两个老人先后扑向烂葛藤。

"田老二，你是找死。"烂葛藤伸手把男的推倒，一个土匪乘势补上一刀。女的见老伴倒下了，哭喊道："遭天杀的烂葛藤，你不得好死，二哥……"晕倒在地。小孩被眼前的惨状吓呆了，也不晓得哭，只是连连往后退，背后是一个斜坡，一失足，就顺着斜坡滚了下来。

小孩滚到坡底，停住了。土匪赶过来探脑瞧了一眼，见小孩没了动静，转身去找吃的，一只狗从附近赶过来，来到小孩身边，冲着上面"汪汪"叫起来。

狗叫声惊动了常莹莹、刘保华等人。

常莹莹抱起地上的小孩，小孩语无伦次："土、土匪，妈、妈妈，我要妈妈。"

"上。"棒子带着兄弟上到平地，两个土匪发现来了人，掏出枪来就打。

屋里烂葛藤听到枪声，一边提裤子，一边往外走："谁让你打枪了，活得不耐烦了。"刚到门口，随着一声枪响，他的一个手下扑倒在他脚下。烂葛藤吓得脸色大变，慌忙把门关上，从窗户里往外跳了下去。

"是烂葛藤。"车辘辘认出了三角眼，追了上去。

枪声惊动了另外一伙人，那就是偷偷向龙潭河渗透的鬼子。

烂葛藤在前面跑，车辘辘在后面追。看到前面有鬼子，烂葛藤像见到娘老子一样奔过去，"皇军，皇军，救命，救我。"

车轱辘见状只好停住了脚步，眼看着烂葛藤举着双手跑到鬼子队伍里。烂葛藤跟鬼子比画着，领头的鬼子向后一招手，十几个身着迷彩服的鬼子齐刷刷地站出来，快速向车轱辘这边移动。车轱辘见势不妙，撒腿就往回跑。好在鬼子并没有开枪，随后追来的常莹莹接应到车轱辘，抱上小孩就往山上跑。

带着小孩，跑是跑不过鬼子的。棒子灵机一动，迈开双腿，朝相反的方向跑去，一边跑，一边故意晃动树枝。那队鬼子越过常莹莹等人藏身的地方，跟在棒子后面，追了过去。

常莹莹等人藏进草丛里，观察着山下。

大队鬼子到达房屋前，除了地上躺着两个老人外，并没有发现什么。一个鬼子刚要点燃房子，被鬼子头头儿喝住了。

他们不想暴露行踪。

敌人拿出望远镜四处看了看，又铺开地图，叽里哇啦一通，偌大一支队伍就消失在附近的树林里。

不一会儿，屋里那个年轻的女人衣衫不整地从屋里出来，扶起地上的老年妇女，两人起身再扶起倒在地上的田老二，刚要把人往屋里抬，草丛里突然跳出来两个身着迷彩服的鬼子。只见刀光一闪，两个女人就倒在血泊里。一个鬼子返身抓起田老二的脖子轻轻一扭，三个人就不动了。剩下那条狗刚要跑，却被一把飞刀追上，一声不吭地倒在草丛里，前后不到一分钟。鬼子四下瞧瞧，又消失在树林里。

常莹莹拼命捂住孩子的嘴，刘保华、车轱辘等人伏在地上，气都不敢出。大约过了半个时辰，一个鬼子从草丛里钻出来，朝远处挥动双手。顺着鬼子挥手的方向，常莹莹看见对面山冈上也站着一个鬼子，做着同样的手势。这是哑语，是什么意思呢？常莹莹像看木偶戏一样，根本看不懂。不一会儿，藏在草丛里的鬼子又出现了，他们列队，快速朝对面山岗上奔去。

一个土匪刚想溜号,被鬼子一刀砍翻在地上。吓得烂葛藤和另一个手下赶紧跟着队伍跑。鬼子消失在山岗后面,夜幕也开始降临了。

常莹莹起身,揉揉发酸的胳膊,手指放在嘴里,"啾啾——花"一声清脆的鸟叫在山间响起。没多久,远处也传来同样的鸟叫。常莹莹靠着一棵树说:"等等棒子。"

"大当家的学竹鸡叫,神似,可惜柱子不在,他学竹鸡叫,整座山的竹鸡都来了……"车轱辘还想接着往下说,树丛中一声轻响,棒子跳了出来。

"鬼子以为我跳河了,其实是我推下一块岩头。"棒子擦了一把汗。

棒子的机警让常莹莹很满意,她拍拍棒子:"哎,刚才你说什么,河?我们到龙潭河了!"

"快了,那里有一个汉口,往上走,河应该就在前面。"

下了山梁,又跑了几里地,孩子实在跑不动了,只好留下来歇气。

"这时候了,还没找到五十八师,我们得赶快行动,"刘保华从前面探路回来说,"那边有一个山洞,藏着几十个人,这孩子,交给他们吧。"

十

白天,鬼子飞机已经把龙潭河轰炸了几遍。燃烧弹一炸,房子都着了火,来不及逃跑的群众死的死、伤的伤,镇子里一片火海。到了晚上,偌大一个镇子,看不到一丝灯光,死寂一片,只有几处房屋冒着烟雾。

根据乡亲们指的方向,凭着空气里越来越浓的硝烟味和升向空中的黑烟,常莹莹等人终于接近了龙潭河镇。可是五十八师在哪里呢,刚才那股鬼子又去了哪里呢?

"下雪了!"

棒子望着天空。

天上几片白色的东西印在黑色的天幕上,正在缓缓往下飘落。

"真滴,好大的雪,这门大一片雪还没见过。"

"雪花"晃晃悠悠朝山岗下面一片平地飞过去,一片,两片,三片……

常莹莹觉得奇怪,一点风都没有,根本没有下雪的征兆,怎么就突然落雪了呢。

不对,她听见隐隐的轰鸣声在头顶响起,几个黑乎乎的东西划过天空。

是飞机。

"不是下雪,是鬼子!"

果然,"雪花"飘落在地,很快变成一个黑影,黑影一阵疾跑,就消失了。

"砰、砰。"

"嗒嗒嗒……"

远处,突然传来急促的枪声,在黑夜里格外刺耳。

这里的棒子终于忍不住了,端起枪朝刚要降落的"雪花"扫过去。

"嗒嗒嗒。"一条火舌射向那片"雪花"。但这也暴露了自己的位置。

"哪个叫你开枪的?找死啵。"

黑暗中,穿山甲钻了出来。

"快走。"

刘保华话音刚落,几束"焰火"从天而降。"扑哧、扑哧"打得身边的茶树直发抖,树枝、树叶散落一地。

"走!"常莹莹一把拖起棒子迅速移动到一块巨石后面。

"鬼子突袭队在这一带消失,空降兵在这里降落,前面桥上有国军哨兵,五十八师应该就在附近。"刘保华说了他看到的情况。空降兵到达地面后,快速移动到一座桥附近。桥上有十几个国军的哨兵,一枪没放,就被鬼子杀了。眼看鬼子就要过桥,刘保华情急之下开枪了。一梭子射过去,鬼子赶紧伏在地上。等他们发现袭击来自左侧山梁,往山上还击时,刘保华早已往回跑了。

尽管鬼子训练有素,但是在山里穿越,他们连穿山甲的味道都闻不到。

"看来，今天我们没办法和五十八师会合了，不过，总算给他们报了信，完成了一半的任务，"车轱辘说，"白天看到的那些鬼子，烂葛藤带着他们跑到哪里去了？"这个货目标明确，一直想着烂葛藤。

突然响起的那阵枪声已经惊动了五十八师，他们开始还击了。

开始是镇子附近，接着四周的山头都交上了火。枪声此起彼伏，爆炸声不断。直到天亮时，枪声才停下来。

而常莹莹等人已经摸回山洞里躺下了。

十一

常莹莹醒来，车轱辘却不见了。

回忆起前一天晚上的对话，常莹莹说："刘三这个剁脑壳滴肯定是一个人找烂葛藤去了。"

按照原计划，天亮后是要寻找五十八师的，车轱辘却在夜里就独自一个人跑了。

一边寻找五十八师，一边寻找车轱辘。直到黄昏前，才发现五十八师行踪，常莹莹、刘保华五个人循着枪声，慢慢接近那个村子。

百密一疏，千算万算，师长唯独没算到鬼子会动用空降部队。警卫营仓促迎战，勉强把空降兵抵挡在桥头。而此时，鬼子事先到达的地面部队突然从四面八方冒了出来，步步逼近。特务营只好边打边撤，付出巨大牺牲，才掩护师部撤到一个村子里。

有了房屋的掩护，不用四面迎敌，双方暂时形成了对峙。但是，敌我实力悬殊，打消耗，吃亏的还是五十八师。时间一久，形势对五十八师更加不利。眼见敌人步步逼近，而特务营的人已经所剩无几，情况万分危急。

鬼子很快占领了一处房屋，旁边几栋房子燃起了熊熊大火。烂葛藤守在鬼子指挥官身边，眨巴着三角眼："太君，姓张的就在前面那栋屋子里，这回他死定了。"

"你的良心大大滴好, 烂桑, 皇军会重重有赏。"鬼子头头儿竖起了大拇指。

据三角眼估计, 五十八师肯定会往高桥撤退。鬼子按照三角眼的建议, 绕到半路上拦截, 一天下来, 你来我往, 果然把五十八师逼进了村庄, 眼看斩首计划就要成功, 鬼子脸上也喜形于色。

三角眼得到夸奖, 急于表现, 主动站出来喊话:"张师长, 五十八师的兄弟们, 我是烂葛藤, 你们已经走投无路了, 赶紧出来吧, 皇军会优待你们的。"

回答他的却是两个点射, 吓得他赶紧缩回脑袋, 一屁股坐在地上。

"射击。"鬼子挥舞指挥刀。

烂葛藤站起身, 面前却站着一个士兵, 对他怒目而视。

"滚开。"烂葛藤拍拍泥土, 一把推开这个鬼子士兵。

"哎, 不对, 救命!"

烂葛藤惊恐地喊起来。

那个鬼子士兵, 不, 是车辘辘刘三, 已经伸手挽住了烂葛藤的脖子。

眼前的突变, 让鬼子目瞪口呆。

鬼子停止了对国军的攻击, 注意力集中到身后的这个不知什么时候混进来的人身上。

"你的, 什么人?"

面对指挥刀步步逼近, 车辘辘一脸从容:"柳老板, 三哥来陪你了, 顺便给你捎几个伙计打杂。"

"哈哈, 我的, 是你大爷。"车辘辘的手往腰间一摸, 一丝烟雾冒了出来。

"烂葛藤, 你的死期到了, 小鬼子, 去死吧。"

刘三架着面如土色的烂葛藤扑向鬼子。

"轰隆"一声, 十几个鬼子, 连同身后的房子, 一齐飞上了天。

"快。"常莹莹、刘保华赶紧跑向村子里喊:"里面还能出气的,不想死的,赶紧跑出来,牛头寨常大姑奶奶救你们来了。"

没被炸死的鬼子从烟雾里站起来,国军已经退出村子。

"追。"鬼子重新追了上来。

常莹莹接应上退出来的国军。

依靠地形,国军组织起还击。但是,鬼子越来越多,四面八方都是土黄色的身影。

这么耗下去不是办法。

"穿山甲,你带着当官的往那边跑,棒子、老幺,我们留下来挡住鬼子。"

见国军官兵都没动静,常莹莹抬高声音:"不想都死在这里滴话,你们当官滴赶紧滚蛋,留下几个当兵的跟老娘一起挡住鬼子。穿山甲,打螳螂岗的时间是明天中午,记得告诉他们。"

刘保华冲常莹莹"哎"了一声,不由分说,拉起一个领子上有红板板的军官朝丛林里跑去。

"一七四团到什么位置了。"

军官跑出一段距离,挣脱刘保华的手,靠着一棵树一边喘气,一边问紧跟在他身后的发报员。

"报告师长,已经接近师部。距离目前的位置还有半个时辰。"

"你们当官的,怎么打仗的,真是!螳螂岗、七十三军还指望着你们。"刘保华唠叨了一句,返身去接应其他的人。

常莹莹抵挡了一阵,眼见刘保华等人消失在丛林里,叫上棒子等人往相反的方向撤退。天色渐渐暗了下来。沿着山道,不知退了好久,最后退到一个悬崖边,已经只剩下她和棒子两个人。借着雪光反射,她发现背后就是万丈深渊。

"今天咱俩只怕要交代在这里了……没想到,这里就是老娘的葬身之地,"常莹莹喘着气,"棒子,你怕吗?"

"大当家的，是棒子不好，没能保护您，"棒子也有气无力，"来生，棒子还伺候大当家的。"

子弹打在石头上，泥土里，发出"咣、咣……""噗、噗……"的声响，就如过年时放的鞭炮。

突然，半空中出现一片亮光，一条火龙从天而降，时而蜿蜒曲折，时而一字长蛇，时而一分为二。紧接着，几头野猪"嗖、嗖、嗖"地从常莹莹身边窜过去。

火龙驱赶着野兽，迎着鬼子冲过去。

火龙不是龙，而是一群人。他们舞着火把，连成了一条长龙，火光映红了半边天。

"杀鬼子啊。"火龙发出怒吼，冲向敌阵。

常莹莹目光盯着火龙移动。"师父。"常莹莹认出了排在火龙最前面长髯飘飘的大侠。等她揉揉眼，大侠却不见了，火龙也突然倒地了，背后一排火舌卷向敌人。

是国军！

常莹莹挣扎着站起来："棒子，你看，国军来了，我们得救了……"

棒子却已经不能回答了，刚刚一颗子弹射进了他的胸部。

鬼子被这突如其来的景象吓呆了，纷纷后退，却被随后赶上来的弹雨追上，接连倒地。

鬼子追击国军到达一块平地时，云朝山寺众道人和附近山民一起舞动板板龙[①]，驱赶山里的野兽冲过来。奉命从白果庙、云朝山收缩防线的一七四团，紧跟在"火龙"身后，突然出击，打退鬼子，救下了师部。

---

① 板板龙：慈利龙潭河附近几个乡镇的民俗活动。

十二

岑大柱和五十八师突击营穿田埂，过河汊，尽量避开鬼子。哪知道，部队还没到常德，迎面遇到往回撤的五十一师。紧接着，接到撤退的命令。

匆匆忙忙赶，还没到目的地，又一声令下往回撤，让人联想起那个"烽火戏诸侯"的故事。

没有人告诉他们这是为什么，喊撤退就撤退吧。自己本来不是五十八师的人。

岑大柱已经习惯了沉默，别人一路上猜测这、分析那，他却走在队伍的后面，一言不发。

突然，一个挑箩筐，头戴斗笠的人从身边擦身而过。岑大柱往前走了几步，觉得哪里不对劲，叫住胡虎威问，刚才那个老乡你不觉得眼熟吗？胡虎威说没注意。

不对，来回在这山间，沿路根本没见过一个老乡，突然冒出来这么一个老乡，这个人有问题！

岑大柱几步追过去，轻声喝道："站住！"

那汉子却突然将斗笠、箩筐一扔，撒腿就跑。

"陈铁牛。"胡虎威也认出了背影，紧跟着追了上去。

跑了几百米。陈铁牛突然停住了。

"怎么不跑了？平时没看出来，逃兵！当初就该毙了你。"胡虎威鄙夷地说。

随后赶过来的莫退掏出枪指着陈铁牛。

"你晓得个啥，你说我是逃兵？你敢说我是逃兵！"陈铁牛理直气壮、镇定的样子，反而让胡虎威有些胆怯。

陈铁牛不理会胡虎威和莫退，而是把目光转向岑大柱。

两个不对付的人目光交锋在一起。

"战时脱掉军装就是逃兵,这个你最清楚。"岑大柱记得部队条令里有这么一条。

"那你穿军装了吗?"

"我们是在执行任务。"

其实,若论脱军装,岑大柱前几天早就把帽徽和军衔、臂章撕掉了,这个甚至比脱军装更严重。他的话刚一出口,自己就有些底气不足。好在陈铁牛并不知道这个事情。

陈铁牛却说了另一个话题:"一个瞎眼的、只剩一只胳膊的人,天天跟我们一起打鬼子,他们非说是共产党,这算什么!"

"你说谁?"

"瓦营长,你也认识,三青团抓了他,我要救他。"

"什么,在哪儿?"

"朝桃源方向走了,听说是押到沅陵,去重庆。"

"那你不早说,快,追上。"

陈铁牛本来也被挑上参加救常德的队伍,但是他半途溜了。前几天,他的长官瓦当副营长被三青团安淮新抓起来以后,他就十分不满,和长官理论,也差点给抓了起来。突击营开拔后,他悄悄跑了,暗地里换上了老百姓的衣服,跟在三青团后面。没想到给岑大柱认出来了。

"岑大柱,没想到我的部下跟你跟得这么紧,你说啥就是啥。"

两个人跑在最前面,陈铁牛说:"我早就认出你了,要不早就掏枪了,还让你追上。"

"那是为何?"

"为何?正愁没得人手呢,我知道你会帮我。"

一路小跑,岑大柱从陈铁牛嘴里得知,多支部队都在驰援常德,预备十师、一五〇师一东一西想靠近常德,却被鬼子包围,全军覆灭,两个师长先后壮烈牺牲。五十一师也派部队解救常德,已先期到达,并与城中五十七师取得了联系。但是,常德城已经被三万多鬼子团团围住,再往常德去那就是进入敌人的绞肉机中。城内弹尽粮绝,破城只是时间问题。

"那常德不要了,五十七师一万兄弟的性命不管了!"莫退从后面追上来,"我的哥哥,还有一个叔叔都在五十七师呢!"

"破城已在意料之中,就干脆把常德作为诱饵,把鬼子牢牢吸引在常德。"

"要看我军的运动速度,还有五十七师能支撑多久,也可以这么说,你的叔叔和哥哥的命运要靠天意了。"岑大柱说。

"我们讨论这个也没啥用,着急也没啥用,先把瓦营长救下来再说吧……抓瓦当、瓦营长,是得到五十八师同意的。听说瓦当和陈范的案子有牵扯,也没有人敢保他。"

陈范,就是当年三十四师陈团长,还是在老部队七六七团见过面,岑大柱最早就是在他手下当兵。在石门,十四团吴团长被枪毙后,远在凤凰老家的陈范也被诱杀,没想到这个案子还没有结束。

因为瓦当走路不方便,安淮新等人走得并不快,不到一个时辰,四个人就发现了他们的行踪。连瓦当在内,一共五个人,力量上不吃亏。

岑大柱这才瞧见,瓦当走路一拐一瘸,完全不是前些天在垭门关神采奕奕的样子。

"叔。"岑大柱心痛不已,几个箭步就抄到队伍的前面。

突然出现的情况,让安淮新措手不及。

安淮新见是几个老百姓,推了推眼镜。

一个大块头的手下站出来,掏出枪:"劫道是吧,看你们活得不耐烦了,知道大爷是谁吗?"

见对方没被唬住,大块头提高了声音:"陈驴子、陈大爷晓得不?"

居然报出了土匪的名号!

岑大柱手指轻轻一动,一个石子飞出来击中大块头,他的枪"当啷"掉在地上。

"老子陈铁牛是陈驴子的爹，今天专门收拾你这个杂种。"

陈铁牛上前一脚踩住枪。

"好汉，有话好说，有话好说，别伤了和气。"

"和气，老子跟土匪从来不和气！"陈铁牛反手一耳光打掉了安淮新的眼镜，扶住疲惫不堪的瓦当指着安淮新，"这人给我留下，你们，滚！"

瓦当一脸憔悴，但是他已经认出了眼前救他的人。

"安主任，别见怪，这几个是我的部下。"瓦当居然对安淮新很客气。

"叔，你受苦了！"岑大柱上前一步。

"你们好样的，但是，我不会跟你们走。"瓦当平静地说。

他的态度很是让人不解。

"这是为何，为何？"陈铁牛和岑大柱让瓦当坐下来。胡虎威递上一个水壶，瓦当喝了一口水。

没想到，瓦当竟然知道岑大柱他们救常德无功而返，也没想到，瓦当还知道常德即将城破，更没想到的是瓦当说了后面一段话："虽然鬼子占领了常德，但是不用多久，他们就会撤退，因为我们的几十万军队正在往常德集结，这是国军在长沙战役用过的'天炉战法'，这架势，鬼子也清楚。所以，鬼子必须在包围圈形成之前退出来。这就是最后的结局。"一席话，说得安淮新和他的手下也目瞪口呆。

"好了，能见到你们，我很高兴，安主任，我们走吧。"瓦当艰难地站起身。

"营长。"

"叔叔，您这是何苦！"

"不要在我身上浪费时间了，我已是一个废人，拿不动枪，死不足惜，在我死之前能跟上面说说，机会难得，难得。"

"营长，跟我们回去吧。"陈铁牛还在坚持。

"不用了。很多事情，需要牺牲。我一个废人，又何惧一条性命呢！"

岑大柱盯着瓦当的眼睛，一字一句地问："叔叔，你告诉我，你是什么人？"瓦当笑了笑，并不作答，而是冲着缩在一边的三青团说："上路吧。"

莫退踢了其中一人一脚："去，扶着瓦营长。"

"是，是。"安淮新的手下忙不迭地扶起瓦当，一行人又往前走了。

"叔叔……"大柱冲着背影，无比酸楚地喊道。

"柱子，我是你叔，你还问我是什么人。我和瓦婆婆、你、铁牛、他俩，还有你的苏先生、泥鳅一样，是中国人……活下去，国家还得靠你们！"瓦当停住了，但没有回头，只是往后面挥了挥手，又前进了。

"就这么走了，为什么不架蛮①救下来！"眼看着他们的远去，莫退甚为不解，跺着脚说。

"救下他就是害了他。你不是叫莫退吗，有的人永远不会后退，哪怕是死了，身躯也是倒在前进的路上，保持前进的姿势。"岑大柱眼眶湿润。

瓦当心意已决，已决心赴死，就像石门大尖山阵地的那个营长一样。岑大柱知道，这一生再也见不到瓦当了。

朝着渐渐消失的背影，岑大柱"扑通"一声，双膝跪倒，泪雨婆娑。

十三

岑大柱到达螳螂岗的时候，正碰上刘兴华指挥游击队阻击石门方向的第三师团。毕竟缺乏实战经验，离开了丛林，队员们连掩体都不会筑，伤亡惨重。鬼子跟在坦克后面长驱直入，在鬼子眼中，对面的敌人根本不堪一击，纯粹是他们练习射击的活靶子。

"这么打不行，"万年兵对两眼喷火的刘兴华说，"我们的人拼光了，也挡不住鬼子的坦克。"

"那你港哪门搞！"刘兴华刚扶起一个倒地的队员，岑大柱等人就跳

---

① 架蛮：蛮干、强行处置。

了出来。

"新兵蛋子，你看啊，这是一片开阔地，他们又没有打坦克的经验，地形上对我们很不利，我的意见是赶紧撤退，寻找有利地形。"万年兵如遇到救星，忙不迭地对岑大柱说了他的看法。

"苏先生呢。"

"别问了，柳老板手里有一批武器，苏先生去运回来，让张吉财那个狗东西扣下了，"刘兴华没好气地说，"我就说了，张吉财这人阴险歹毒。"

"现在不是说这个的时候，我们先把鬼子打退再说。谢二佬，看看能打的还有多少人？就是子弹打光、人拼光，也决不能让鬼子从这里过去。对了，还有那个顺子和福娃也被扣下了。"

"拼什么拼，就晓得拼，手榴弹给我，你们向星德山撤退，"岑大柱盯着隆隆逼近的坦克，伸手要手榴弹，"铁牛、虎威，你们掩护他们。"

哪里还有手榴弹。

本来是从五十八师嘴里骗来的一点弹药，刚才已经消耗得差不多了，找来找去才从几个伤员身上找到四颗。

"少得可怜！"岑大柱骂了一句，撕下一块布把四颗手榴弹绑住，一个翻滚后，一动不动地伏在一个田坎下，靠耳朵测量坦克的距离。

连续几日的奔波，一天下来也没吃饭，手臂根本使不上力。情急之下，岑大柱一扬手，集束手榴弹飞了出去。刚出手，岑大柱就觉得不对劲。果然，手榴弹在距坦克一尺远的地方爆炸了。溅起的泥块，糊了坦克一身。

这是最有杀伤力的一次攻击，坦克附近的鬼子慌忙伏在地上，寻找目标。坦克抖了一下，继续往前开来。

只要岑大柱出手，炸掉坦克是十拿九稳的事，万年兵见识过多次。可这次偏偏出了意外，而岑大柱已经置身险境。

"我来了，排长。"万年兵抓起一包炸药，冒着密集的子弹奔过来。

"别过来，万大哥，卧倒。"坦克越来越近，"嘎嘎嘎"的履带声像魔鬼的狞笑,一阵阵从头顶传过去。岑大柱闭上眼睛,等着铁疙瘩滚过来再做一搏。

可是坦克却突然转了向,绕过这道田埂驶向另一边。

是万年兵吸引了坦克。他身上已经被坦克上的机枪打出几个血窟窿,躺在稻田里。眼睛却在搜索着什么。终于,他遇到岑大柱的目光。

万年兵竟然吃力地站起来,给了岑大柱一个微笑:"记住,我叫杨万兵,我不姓万。"

万年兵大吼着:"记着,生了儿子给我一个。我姓杨,杨令公的杨!"

"轰隆"一声巨响,魔鬼停止了狞笑。

而岑大柱被铺天盖地的泥雨掩埋了。

"万大哥、排长。"刘兴华带人冲了上来,连拉带拽,拖起浑身是泥的岑大柱,往回跑。

在陈铁牛、刘兴华的指挥下,众人先后退了下来。

岑大柱却两眼直愣愣地,任凭别人怎么喊,就是没反应。

陈铁牛使劲叫:"岑大柱,你是不是被吓破了胆,魂都丢了。"

"嗨,是炸傻了。"

十四

张吉财的部队担任主攻,打了一天,才占领两个制高点。张吉财一把扔掉帽子,脱下外套,拿起枪就要冲出指挥所。

"张将军,军部电话……!"副官拦住张吉财。

一天前,苏先生派刘保华几个去龙潭河联系五十八师后,与赵福娃、李桂顺等人带着从红薯洞里找到的武器回白鹤山,刚要离开两溪书院,却被张吉财手下在半路截住了,连人带枪被带回来关在屋子里。张吉财的意思是即使打跑了鬼子,游击队也会跟他为敌,武器无论如何不能落在游击队的手里，所以一杆枪都不会让苏先生带走，让鬼子把游击队消灭掉更好。

外面在激战，苏先生几个人却只能在房里干着急。含璐得知情况后，亲自把苏先生放了出来。苏先生却没有离开的意思，也跟着部队上了前线，找到了张吉财。张吉财正冲电话发火："24小时之内拿下螳螂岗，委员长的死命令，你看只剩两个小时了，你们就是爬也爬到了，老子自个儿单干。老子不信，离了胡萝卜还不成宴席了。"

甩下电话，张吉财抓起一杆枪就往外走，看到苏先生出现在阵地上，先是惊诧，接着又若无其事一般："哪个喊你来滴，让三青团逮了才好，省得到处煽阴风点鬼火。你教教书、耍耍嘴皮子还行，打仗，你差远了。"

他蛮横地一把推开苏先生："冲。"

张吉财带头冲上去。

"嗒嗒嗒。"

"砰砰砰。"

山坡上的枪声像是炒豌豆一样密集，硝烟很快在空中弥漫开来。

身后的人像树桩一样倒下，而冲在前面的张吉财也被压制在一个土堆后面，进不得，退不得。

张吉财猛地站起身，一梭子弹射了出去。同时，他感到身子一抖，有什么东西钻进了身体，拿枪的手竟然垂了下来。他晃了两下，定定神，端起枪往前迈步，刚走出一步，整个人却直愣愣扑倒在地上。

"吉财，危险！"苏先生冲上来，扑在张吉财身上。

对面的密集子弹压住了身后的人。

十五

鬼子于12月3日攻占常德，被炮火轰炸二十多天的常德已经找不出一间完整的房子。

正如瓦当所言，鬼子进入常德，并没有住在城里，而是驻扎在附近的山上。

这些天，为支援常德，飞虎队频频出击，在空中已经占了明显优势。担心遭到飞虎队轰炸并不是鬼子撤出常德城的唯一原因，此时，面对四周步步紧逼的中国军队，有限的兵力已经让敌人明显力不从心。气势汹汹而来，却无力进一步扩大战果，日军在守和退之间纠结，意见不一致，争论不休。仅仅停留一周，就被迫撤出常德，并缓缓往北退去。

此时，第三师团也停止往慈利运动，而七姑山下的敌人却在向豁拉子的带领下，从一个叫八水槽的地方钻袭到七姑山国军背后，撕开一道口子，向桃源境内跑了。螳螂岗的这支鬼子成了孤军，被团团困住。五十八师从西北，七十三军从东南，一顿炮火，螳螂岗顷刻间地动山摇。除了少数人逃脱，全都葬身螳螂岗。

常莹莹跟随五十八师到达螳螂岗，硝烟仍未散去，阵地上一片狼藉，几个伤兵相互搀扶着往下走，而牛头寨众兄弟却躺在冰冷的地上，常莹莹无比悲伤："张吉财，你还我兄弟，张吉财，你赔我的人！"

常莹莹疯狂寻找，张吉财却已经奄奄一息，被抬上了担架。

"苏指导员。"刘兴华的声音从远处传进了岑大柱耳中。

"苏先生。"岑大柱一个激灵，猛地站起来，拼命跑过去。

"先生。"

"指导员。"

苏先生在扑救张吉财的时候，也被弹片打中，胸部棉衣已经被鲜血浸红。

"他舅，委员长是不得、不得民心的。打跑鬼子，国家会回到人民手中。"苏先生望着在担架上的张吉财，又把目光移向深邃的天空，喃喃说道，"国家，人民、民。"慢慢合上了眼睛。

"你死性不改，快掉气哒都不忘赤、赤化别人，你、你们真的太可怕了。"张吉财说，"我不得听你涮、涮门些懒谈。"

但是，苏先生已经不能回答他了。

"我都没死，你哪门能死，苏兴隆……"张吉财瞪大眼睛。

"他爹，苏先生已经牺牲了。你省点力气，医务兵来了，别说话。"含璐擦了一下眼睛，强忍着悲痛，伸手扶着张吉财。

"死了好，死得好。咳咳，含璐，常含璐，你在哪里，我哪门看不到你。"张吉财挣扎着左手在空中乱舞。

"我在这儿。"含璐抓过张吉财舞动的手。

"含璐，你听我说，听我说……莲花，她娘儿仨不在了……我不能绝了后，只剩这一个儿子，你答应我，我、我才是他爹、爹。"张吉财的呼吸突然急促起来。

含璐已经浑身颤抖，泣不成声，连连点头："你是孩子亲爹，孩子是你亲儿子。"

"他的名字叫作：'抗战、抗战、战。'"

张吉财用尽最后一点力气，脑袋就奄拉下来，重重压在含璐肩上。

十六

"他已经死了。"

岑大柱去扶含璐。

含璐轻轻地将张吉财脸盖住，缓缓起身，梦呓般说道："他没死，没死，"突然提高声音，歇斯底里冲岑大柱吼起来："你别妄想了，水儿姓张，这个人是他爹，亲爹。"

"别以为世上只你是个汉子，他是我男人。一个敢为女人拼命，敢跟鬼子拼命的男人，爷们儿，哪怕废了，我也要伺候他一辈子。"

"他死了——"

"他没死——"含璐歇斯底里，拍打着大柱，猛地一把推开大柱。

夕阳下，一个女人背着与自己身材极不相称的男人，手里拉着孩子，渐行渐远，消失在远方。

山野一片寂静。

突然，一阵歌声从山间传来，是一群孩子在唱：

澧水清，澧水长，澧水岸边是我的家乡。纤路弯，纤路险，纤路上留下多少悲壮。放排汉，向前闯，号子声声浪飞扬。过洞庭、下武汉，豪情传遍山水间。

澧水痛，澧水伤，澧水河上来了一群豺狼。烧房屋，抢牛羊，父老乡亲四处逃亡。放排汉，保家乡，扛起枪炮上战场。杀汉奸，斗凶顽，英名永留山水间。

"柱子哥……"常莹莹从山上往下跑。

歌声随着孩子们渐渐远去而慢慢变小、弱下来，最后听不到了，却有另外一个声音传来，是大柱最熟悉、最揪心的声音：

姐姐门前一条墙

丝瓜苦瓜种两旁

郎吃丝瓜死想姐

姐吃苦瓜苦恋郎

"二姐……"常莹莹看到了含瑾，停下了脚步，抹一把脸，浑身一软，靠在身旁的树上。

赵福娃、李桂顺四下寻找，对着山野喊着：排长、大哥，你在哪儿？

远处，炮火隆隆，战斗还在继续。

后

记

促使我创作这部作品的原因有很多。

很小的时候，不止一次从长辈们闲聊中听到"日本鬼子"这个词。人们说出这几个字，面带惊悚，神情紧张，似乎是在议论一个魔鬼。尽管理解能力很低，但看到了他们脸上的复杂表情和有些夸张的动作，直觉告诉我：他们涉及的内容是一个让彼此紧张的话题，不同于年成、水灾、旱灾之类。他们再进一步说，日本鬼子来了，大家都躲在哪个哪个山洞里、哪座山上……云云，会跟着害怕起来，很自然会想：万一哪一天日本鬼子又来了，我们该往哪里躲。

鬼子没再来过，这个符号却被牢牢记在心里。

蒙昧的少年时代，没有详细想过，日本鬼子为什么会来，是干什么的，长什么样……虽然不知道为什么要害怕，但那道魔影就在长辈们无意间的闲聊中进驻到孩提时代。

后来，在课本里读到抗战的故事，和同学合唱抗战的歌曲，特别是在电影里看到了日本鬼子的形象，看到他们凶残屠杀中国老百姓、焚烧村庄……以至于阅读了无数篇有关抗战的文章，看了更多的部影视作品、听了一些讲座，对鬼子以及害怕的原因有了深入的了解，对那段历史有了一个从感性到理性、从局部到全面的认识。直到有一天，我在县城附近山头上亲眼看到了壕沟、观察哨、机枪阵地等等。如此大规模的作战工事，居然就在我的身边——我有些惶恐和不安。通过一番考证，我确信：这些工事是中国军队为了抵挡日军修筑的，中日双方军队曾在此进行过激烈的战斗。

战争并不遥远，七十多年前，它发生在黄河两岸、长江流域，就发生在我身边的这片土地上。抗战进入相持阶段，为阻止日军进入大西南，中国军队在长江流域沿线、武陵山一带构筑了工事。三峡的石碑要塞、湘西门户就是中国军队保卫陪都重庆的重要关隘。1943年前后，这一带战火纷飞，硝烟弥漫，生灵涂炭……

详情究竟如何呢？通过查找搜集、遍地走访，居然见到了参加过常德会战的老兵，遵义有一位七十四军的少校，益阳有一个特务连的连长，衡阳有一位野战医院的院长，铜仁有一个工兵，石门有一个炮兵，余庆县有一个文艺兵……特别是2014年，我在芷江见到了七十三军暂五师特务连的老兵张正国。他们有一个共同的身份——抗战老兵。时隔多年，许多往事都成云烟，他们对战争的记忆却相当清晰。他们清楚记得部队的番号、长官的姓名，还能一字不落唱出当年的军歌，甚至还记得慈利的许多地名、在慈利是如何作战的。而当地群众能准确描绘日军飞机扔炸弹的情形，哪里的房子被焚烧，哪里埋有日军的尸体，哪里住过国军，谁家被日军杀死了人，哪些人又遭到日军的凌辱……从他们脸上，我看到了曾经在儿时见过的那种表情，害怕、感慨、叹息、痛恨；听到了他们共同的声音：诅咒、控诉。

往事，通过老人们的讲述再现了。

这是一部零散的历史，也是一笔宝贵的财富，我的思绪长期游走在老人们的讲述里，竭尽所能想象当时的真实情景。在民间，我听到有人说，常德会战主要是常德打得惨烈，石门、慈利没有打；还有人说，五十八师在慈利打了败仗，败退到桃源，竟然还有人不晓得常德会战曾经波及慈利，不知道异族侵略的脚步曾经在慈利十多个乡镇横行，没想到伤痛还留在老人们心中。

往事不容忽略、真相不容掩盖、历史不容涂改。也许，档案史册多少会涉及这段历史，但是肯定不会有亲历者的讲述这么生动，抗战老兵和当地老人的讲述，县城被焚毁，遍山的作战工事、还有英烈的尸骨，这一切……我该怎么说，我说得清楚吗？是不是动笔写呢？为此，我纠结了大半年。

挖掘本土文化，提振民族精神，这是我们文化工作者的使命。2014年，参与完成了纪实片《慈利阻击战》剧本创作、拍摄和制作以后，意犹未尽，我开始了自己酝酿中的小说构思，因为这才是立体、全面展示这个题材最好的方式。小说的创作是一个人痛苦的远征。如何塑造人物，怎么展开情节，再就是作品的厚重、穿透力，这些并不是可以上网查、请教他人的。唯有靠自己的悟性，借鉴他人的成果，从众多的素材里找到一根线，把需要表达的内容巧妙地串成一串。动笔之前，我想起了同类题材的电视剧《血色湘西》，又犹豫踌躇了将近一年。县城附近一栋废弃的房子成了我常去的地方，一待就是多半天或者到深夜。我在房子墙壁上贴满了地图、部队的沿革、一些地方的简介等资料，希望能从中得到一些灵感。 2015年秋天，参加县委党校为期一个月的学习。参加学习，意味着我可以暂时抛开单位上一些日常事务，抽时间思考写作上的事了。白天学习，晚上住校，有了开头，也有了章节和结尾，框架出来了。此后，断断续续、停停写写，2015年过去了，2016年又过去了，直到2017年国庆节，第一稿总算完成了。但是这个初稿除了文字上有太多问题外，情节还相当粗糙，许多细节经不起推敲。我从头往后看，从后往前看，中间截着看，就如一名雕刻家看待一件工艺品一样，左看右看，横看竖看，这里敲敲，那里磨磨，又经过一段时间的煎熬，2018年的夏天，基本成型，我决定考虑出版的事情了。

《澧水1943》大约20万字，是一部参阅史料、吸纳民间文化创作的文艺作品。以下几个问题需要交代一下：

人物原型和主要人物。主人公岑大柱。岑大柱，就是撑起柱梁，代表中国抗战中坚力量，虽然他的抗战是偶然，最初也是被动、自发的，曾经迷茫，看不到方向。但是，残酷的战争教育了他，在战火中，慢慢成熟起来，把抗战坚持到底。他的原型，在某种程度上就是原七十三军特务连士兵张正国。有关彭士量将军阵亡的事就是张正国亲口讲述的。从一个人口中听到一名少将师长是如何牺牲的，我立刻被震撼了，情不自禁把目光聚集在他的身上。张正国入伍时间长，经历的战事多，特别是参加过几次长沙会战，石门一战中九死一生，退回到大庸，后来参加雪峰山会战，迎来抗战最后的胜利，他身上有着太多传奇。当然还综合其他人物，这才有了慈利土生土长的放排汉岑大柱。其他人物，苏先生、自然大侠、张吉财等人物是在参考民间人物的基础上塑造而来的，文艺作品不全是纪实，塑造人物是为了表现主题、展开情节，如有雷同，纯属巧合，不可对号入座。常家三姐妹代表着澧水、特别是慈利一带三个不同女性形象，他们虽然性格各异,但是有着共同的特点:坚韧顽强、勤劳善良、爱憎分明。为表现瓦当这个人物,很自然联想到湘西的三十四师,也就是后来的一二八师,为表现抗战全景和纵深感,有必要联系到一二八师嘉善的奋战,主人公的影子理所当然出现在最初的战场上,便于表现他以后颠沛流离、苦闷彷徨的经历和内心世界。为避开此类题材作品对国共两党信仰之争的表达模式,作品介绍了一个传奇人物瓦婆婆。瓦婆婆是一个历史人物,历史上确有其人。她是抗倭的英雄,狼土兵共同的战神,也是湘西人瓦当等人走上前线、岑大柱最早的精神支撑。土匪,特别是投靠敌伪的土匪是最可恨的,蓝郭生(烂葛藤)就是彻头彻尾的反面形象,没有立场,没有信仰,有奶便是娘,永远被钉在耻辱柱上。作品对进入慈利的日军,以及发生的主要战事都有详细介绍,但是没有正面描写日军,甚至连一个像模像样的日军形象也没有,仅仅提到薛家铺鬼子军官和六十五联队长伊藤仪彦两个。为什么没过多对鬼子进行渲染,主要出自两个方面:一个是鬼子阴毒狡诈在同类作品中介绍得足够多了,再描写也只是简单的重复,没太大意义;另一个原因是,这部作品不是单纯写一次战事,而是借历史事件反映当时社会,介绍澧水人文风情,视角是老兵、当地老人的视角,也是慈利人民回顾历史的视角。

故事背景和相关史料。湖南是中国抗战进入相持阶段以后主要的战场,从1938年日军占领武汉以来,湖南就是一线战场。慈利是一片抗战热土,一万多青壮走上了战场。慈利民间抗战力量风起云涌,自发修了纪念碑,创作了抗战歌曲。关于抗战,慈利是有着大量现成物证、人证的,抗战阵亡将士纪念碑,《湖南人,保卫大湖南》就是这个时期的作品,2015年发现,慈利参加过抗战健在的老兵尚有三十几位。另一方面,因为之前写作《慈利阻击战》纪录片剧本,参阅了相关史料,对战争背景、参战部队双方、部队驻扎地方、战争态势都有一定研究,特别是多次前往战事发生地考察,对史料的掌握还是比较充分的。

线索安排和细节描写：作品的明线是主人公参战的经历以及成长历程，通过他，表达我心中的抗战。以1943年冬天，日军入侵慈利，离开慈利12天时间为脉络，采用倒叙、回忆的手法全景式反映抗战史实，并追溯到几百年前抗击倭寇的历史。暗线有岑大柱与常家三姐妹的情感纠葛（情感线）。美好的故事都有美妙的开始，却没有最后的结局，战争，剥夺了所有的美好。苏先生与张吉财的争斗（政治线）。民族战争背后是两党的矛盾。全面抗战爆发以后，国共两党表面上达成共识，坚持全民族抗战，但是摩擦从未停息。中统、军统到处活动，捕杀国军队伍里的共产党人和亲共军人，限制共产党人的活动，直至制造了"皖南事变"。表现细节。小说中很多故事都是来自抗战老兵的叙述，稍作改动。如宁死舍不下一袋光洋的司务长，外号"吃沙子"四川兵，部队之间相互拉人被称作"挖沙子"，吴团长出走，杨家溪屠杀，车轱辘杀鬼子夺刀，抢到发报机，都有来历。许多地名、人物的姓名也是现成的。情节上，尽管参考了同类题材的作品，但是为了避免陷入手法雷同、毫无悬念的境地，绕开了生硬的战斗场面。凡是意淫抗战、迎合部分人心理需求的作品都是对历史的歪曲，对先辈英灵的亵渎。如果鬼子那么好打，他们怎么能打开中国大门，占领我们大片国土？唯有理性看待、真实再现、立体展示、深度挖掘，才是科学、诚恳客观的态度。

地域色彩和风土人文。小说尽量结合地方民俗，表现个性。拉纤放排曾是澧水河上最有激情的往事；澧水号子、慈利民歌是澧水河独特的文化符号；抬毛菩萨、板板龙灯是流传千年、至今也深受慈利人们喜爱的民俗活动；美食小吃、地方建筑、俗语俚语等等，在作品中都有所反映。尤其值得一提的是，作品对慈利山水风光极力推崇，澧水河两岸、温泉、冰雪世界、四十八寨等地风景如画，融入了个人深厚情感。

作为一名行政单位从事文化类管理工作的人，我并没有太多的时间精力从事文学创作。首先，要感谢那位把游离在校园之外的我拽进课堂的师长——卢银中老师，如师如兄的朱银坪老师，在写作上教我启蒙的符春莲、田桂枝、李朝宗、曾省阳老师。他们总是谆谆教诲，给我鼓励和期待，让我牢记初心，不敢懈怠。母校湖南文理学院魏怡、佘丹青教授经常关注我们这些散落在各个角落的学子，同窗几位坚持笔耕的好友时常在微信群里交流探讨，从未远离。再就是走上工作岗位，2000年结识的一位领导和兄长，虽然他不玩文学，但他是一位睿智、有温度、有情怀和担当的人。20多年来，他一直信赖、支持我，鼓励我坚持写作。感谢宣传部的各位领导和同事，他们对这部作品寄予厚望，并逐字逐句看完全文，提出了修改意见。特别感谢赵辉廷先生，结识赵先生近20年来，他自己在艺术道路上奋斗不止，为我市文艺工作者做出了表率，每次相见，总是给我鞭策鼓舞。赵先生在百忙之中抽出宝贵时间，看完全文，除了在专业角度给我中肯的建议，还为作品题字作序。还有我的文友、儿时玩伴、骑友……以及那些生活在这块土地上，让我心动、给我力量的人们。我的作品里，有我走过的路，经历的事，读过的书，爱过的人。

感谢当年为抗战亲身做出过贡献，今天又为记录历史不辞辛劳的老兵们。他们中间许多人在这几年间陆续离开了人世，没能看到这部作品的问世，在此，深深缅怀他们的抗战功绩和为记录抗战做出的努力。感谢湖南老兵之家的志愿者们，他们陪着我深入到每一个老兵家里，考证每一处遗址遗物，无私奉献，志愿者们的爱心义举给了我太多的力量。

回过头来看，最初，我并不是想写小说的，更没想到我人生第一部正式完成的小说居然是以抗战为题材的。但是，由于内心的驱使，我还是坚持走了下来。从2013年接触慈利抗战这个课题到2018年，大约六个年头，我主要精力都花在了抗战研究、抗战小说的构思和创作上，忽略了很多，失去了很多，却拥有了一场从未有过的远征、一次特别深刻而珍贵的体验，无数次的纠结、失眠和感动，足以支撑我战胜以后更多的困难。如果让自己评价这部作品，我只能说，我思考过的，我听说过的，我知道的慈利和慈利抗战就是这样子，我心中的英雄就是这样子。